Gemeinsam Allein

Roman

von

Christoph Hackl

AF140036

An die geneigte Leserin, den geneigten Leser!

In meiner Jugendzeit war es noch in Mode, bei einem der Hitsender anzurufen und über das Telefon einen Song zu bestellen, den man gerne wieder einmal hören wollte. Auch ich habe voller Elan diese Nummer gewählt und gebannt der Ansage gelauscht, die mich sodann aufforderte, mir einen kreativen Text auszudenken, um die Wahrscheinlichkeit zu erhöhen, dass mein Wunsch auch berücksichtigt wurde. Da der Piepton mich unmittelbar danach erinnerte, meine Ansage zu beginnen, blieb mir nicht viel Zeit zum Nachdenken. Und mein spontaner Text enthielt sodann in etwa den Wortlaut, dass der Song für mich sein sollte, für mich, und zwar nur für mich. Ich denke, ich habe die Ansage nie im Radio gehört.

Warum erzähle ich Ihnen das?

Mit dem Buch ist es mir ähnlich ergangen. Ich hatte nicht geplant, ein Buch zu schreiben. Ich habe eines geschrieben, weil das behandelte Thema mich berührt. Mir die Schicksale von jungen Menschen, die in der Hand von Erwachsenen liegen und so in hohem Maße von ihnen beeinflusst werden, nahegehen. Und weil ich versuchen wollte, daraus eine Geschichte zu machen. Weil es mich fasziniert hat, mir einen Inhalt auszudenken, verschiedene Teile zu recherchieren und andere wiederum allein aus meinem Kopf herauszuholen. Ohne Konnex zur Realität, ohne Anspruch auf fundierte historische Tatsachen. Und so bitte ich Sie als Leser, das Buch auch zu betrachten. Es ist eine Geschichte. Eine mit Ecken und Kanten, mit Wahrem und mit Erfundenem. Ich hoffe, dass sich niemand dadurch verletzt, in die Enge gedrängt oder gar angegriffen fühlt, sondern dass jeder Leser etwas davon mitnimmt, und seien es nur ein paar gebannte, mit Lesen gefüllte Stunden.

Szene 1

1982 – irgendwo in Wien

Der Kakao

„Isabell, Isabell, wo steckst du? Es ist Zeit für den Abendkakao! Nun komm schon, wir trinken jeden Abend einen zusammen, du weißt, dass er gut fürs Einschlafen ist."

Isabell hörte sein Rufen, so wie beinahe jeden Tag in den letzten eineinhalb Jahren. Sie hatte die Geschichte von den älteren Schülerinnen gehört. *Sobald er sieht, dass sich bei dir was entwickelt, bist du fällig.* Sie wollte die Geschichten nicht glauben, so was gab es doch höchstens noch in den 60er-Jahren oder vielleicht im Film. Hatte sie so was überhaupt schon mal in einem Film gesehen? Nicht einmal die trauten sich, das zu zeigen! Und dann sollte das ausgerechnet hier im Agustaheim passieren. In diesem Heim, das ihr nach zwei Jahren endlich zur Heimat geworden war. Nachdem ihre Eltern den glorreichen Entschluss gefasst hatten, dass sie in einem Internat besser aufgehoben wäre, weil sich eine junge Frau doch dort viel besser entwickeln und selbstständig werden könnte.

Sie hatte nie verstanden, warum die Leute glaubten, man wäre mit zehn schon eine junge Frau. Heute wünschte sie sich, sie wäre mit ihren zwölf Jahren immer noch keine. Dann würde heute nicht wieder Kakaotrinken auf dem Programm stehen. Und ihre Eltern ahnten nichts davon, obwohl sie nur einen Steinwurf von hier entfernt wohnten. Wenn Isabell sich jetzt aus ihrer dunklen Höhle, die sie sich im Kasten gebaut hatte, rauswagen, den Weg zur Halle erfolgreich überstehen würde und irgendwo draußen über den Zaun klettern könnte – das Tor wurde ja abends immer versperrt, man weiß ja nie welch üble Subjekte draußen herumschleichen – dann könnte sie noch die S-Bahn um halb Zehn erreichen.

Mit der wäre sie in einer halben Stunde bei der Haltestelle Siebenhirten. Von dort wären es zehn Minuten zu Fuß nach Hause. Sie könnte ihrem Vater das Herz ausschütten, ihm alles erzählen.

Ihm alles erzählen? Was sollte sie ihm erzählen?

Dass Herr Kaminski jeden Abend seinen Kakao in ihre Tasse entleerte? Dass er dabei röhrte wie ein brunftiger Hirsch und sie sich immer wunderte, dass ihn niemand hörte. Dass er danach über ihr zusammenbrach und diese zwei Minuten viel ärger waren als der körperliche Schmerz davor. Wenn er sie ansah, anlächelte, ihr sanft über die Wange streichelte und fragte, ob es ihr auch wieder so gut gefallen habe. Sie fragte sich manchmal, ob er das auch wirklich glaubte. Es sah nicht gespielt aus. In diesen Momenten wirkte ihr Erzieher so glücklich, gelöst, nicht so verkniffen wie sonst, wenn er untertags, während sie alle von der Schule kamen, auf den Gängen herumschlich. Und gerade das machte es unerträglich: Diese Momente hatten keinen Funken Glück in sich. Sie waren der physische Ausdruck dafür, was sich in ihr den ganzen Tag abspielte. Der schwere Männerkörper auf ihr, der ihr fast die Luft abschnürte, zeigte ihr, dass es kein Entkommen gab, sie konnte nur warten und hoffen, dass die Schule bald vorbei war – schließlich war sie schon im vorletzten Jahr und es war bereits Februar – oder andere junge Mädchen heran reiften und sie dann in Ruhe gelassen wurde.

Gleichzeitig erfüllte sie der Gedanke mit Entsetzen. Sie wünschte sich, dass einem anderem Kind das gleiche Schicksal widerfuhr wie ihr, nur damit sie befreiter atmen konnte. Das war nicht schicklich und schon gar nicht gottgefällig! Und all das sollte sie ihrem Vater erzählen? Auf keinen Fall! Es würde schon vorbeigehen, jetzt kamen erst mal die Semesterferien, eine Woche zu Hause und dann ...

„Isabell, hör auf, Verstecken zu spielen, ich muss auch noch die anderen Mädchen ins Bett bringen!"

Die anderen Mädchen, das war unter anderem Victoria. Victoria war Isabells beste Freundin. Das war nicht immer so gewesen. Am Anfang hatte Isabell Victoria für zu verrückt gehalten. Ständig versuchte sie, irgendwelche Streiche zu machen, im ersten halben Jahr war sie zudem zweimal aus dem Internat weggelaufen. Und das mit zehn?

So was machte ein Mädchen nicht. Aber vor einiger Zeit hatte sich etwas geändert. Victoria hatte begonnen, sie mit einem merkwürdigen Blick zu bedenken. Prüfend und gleichzeitig auch mitfühlend. Zuerst hatte Isabell sich dabei unwohl gefühlt, aber weil Victoria keine bohrenden Fragen stellte, hatte sie Vertrauen gefasst und dabei festgestellt, dass sie keine üble Zeitgenossin war. Vielleicht sogar im Gegenteil: Wenn Victoria dabei war, schien die Zeit wie im Flug zu vergehen. Selbst Studierstunden gerieten dabei zu kleinen Abenteuern. Wer sonst würde es schon wagen, der Aufsicht zerriebene, getrocknete Motten auf den Kaffee zu streuen, wenn man wieder einmal dran war, welchen zu holen, und dann auch noch zu behaupten, dass man in der Küche einen Kakaostreuer gefunden habe und nur Gutes tun wollte. Wo hatte sie überhaupt die ganzen Motten her? Und wo trocknete sie die?

Sie wohnten schon seit zweieinhalb Jahren im gleichen Zimmer, aber das war ihr noch nie aufgefallen. Sie musste sie bei Gelegenheit einmal fragen. Aber da war auch noch eine andere Seite an Victoria: Manchmal war sie am Morgen einsilbig, in sich gekehrt, sprach in der Schule nur, wenn sie direkt dazu aufgefordert wurde, normalerweise hatte sie die Hand ja schon oben, bevor überhaupt eine Frage gestellt wurde. Ob sie wohl auch gelegentlich zum Kakaotrinken gehen musste? Aber Isabell fragte nicht nach, wie auch Victoria sie nicht danach fragte. Es war doch viel besser, sich die Zeit mit angenehmeren Dingen zu vertreiben und sich von den Nächten abzulenken, und mittags war Victoria auch schon wieder ganz die Alte.

„Isabell, verdammt mir reichts jetzt. Soll ich das ganze Haus zusammentrommeln und danach deine Eltern informieren, dass ich alle Leute aufwecken musste, nur weil du nicht zu Bett gehen wolltest?!"

Sie wollte schon zurückschreien: *Ja, vielleicht geschieht dann endlich mal etwas.* Aber dann wusste sie, dass es nichts ändern würde, außer dass er beim nächsten Mal noch brutaler sein würde. Er würde es an ihr auslassen, vielleicht an Victoria oder an einem anderen Mädchen, dass das Unglück hatte, zum falschen Zeitpunkt Ansätze von Brüsten zu zeigen.

Sie seufzte tief und tat, was sie in den letzten Monaten immer wieder geübt hatte: Sich von sich selbst zu entfernen. Victoria hatte ihr das gezeigt, sie hatten zwar nicht darüber gesprochen, woher sie wusste, wie das geht, und warum beide das so dringend brauchten, aber sie hatten in regelmäßigem Einklang geübt. Gedanklich war sie bei ihren Großeltern am Land, die hatten ein Haus am Traunsee. Der See, der im Herbst so friedlich dalag, und wenn das ganze Land von Nebel durchzogen war, kam plötzlich untertags die Sonne hervor und tauchte das Schloss Orth und den dahinterliegenden See in gleißendes Sonnenlicht, als würde alles von Gott persönlich beleuchtet werden. Dort gab es keine Schmerzen, keine Vergewaltigung zum Kakao, nur heiteres und ausgelassenes Kinderlachen, ein paradiesisches Stückchen Welt.

Ihre Füße erhoben sich aus der hockenden Stellung, die sie in der letzten halben Stunde in ihrer Höhle im Kasteneck zugebracht hatte. Ihre Hände stießen die Tür von innen auf und ihr Körper bewegte sich raus auf den Gang, wo Herr Kaminski sie schon mit einer Mischung aus Ärger und Vorfreude in Empfang nahm und in das Erzieherzimmer mitnahm, in dem es außer dem Schreibtisch und den Bücherregalen auch noch ein Klappbett gab, welches die Erzieher benutzten, wenn es in den Zimmern der Mädchen ruhig wurde und sie sich eine Stunde Schlaf gönnen konnten.

Szene 2

2011 – südlich von Wien

Guten Morgen

„Guten Morgen zusammen. Guten Morgen, Schatz!"

Als Viktor in die Küche kommt, sitzen die Kinder bereits beim Frühstück. Isabell drückt auf den Kopf der neuen Espressomaschine. Ein Geschenk von Viktor letztes Jahr zu Weihnachten. Großer Brauner mit viel Milch, aber ohne Zucker, so wie er ihn seit – ja wie lange eigentlich schon –trinkt. Eigentlich, solange Isabell denken kann. Isabell kennt Viktor schon seit frühester Kindheit.

Er war einer der Nachbarsjungen, sogar ein Jahr jünger als sie, aber das hatte nie eine große Rolle gespielt und nach der Ausbildung waren sie sich nähergekommen. Das ist schon achtzehn Jahre her, vor zwölf Jahren haben sie geheiratet. Viktor war in jeder Hinsicht der Mann, den sich Isabell wünschen konnte. Liebevoll, aufmerksam – meistens zumindest – und er nahm Rücksicht. Rücksicht auf ihre Bedürfnisse und Wünsche, aber vor allem auf die Erinnerungen, die seine Frau nach wie vor heimsuchten und die ihr gemeinsames Leben von Anfang an bestimmt hatten.

Aber der Morgen gehört nicht den Erinnerungen, sondern den Vorbereitungen auf einen neuen Tag. Elsbeth, ihre dreizehnjährige Tochter, verdrückt schweigend wie jeden Morgen ihre Marmeladensemmel und schlürft Tee mit Honig. Als sie noch klein gewesen war, hatte es öfter Diskussionen gegeben, weil Elsbeth Tee langweilig gefunden hatte und viel lieber mal einen Kakao wie bei der Oma getrunken hätte, aber Kakao war in diesem Haushalt tabu, wieder eine dieser Erinnerungen. Henrik war hingegen fast nicht am Esstisch in der Küche zu halten. Die normalen Mahlzeiten wurden immer am kleineren Tisch in der Küche eingenommen. Der große Esstisch im

7

Wintergarten wurde nur Sonntag Mittag genutzt und wenn mehr Leute eingeladen waren. Henrik war es egal, wo genau gegessen werden sollte, er war so oder so mehr auf den Beinen als auf dem Hosenboden. Mit seinen neun Jahren begann er immer mehr, die Interessen seines Vaters aufzunehmen. Isabell hatte anfangs verzückt bemerkt, dass der Junge im Aussehen mehr nach ihr schlug. Sein Wuschelkopf, seine verträumten braunen Augen – die an manchen sonnigen Tagen grüne Sprenkel bekamen – und seine stille Art, das alles machte ihn für seine Mutter unwiderstehlich. Aber in letzter Zeit ließ er sich immer weniger drücken und stellte immer häufiger Fragen, die sie nicht beantworten konnte.

Als sein Vater die Küche betritt, springt er sofort auf und will wissen, wann es endlich mit seiner Taschengelderhöhung soweit ist. Mit fünf Euro könne man als Neunjähriger schließlich keine großen Sprünge machen. Er habe schließlich mittlerweile dreimal pro Woche auch am Nachmittag Schule und müsse in der Mittagspause über die Runden kommen. Viktor hingegen – ganz der Finanzer in der Familie – sieht die Sache naturgemäß anders: Was genau soll eine Mittagspause in der Volksschule mit dem erhöhten Verbrauch von Geld zu tun haben?

An der wortreichen Erklärung über die Notwendigkeiten, Süßes und Saures beim Supermarkt zu kaufen, um vor den Anderen nicht als armer Schlucker dazustehen, merkt Isabell wieder einmal, dass es mit der stillen Art des kleinen Henrik vorbei zu sein scheint. Dennoch stutzt sie bei der Erwähnung des „armen Schluckers". Das ist heute nicht das erste Mal, dass Henrik eine derartige Bemerkung fallen ließ. Sie sind ja beileibe keine armen Leute und Henrik musste auch nie gebrauchte Sachen auftragen, schließlich war seine große Schwester ja eine Schwester und kein Bruder, entsprechend gab es wenig, das hier Verwendung finden könnte. Früher schon, aber daran hatten weder Henrik noch seine Schulgenossen jedwede Erinnerung. Und an mangelnder Markenware konnte es auch nicht liegen. Er rannte natürlich nicht in Klein und Hilfiger herum, aber wer würde einem Neunjährigen ein solches Gewand auch kaufen. Bei den Wachstumsschüben auch pure Verschwendung. Woran konnte es dann liegen? Wer wusste schon, was die Jungen heutzutage als Statussymbole verwendeten und ihr Henrik nicht hatte? Sie musste sich bei Gelegenheit einmal mit der Klassenlehrerin über ihre Beobachtungen unterhalten.

„Viktor, bitte mach ihnen die Jause fertig!"

Es hatte sich zu Hause eingebürgert, dass Isabell eine halbe Stunde früher als Viktor aufstand, die Kinder aufweckte und das Frühstück vorbereitete. Im Gegenzug dazu bereitete Viktor die Pausenbrote – oder was auch immer er dafür hielt – vor und fuhr die Kinder zur Schule. Sie zum Schulbus zu schicken, war leider keine Option, da ihr Haus innerhalb der für die Schulfreifahrt geltenden Zone von zwei Kilometern lag und die Kosten pro Schuljahr mit 560 Euro pro Kind nicht unerheblich waren. Wer hatte wohl so einen Unsinn eingeführt?

Da Viktor aber normalerweise um acht im Büro sein musste, bedeutete es keinen großen Aufwand, die Kinder vorher an der Schule abzusetzen. Es machte ihm sogar richtig Freude, so konnte er auch morgens etwas Zeit mit ihnen verbringen. Vor allem, wenn es abends wieder länger wurde, im Büro oder beim Feierabendbier, war diese Zeit ein Fixpunkt mit seinen Kindern. Ein Fixpunkt, den er auch gerne nutzte, um zu erfahren, ob seinen beiden Lieblingen gutging.

Bei Henrik ist das an diesem Tag wieder unschwer zu erkennen, der Mund scheint fast nicht stillzustehen, aber bei Elsbeth wird das immer schwieriger zu erfahren. Selten, dass sie ihm wirklich mitteilt, was in ihr vorgeht. Er macht sich aber nicht allzu große

Gedanken, das war wohl üblich bei Dreizehnjährigen.

An diesem Tag ist aber – so scheint es – ein Ausnahmetag und sie offenbart ihm kurz vor dem Aussteigen, dass sie heute einen Ausflug zur Berufsschulmesse unternehmen würden und sie dafür zwanzig Euro brauchen könne. Man wisse ja nie, was da so passiert. Als er die Beiden abgesetzt hat, geht ihm auf, dass er keine Ahnung hat, für welche weiterführende Schule sich Elsbeth wohl heute interessieren könnte.

Einmal gefragt, hätte er sich nicht eingestanden, dass die Gespräche mit seinen Kindern oberflächlich waren, aber irgendwie war er nie auf die Idee gekommen, dass seine Kleine sich jetzt schon mit dem Thema Berufswahl auseinandersetzen würde und sollte. Er musste abends mit Isabell darüber sprechen, wobei, vielleicht hatte Elsbeth ja ihre Wahl auch schon getroffen, dann würde das sowieso beim Abendessen zur Sprache kommen. Er musste seinen Terminplan checken, damit da nichts dazwischenkam, und Victoria absagen.

Szene 3
In der Arbeit

Als alle aus dem Haus sind, räumt Isabell schnell noch das Geschirr in den Spüler und geht sich umziehen. Sie muss um kurz nach neun im Geschäft sein und, da sie die Einzige in der Vormittagsschicht ist, auch den Drogeriemarkt aufsperren. Ein Zuspätkommen ist da nicht drin. Aber zu spät war Isabell noch nie dran gewesen. Auch wenn ihr der Job nicht wirklich Spaß macht, sie macht ihn gut. Sie ist immer pünktlich da, arbeitet genau und in der Kasse gab es in den vergangenen sieben Jahren nie Unregelmäßigkeiten.

Sie denkt – wie jeden Wochentag – zuerst daran, die Beleuchtung im Laden einzuschalten, nachts sind ja nur die Lichter im Schaufenster an, die eventuellen Einbrechern zeigen sollen, dass sie jederzeit beobachtet werden können. Oder sollen sie nur zeigen, dass das ein simpler Drogeriemarkt ist, in dem nicht viel zu holen ist? Ist es für einen Dieb nicht sogar hilfreich, wenn eine etwas schummrige Beleuchtung bei seinem Bruch leuchtet? Dann müsste er nicht mit einer Taschenlampe herumfuchteln, deren Lichtkegel in der Nacht viel auffälliger wäre als das gedämpfte Licht an der Fensterfront. Welche Fragen ihr manchmal durch den Kopf schwirren, ob das wohl ein Zeichen der Langeweile in dem Job ist?

Während sie die nächtliche Lieferung einräumt, wandert ihr Blick aus der Auslage zur gegenüberliegenden Straßenseite. „Mode für die Dame von Welt" gibt es dort. Ob wohl Frau Portalek, welche das Geschäft seit 40 Jahren führt, auch manchmal diese irren Gedanken heimsuchen?

Ein Wagen mit Waschmitteln und anderen Dingen der vorgestrigen Bestellung stand noch im Gang. Die Lieferung kam jeden zweiten Tag aus der Zentrale in Wiener Neudorf und wurde vom Fahrer irgendwann in der Nacht geliefert. Er hatte einen Schlüssel zur Außentüre, schob die Waren in den Zwischengang und nahm die leeren Wagen, die von Hanni oder Erni aus der Nachmittagsschicht nach draußen gebracht worden waren, wieder mit. In das Geschäft konnte er nicht gelangen, da sperrte nur der Zentralschlüssel, den die Verkäuferinnen und Bernd der neue Regionalleiter hatten.

Einen eigenen Filialleiter gab es hier nicht oder besser gesagt nicht mehr. Die Christiane war damals noch Leiterin gewesen, als Isabell hier vor sieben Jahren angefangen hatte. Aber mit Beginn der Wirtschaftskrise hatte die Konzernleitung beschlossen, Läden mit einem Tagesumsatz von weniger als 1.500 Euro von der Regionalleitung führen zu lassen. Das bedeutete, dass die Kassa am Abend von der Nachmittagsschicht in den großen Tresor gesperrt und der genaue Stand in das elektronische Kassabuch getippt werden musste. Dieses war nur über die Intranethomepage des Konzerns zu erreichen und wurde daher tagesaktuell an die Zentrale und die Regionalleitung übermittelt, die somit gemeinsam mit dem elektronischen Kassasystem auch Hunderte Kilometer entfernt exakt ermitteln konnten, ob der Kassastand korrekt war.

Jeden zweiten Tag kam Bernd dann für zwei bis drei Stunden in die Filiale, sah sich die Lagerstände an, überprüfte die Kassa persönlich und nahm sich der Probleme und Anregungen seines Personals an. Für die Mitarbeiterinnen hatte diese Umstellung nur Mehrarbeit nach sich gezogen. Keine hatte bis jetzt für sich einen Vorteil daraus erkannt. Aber Bernd war ein sehr aufmerksamer junger Chef, über den man nichts sagen konnte.

Soweit Isabell wusste, hatte er auf der Wirtschaftsuniversität studiert und war von dort direkt als Managementtrainee in die Firma eingestiegen. Nachdem er achtzehn Monate im Zentrallager, in der Administration in Wiener Neudorf und an der Kassa in verschiedenen Filialen zugebracht hatte, war ihm ein eigener Rayon zugeteilt worden. Einer mit vielen Filialen mit einem geringen Tagesumsatz, als junger Regionalleiter musste man sich seine Sporen redlich verdienen. Aber er beschwerte sich nicht, zumindest nicht bei Isabell. Das wäre aber auch schwierig gewesen, da sie nur das Nötigste mit ihm sprach. So wie mit allen Männern außer ihrem eigenen, Viktor.

Der war der einzig vertrauenswürdige Mann und daher würdig, dass sie ihm alles erzählte. Er wusste, was in ihr vorging, was sie erlebt hatte, sowohl vor vielen Jahren als auch heute Morgen. Viktor war ihr bester Freund. Das hieß nicht, dass er für all ihre Empfindungen und Wünsche Verständnis hatte oder sie gar guthieß, aber er hörte ihr zu.

Ehrlich, Bernd war schon ein gut aussehender Junge, verträumte Augen, Wuschelkopf, eigentlich gar nicht der Typ gestrenger Chef. Da er ihrem Henrik ähnlichsah, ertappte sie sich öfter mal dabei, ihn etwas länger als nötig anzustarren. So würde ihr Sohn also in 15 Jahren aussehen? Schon richtig erwachsen, aber halt immer noch 14 Jahre jünger als sie. Nein, wieso machte sie sich überhaupt Gedanken wie hoch der Altersunterschied zwischen ihnen war?

Kurz nach Mittag kam Erni in den Dienst, das war die netteste Zeit im Geschäft. Sie hatten zwei Stunden gemeinsam Schicht und wann immer kein Kunde hier war, nutzten sie die Zeit für einen kleinen Plausch. Nicht, dass sie dabei nicht produktiv gewesen wären, sie unterhielten sich halt über die Regalreihen hinweg, es war schließlich ihr Laden. Erni war ein feinsinniger Mensch und Isabell mochte sie wirklich gern. Gerade hatten sie wieder etwas zum Kopfschütteln: Eines dieser jungen Dinger, die wohl noch nie was von Verhütung gehört hatten – wie auch immer das in der heutigen Zeit überhaupt noch möglich war – und darum schon mit siebzehn Mutter geworden waren, war gerade hier gewesen.

Erni und Isabell machten sich einen Sport daraus, zu erkennen, was die Kunden sonst noch in ihren Einkaufstaschen herumtrugen. Bei der Letzteren war es zu einfach gewesen. Sie war vollgestopft mit Fertiggerichten. Alles namhafte Marken, aber das waren doch keine „Lebens"-Mittel. Voll mit Emulgatoren und anderem künstlichen Zeug. So konnte man doch keine Familie gesund ernähren.

Und dann hatte sie bei ihnen auch noch nach einem Plastiksackerl gefragt. Das einfältige Mädchen. Es gab bei ihnen schon seit über einem Jahr keine Einkaufstasche aus Plastik mehr. Nicht weil der Nachschub aus dem Zentrallager nicht vorhanden gewesen wäre, aber man musste sie ja nicht auslegen. Erni war auf die Idee gekommen, als sie wieder einmal über die Umweltverschmutzung diskutiert hatten: Vom Reden wird's nicht besser, lass uns etwas dagegen machen. Und von da an, gab es bei ihnen in der Filiale nur mehr Papiertragetaschen. Die kosteten aber auch nur sechs Cent mehr als die aus Plastik und es beschwerten sich nur selten Kundinnen. Auch aus der Zentrale hatte noch nie jemand nachgefragt, warum diese nie auf der Bestellung aufschienen.

Und Bernd?

Ja, bei Bernd hatte sie manchmal das Gefühl, er sähe die leeren Haken, auf denen stand „Plastiktasche 0,19 €". Aber es schien ihm kein großes Anliegen zu sein, den Verkauf dieses Produktes anzukurbeln. Zumal es ja dem Geschäft zuträglich war: Papier kostete 0,25 Euro und somit war man mit jeder Einkaufstasche dem Zielumsatz von 1.500 Euro täglich einen Schritt näher. Wer brauchte allerdings schon einen Filialleiter? Ihnen ging es ohne Chef ganz gut und noch hatten sie nicht gehört, dass jemand an das Zusperren dieser Filiale dachte.

Als Isabell um halb drei das Geschäft verlässt, fällt ihr Blick wieder auf das Modegeschäft gegenüber.

Henrik ist an diesem Nachmittag in der Schule, daher war noch keine Eile geboten und Frau Portalek hat nie etwas gegen ein paar Sätze einzuwenden.

Nicht, dass sie etwas dort gekauft hätte, aber es gab auch keinen Kaufzwang. Wobei die Sachen ja eigentlich schon ihrem Kleidungsstil entsprachen. Es gab fast nur Grau-, Schwarz- und Erdtöne. Schlichte Kleidung, hohe Krägen, lange Röcke. Und so kleidete sich Isabell auch für gewöhnlich. Sie selbst hielt sich nicht für eine graue Maus, sie verstand aber auch nicht, warum man mit aller Gewalt auffallen musste.

So wie Victoria etwa, sie war immer noch der lebhafte Paradiesvogel, der sie schon in der Schule gewesen war. Sie sahen sich zwar nicht mehr ganz so oft, als noch vor den Kindern der Fall gewesen war, aber sie hielten regelmäßig Kontakt und trafen sich auf ein Schwätzchen. Dabei konnte Isabell recht gut mitverfolgen, dass Victoria immer auf dem neuesten Stand der Mode war. Manchmal sogar etwas zu viel des Guten. Sie klapperte ja tatsächlich auch noch den VeroModa oder gar den NewYorker ab. Was sollte man da als Frau mit knapp Vierzig kaufen, ohne den guten Geschmack zu verletzen. Isabell war viel lieber auf den Shoppingseiten von Univeral oder Otto-Versand unterwegs. Das war ja auch viel bequemer. Man konnte sich in Ruhe etwas aussuchen, ohne dabei beobachtet oder gar belächelt zu werden. Die Sachen wurden nach Hause geliefert und die Teile, die man nicht mochte, konnte man ohne Zusatzkosten retour senden. Weshalb sollte man sich also der Tortur durch Einkaufszentren und -straßen aussetzen?

Gut, in Frau Portaleks Geschäft wurde man höchstens von der Inhaberin persönlich beobachtet, aber wie gesagt: Da hatte sie noch nie gekauft. Überhaupt hatte Isabell das Gefühl, dass die alte Dame das Geschäft nur noch aus Langeweile führte. Seit ihr Mann verstorben war, schien dass die einzige Chance auf zwischenmenschlichen Kontakt zu sein. Da Frau Portalek im Stockwerk über dem Laden eine Wohnung hatte, konnte Isabell gut mitverfolgen, ob sie jemals Besuch bekam, und sofern ihr nicht am Sonntag die Tür eingerannt wurde, würde sie diese Frage eher verneinen.

So schien es nicht unplausibel, dass sie einfach das Geschäft offenhielt. Solange sie nicht regelmäßig ihr Sortiment erneuerte, was Isabell getrost verneinen konnte, würden sich die Kosten im Rahmen halten, denn soweit Isabell informiert worden war, gehörte ihr sowohl das Geschäft als auch die Wohnung. Und Erni war bei so etwas immer auf dem Stand der Dinge.

Frau Portalek ist tatsächlich alleine anzutreffen und hat es sich auf dem erhöhten Hocker hinter ihrer Kassa gemütlich gemacht.

„Isabell, schön Sie einmal wiederzusehen! Ich hatte schon gefürchtet, Sie würden die alte Schachtel vergessen."

„Natürlich nicht Frau Portalek, wie könnte ich. Sie wissen ja, dass ich immer noch neugierig bin, wie Sie es schaffen, immer mehr zu wissen als meine Erni. Wer sind ihre Quellen?"

Und alte Schachtel war auch übertrieben. Gewiss, das Alter hatte seine Spuren tief in das Antlitz der älteren Dame eingegraben, aber der verschmitzte Zug um ihre Mundwinkel, die hellwachen Augen und der gerade Sitz auf dem Hocker zeigten, dass Frau Portalek noch längst nicht ans Aufhören dachte und sich in dem Geschäft rundum wohlfühlte.

Und schon begann sie, Isabell über Neuigkeiten auszufragen, wie es zuhause so stünde und wies dem gnädigen Papa ginge. Währenddessen sah sich Isabell zum wiederholten Male in dem schlichten Raum um.

Gut, das Sortiment war veraltet, aber das Inventar, das war zeitlos. Die dunklen Regale waren früher gar nicht so dunkel gewesen, aber da sie nicht lackiert worden waren, waren sie wohl mit der Zeit nachgedunkelt. An manchen Ecken waren sie abgeschlagen, aber es schien ihnen mehr Charme zu verleihen.

Zudem gab es alte Singer-Nähmaschinen, die als dekoratives Element genutzt wurden. Zumindest nahm Isabell das an. Frau Portalek würde doch nicht noch immer auf diesen nähen?

Vielleicht hatte sie das aber früher einmal getan. Die Schaufensterpuppen konnten diese Theorie unterstützen. Sie waren nicht wie diese modernen Plastikfiguren, die möglichst lebensecht ein Gesicht nachahmen und mit Sixpack oder Traumkörpern prahlen, auf denen dann die Kleider hängen, die nie ein Mensch in echt so tragen kann. Zumal dann meist mit Stecknadeln nachgeholfen wird, sodass jeder Pullover, der in echt wie ein Jutesack an Einem runterhängt, die Puppe zum begehrten Designerobjekt werden lässt.

Nein, das hier waren Schneiderpuppen, Modelle, an denen man noch tatsächlich die Kleidungsstücke anprobiert hat. Schade nur, dass so wenige Kunden das hier sahen. Man müsste eine neue Klientel ansprechen. Eine sanfte Runderneuerung machen.

Isabell beschließt, Frau Portalek in dieser Hinsicht etwas genauer zu befragen.

Victoria

Victoria war schon wieder spät dran. Warum nur eigentlich immer? Hat sie da einen Defekt? Hatten sie ihnen nicht auf der Schule eingebläut, dass es nichts Unschicklicheres für eine Frau gibt, als zu einem Mann zu spät zu kommen. Gut, vielleicht liegt genau da das Problem, sie hat nie viel auf die Inhalte gegeben, die im Unterricht vermittelt wurden und dann noch dazu in Zusammenhang mit Männern, was wussten die schon.

Die Lektionen rund um die Schule – das sogenannte echte Leben – die hat sie jedoch drauf und daher war sie auch dort, wo sie jetzt war. Nämlich auf dem Weg zu einem wichtigen Auftrag. Der Typ hatte wohl ihren Internetauftritt gesehen, ohne den kam man ja als Selbstständige heute überhaupt nicht mehr zu einem Geschäft. Wer dort nicht professionell vertreten war, der war überhaupt nicht vorhanden. Mag schon sein, dass jemand das Logo in einer Werbung, auf einem Flyer oder auf einer Messe sieht, aber wenn er dich dann bei Google nicht findet und auf deiner Seite nicht sieht, was er sucht, dann gibt es auf der Suchseite im Durchschnitt noch 250.000 andere Treffer, durch die er sich durchklicken kann und bestimmt jemanden findet, der zehnmal professioneller agiert.

Aber das Problem hatte sie ja nicht. Ihre Homepage hatte eine hübsche Stange Geld und auch das eine oder andere Lächeln gekostet, gut, es war nicht immer bei einem Lächeln geblieben, aber sie war sich sicher, dass sie auch nie zu weit gegangen war. Auf jeden Fall war es das Ergebnis wert und obwohl im Grafik- und Designgeschäft die Konkurrenz groß war, brauchte sie sich mit ihrem Auftritt nicht zu verstecken. Und das erstreckte sich auch auf sie persönlich.

Sie wusste, wie sie ihre Vorzüge zur Geltung brachte. Dabei war sie nie die klassische Schönheit gewesen. Der Mund etwas zu hart geschnitten, die Wangen etwas zu hoch angesetzt. Aber ihre Augen waren leicht schräg gesetzt und leuchtend blau. Das ließ sich durch gut gezupfte Brauen noch unterstreichen und mit dem richtigen Lidstrich sah man ihr tatsächlich zuerst in die Augen. Was ja bei männlichen Geschäftspartnern durchaus nicht immer üblich ist.

Sie tat natürlich auch etwas für den Rest ihres Körpers. Regelmäßiges Training hielt ihn fit und ließ auch ihre Problemzonen nicht zu weit wuchern. Das Geld, dass sie bei ihren Aufträgen einnahm, reinvestierte sie zu einem Gutteil in Kleidung und Schuhe. Sie war sich bewusst, dass der Prozentsatz beinahe lächerlich hoch war und mehr betrug, als ihr guttat, aber was sollte es. Wofür das Geld sonst ausgeben?

Sie war mit ihren neununddreißig immer noch - oder wieder - Single, die Wohnung hatte sie von ihren Eltern als Wiedergutmachungsgeschenk bekommen, und sie fuhr ein Auto. Das war nicht neu, aber sie liebte es und sie sah es als Teil ihres Lebens an. Also wofür das Geld sparen? Da war es doch in der Mode viel besser aufgehoben!

Doch jetzt war schon noch ein bisschen Konzentration gefragt. Der Mann führt offensichtlich so eine Art Gemischtwarenladen. Es gab Mani- und Pediküre, Solarium und Massagen und man konnte sich auch stechen lassen. Musste ein interessanter Mann sein, wenn er all die Geschäfte – und vor allem Mitarbeiterinnen – unter einen Hut bringen konnte. Er wollte all diese Details in einem Logo vereinen und dann das Geschäftslokal neu designen. Zudem benötigte er Flyer für seine Messeauftritte, und wenn sie ihn richtig verstanden hatte, wollte er auch seinen Internetauftritt redesignen. Letzteres war ja nicht ihr Kerngeschäft, aber sie würde da schon noch ein paar Euro für sich herausschlagen. Sie kannte ja einige Leute, die das professionell machten, und wenn sie denen einen Auftrag zuschanzen konnte, würden sie sich schon erkenntlich zeigen.

Huttererstraße, da war es. Einbahn, verdammt, also noch mal um den Block und rechtzeitig einen Parkplatz suchen. In der Stadt war ja um diese Jahreszeit nie etwas zu finden.

„Was gibt es da zu hupen? Siehst doch, dass ich nicht von hier bin."

Gut, sie hatte etwas Schwierigkeiten mit dem Parken, aber wen juckte das schon. Dass mit Vorwärtseinparker, neben Turnsackerlvergessern und Beckenrandschwimmern die übelsten Weicheier bezeichnet wurden, konnte ihr doch wirklich egal sein. Hauptsache, das Auto war abgestellt. Offensichtlich hatte der Geschäftsinhaber einen halben Straßenzug gemietet – oder besaß er die Läden wohl alle selbst? Zumindest waren das fünf Geschäfte, die hier seinen Namen trugen. Victoria hatte sich das Ganze ja als eine Art One-Man-Show mit einem Eingang vorgestellt, das schien sich aber jetzt doch zu einem handfesten Deal auszuwachsen. Sie musste hier unbedingt einen guten Eindruck machen. Welche Tür dann wohl das Büro verbarg?

Sie entschied sich für das Tattoostudio, konnte ja nicht schaden, zu sehen, welche Leute da ein- und ausgingen, das gab ihr vielleicht auch noch die Gelegenheit, ein paar Hinweise für die grafische Ausarbeitung mitzunehmen.

Als sie eintrat, hört sie schon den charakteristischen Ton der Tätowiernadel. Er ist in etwa mit einem Zahnarztbohrer vergleichbar, nur ein paar Nuancen tiefer. Und vom Schmerzgrad in etwa vergleichbar. Sie hatte sich einmal ein Tattoo am Knöchel stechen lassen und der Tätowierer hatte gemeint, dass das eine vergleichsweise gefühllose Stelle sei. Sie mochte sich gar nicht vorstellen, wie es etwa Pamela Anderson ertragen hatte, als sie sich ihr Tattoo rund um den Oberarm hatte machen lassen. Das musste auf der Innenseite ja höllisch gewesen sein.

Der Mann, der gerade im Stuhl saß, ließ sich auch gerade den Oberarm machen. Schien aber nicht sein erstes Tattoo zu sein. Wie man dem nackten Oberkörper entnehmen konnte, war da schon Einiges an Verzierungen drauf. Obwohl, für ihren Geschmack gerade noch genug, dass man auch von seinem trainierten Körper viel nackte Haut sehen konnte. Und da gab es viel zu sehen. Er war wohl jemand, der regelmäßig im Fitnessstudio war, aber danach nicht auch noch literweise Proteinshakes zu sich nahm. Alle Muskeln fein herausgearbeitet, aber noch nicht so weit aufgebläht, dass es grotesk wirkte. Über seine Unterarme zogen sich die Venen wie kleine Schlangen zum Handgelenk und endeten dann in erstaunlich langen und feingliedrigen Fingern. Seine Beine steckten in Lederjeans und schwarzen Boots, die hart an der Grenze zum guten Geschmack waren, aber mit dem nackten Oberkörper etwas Magisches hatten.

Das Magische hatte sie wohl doch etwas zu sehr in den Bann gezogen, sie hatte nicht mitbekommen, dass der Tätowierer nicht mehr am Arbeiten war und beide Männer sie jetzt ihrerseits anstarrten. Ob sie sie auch abschätzten, wie sie eben den Kunden, konnte sie nicht mehr beurteilen, die Phase schien wohl schon gelaufen zu sein. Auf jeden Fall fragte sie der Herr im Sessel, ob er was für sie tun könne. Leicht irritiert antwortete sie hingegen dem Stehenden:

„Verzeihung, ich bin auf der Suche nach Thomas, Thomas Lautschis."

„Dann haben Sie ihn ja gefunden", antwortete wiederum der vermeintliche Kunde.

Diese sonore Stimme hatte Victoria nicht erwartet, sie fügte sich aber nahtlos in das interessante Bild, dass sich Victoria soeben von dem Mann gezeichnet hatte. Dieses Bild, das jetzt nicht mehr aus dem Kopf wollte, obwohl sie ja offensichtlich vor ihrem zukünftigen Auftraggeber stand und sich da jedwede Unprofessionalität schleunigst zu verziehen hatte.

21

„Und Sie sind?" Offensichtlich hatte er sie wieder aus den Gedanken reißen müssen, die zweite Unhöflichkeit innert einer Minute, das konnte ja heiter werden. „Ja, Verzeihung schon wieder. Victoria, wir hatten bezüglich der Designvorschläge telefoniert."

Seine Miene verzog sich unmerklich, sie musste wohl ungelegen gekommen sein, aber sie war doch pünktlich, oder? Ja war sie, denn Thomas beugte sich gerade zu seinem Mitarbeiter und fragte, wie viel denn noch zu machen sei und ob man unterbrechen könne. Während der also noch einige Minuten an seinem Kunstwerk fortfuhr, lud Thomas sie ein, schon mal die anderen Geschäfte zu besichtigen, um sich einen Überblick zu verschaffen, und nach zehn Minuten war er schon bei ihr in der Maniküre.

Sie fand, dass keiner der Läden ein besonderes Flair versprühte, aber sie nahm dies auch positiv mit, immerhin gab es genug zu tun für sie und der Auftrag schien von Minute zu Minute lukrativer zu werden. Thomas schlug vor, in den ersten Stock in sein Büro zu gehen und dort erst mal die Details zu besprechen. Dass er sich ihr gegenüber mit nacktem Oberkörper in den Sessel fallen ließ, fand sie dann aber doch verwunderlich. Mit entschuldigendem Blick sah er auf seinen eben erst tätowierten Arm:

„Mark muss da nachher noch einmal ran. Ich hoffe, es stört sie nicht allzu sehr, aber der Arm müsste zuerst desinfiziert und dann verbunden werden."

Natürlich konnte Victoria ihm nicht sagen, dass sie seinen Oberkörper durchaus sehenswert, aber unter diesen Umständen fast etwas zu ablenkend fand, sie rang sich jedoch ein Lächeln ab: „Nichts, wofür Sie sich schämen müssten."

Schließlich fand sie aber schnell heraus, dass hinter den Muskeln und Tattoos ein Mann mit einer sehr professionellen Geschäftsauffassung steckte. Er versuchte nicht, ihr zu schmeicheln, sondern sah sich interessiert und durchaus kritisch ihre ersten Vorschläge an, die sie auf Basis ihres bisherigen Wissens gemacht hatte. Es passte nicht alles ins Bild, das war klar geworden, als sie die Räume im Erdgeschoss betreten hatte, aber der Anfang war gemacht und er schien durchaus angetan von ihrem Engagement. So verabredeten sie, dass Thomas ihr seine bisherigen Logos als JPG übermitteln und Victoria dem Ganzen mehr Einheit geben würde. Die intensiven Farben, die sie als Grundtöne verwenden wollte, hatten ihm gefallen, weshalb sie auch dabei bleiben wollte.

„Wann sollen wir denn die nächste Runde machen."

Das Flackern in den Augen und der leicht spöttische Zug um seine Mundwinkel zeigte Victoria, dass der geschäftliche Teil abgehandelt war. Sie hatte jedoch keine Lust, auf dieses Spiel einzusteigen, und klappte demonstrativ ihren Terminkalender auf.

Sie hatte natürlich alles auch auf ihrem Smartphone abgespeichert, aber ihr war der handschriftliche Kalender das liebere Arbeitsgerät. Sie bewahrte alle zu Hause in einem Regal auf und machte sich manchmal abends den Spaß, ein Jahr noch einmal durchzublättern. Revue passieren lassen, hätte das ihre Mutter genannt. Der Kalender war gespickt mit PostIts, mit Markierungen, Anmerkungen und dann und wann auch mit einer kleinen Anekdote. Ein Tagebuch für Arme, jemand, der nichts von Victoria wusste, hätte damit auch nicht viel anfangen können, aber für sie versteckte sich hinter jeder Notiz eine kleine Geschichte. Die Geschichte für heute war noch nicht ganz geschrieben, aber der Kalender zeigte deutlich, dass sie kaum vor nächster Woche mit einem neuen Entwurf fertig sein würde. Dennoch schlug sie ein Treffen in drei Tagen vor. Als er zusagte, bereute sie es fast schon.

Sie würde es bis dahin nicht schaffen und warum wollte sie sich überhaupt den Druck auferlegen. Er hatte nicht gedrängt. Warum also die Eile?

Auf der Nachhausefahrt fragte sie sich immer noch, welcher Teufel sie geritten hatte. Sie brauchte den Auftrag nicht morgen fertig zu haben, zumindest nicht des Geldes wegen. Es war gut gelaufen in letzter Zeit und sie hatte noch ein paar Projekte kurz vor der Fertigstellung. Aber vielleicht hatte dieser smarte Typ mit dem Sixpack ja genau die richtigen Worte gefunden, die sie angespornt hatten, sie wusste zwar nicht, welche genau es gewesen waren, merkte aber, dass sie sich schon auf das nächste Treffen freute. Und mit einem angefangenen Tattoo, das dann sicher unter einem Hemd verborgen lag, hatten sie ja auch schon ein ideales Gesprächsthema.

Als sie ihr Auto in der Tiefgarage mit ihrem Dauerparkplatz wieder abgestellt hatte, freute sie sich schon auf ihre Wohnung. Ihr Heim, welches sie mit großer Liebe ausgestattet hatte und bei genauer Betrachtung den Werdegang ihres Lebens zeigte. Ein oberflächlich hinsehender Besucher, ein neuer Bekannter würde es vielleicht Sammelsurium nennen, denn es standen viele Stücke aus aller Herren Länder auf den verschiedenen Regalen herum. Aber es waren nicht einfach Nippesgegenstände, keine reinen Staubfänger. Es waren Gegenstände voll mit Erinnerungen und Geschichten. Ein Fotoalbum in Großformat. Im Vorbeigehen drückte sie die Taste ihres blinkenden Anrufbeantworters. Manchmal fragte sie sich selbst, warum sie so etwas wie einen Festnetzanschluss und einen AB überhaupt noch hatte, fehlte gerade noch das Fax. Nein, sie würde das bald einmal kündigen. Schließlich war sie, wenn jemand anrief, eh fast nie da und man sprach ihr dann auf das Band. Das musste sie abhören, die Nummer notieren und dann zurückrufen. Mühen und Kosten, mehr als das hatte man von so etwas nicht.

„Hallo Vic, ich bin es, Gregor, ich weiß, wir wollten uns eine Zeit lang nicht hören, aber wir müssen darüber reden. Ich muss mit dir reden. Ich hab keine Ahnung, was ich falsch gemacht habe, aber ich will das so nicht hinnehmen, du kannst mich doch nicht einfach so stehen lassen. Bitte ruf mich an. Oder ich ruf dich wieder an. Versteh mich nicht falsch, das ist keine Drohung, ich meine nur, falls du dich nicht meldest, melde ich mich. Du weißt, was ich meine? Also, ruf mich an."

Gregor, noch ein Grund, das Festnetz abzumelden.

Szene 5
Guten Abend

„Hallo, bin Zuhause."

Es kling nach Stehsatz, aber es ist die Wahrheit: Es ist ein Zuhause, dass sich Viktor mit Isabell geschaffen hat. Nicht erst, seitdem die Kinder da und sie eine richtige Familie sind. Auch schon zuvor.

Viktor hatte Isabell in der Schulzeit nie aus den Augen verloren. Sie war über Jahre hinweg im Internat gewesen, wohingegen er während seiner schulischen Ausbildung täglich nach Hause gekommen war. Er hatte sie und die anderen Internatskinder immer beneidet. Man wusste schließlich, dass man im Heim alle möglichen Dinge anstellen konnte, dass man immer Freunde um sich hatte, mit denen man im Hof kicken oder abends ausbüxen konnte. Man hatte immer einen Partner für einen Streich an der Seite und musste nicht zuerst die Eltern fragen, ob jemand vorbeikommen konnte, und ihn dann anrufen; und zum Abendessen musste er ohnehin schon wieder weg. Es wäre eine lange Reihe von Späßen geworden. Natürlich wäre das Lernen und Erwachsenwerden nicht zu kurz kommen, aber Viktor war schon immer ein ehrgeiziger Junge gewesen, er hätte die Pflicht ob dem Vergnügen nicht vergessen. Da war er sich sicher.

Erst viel später hatte er von Isabell erfahren, dass es auch Schattenseiten gab. Und diese Schattenseiten – so hatte er erfahren müssen – hatten ihm auch das Leben und Werben unendlich schwer gemacht. Aber sie war es wert, dessen war er sich sicher, war er sich immer schon gewesen, er hatte nur noch sie davon überzeugen müssen. Mittlerweile war ihm klar geworden, dass er vielleicht der Einzige gewesen war, dem es überhaupt hatte gelingen können.

Er hatte den Kindheitsbonus. Er war ein Jahr jünger als Isabell und nicht ihr direkter Nachbar gewesen, hatte sie aber trotzdem immer und überall getroffen.

Sie war an ihn gewöhnt gewesen. Und als er später, nachdem sie aus der Schule nach Hause gekommen war und beim Bäcker Liebl begonnen hatte, ernsthaft begonnen hatte, sich um sie zu bemühen, hatte sie es zuerst für Freundschaft gehalten. Er hatte bemerkt, dass sie bei Gesprächen mit männlichen Kunden stets überaus einsilbig wurde, beinahe eisig, sie hatte auch von ihrer Chefin schon manchmal einen Rüffel dafür kassiert.

Viktor nahm das als Schüchternheit und allgemeines Desinteresse an Männern hin. Er hatte auch nichts dagegen, denn zu ihm war sie zumindest ein bisschen netter. Er durfte sich auf seine Fragen mehr als nur ein Ja oder Nein erhoffen. Dabei war ihm bei seiner – zugegeben nicht romantischsten – Frage „Kann ich dich zum Kino einladen?" die simple Antwort „Ja" ihm wie der Himmel erschienen.

Noch dazu war das Date dann alles Andere als optimal verlaufen. Er hatte ja schon Einiges von „Basic Instict" gehört gehabt, aber dass die Sexszenen so explizit waren, hatte er nicht gewusst, ja nicht zu hoffen gewagt. Dass sich Isabell dabei immer mehr versteift hatte und immer unzugänglicher geworden war, war ihm zu Beginn gar nicht aufgefallen. Sie hatte jedenfalls bis zum Ende durchgehalten, danach aber drei Monate kein Wort mit ihm gewechselt.

Viktor war die Sache durchaus peinlich, schließlich verstand er, dass man beim ersten Rendezvous nicht derart direkt zur Sache ging, aber er hatte ihr ja erklärt, dass er den Inhalt nicht gekannt hatte, und googeln konnte man schließlich früher auch nicht. Aber dass sie derartig auf Distanz ging, fand er dann doch etwas übertrieben. Es änderte aber nichts an seinen Empfindungen ihr gegenüber, im Gegenteil, es war auch noch die Herausforderung dazugekommen, diesen Patzer ihr gegenüber wiedergutzumachen. Und so überhäufte er sie mit Zuwendung, wann immer er konnte.

Er hatte zwar erst begonnen, einigermaßen Geld zu verdienen, und wollte das viel lieber auf die Seite legen, als es für Blumen, Süßwaren und anderen romantischen Tand auszugeben, aber was half das Geld auf dem Sparbuch, wenn man nicht die richtige Frau an der Seite hatte. Und schließlich gab sie ihm noch eine Chance.

Das zweite Treffen geriet zur Sicherheitsvariante: Abendlicher Spaziergang in den Weinbergen und anschließendes Essen beim Heurigen. Und siehe da, Isabell war viel zugänglicher, ja richtig gelöst und sie hatten sich trotz ihrer gemeinsamen Vergangenheit viel zu erzählen. So viel, dass die Treffen zu einer ständigen Einrichtung wurden. Da beide noch bei ihren Eltern wohnten, war auch das Ende der Rendezvous schnell eingespielt:

Er brachte sie in seinem nagelneuen Mitsubishi Lancer – damals war er der Einzige mit einem Japsen in seinem Freundeskreis und damit unwahrscheinlich modern – nach Hause und brachte sie bis zur Tür. Wo sie sich anfangs freundschaftlich umarmten, schließlich ein scheues Küsschen zustande brachten und nach einigen Monaten einen innigen Kuss tauschten, welcher Viktor hoffen ließ, darauf könne irgendwann noch mehr folgen.

Das hatte er schließlich Isabells Vater zu verdanken. Eines Abends riss dieser während ihrer Verabschiedung so abrupt die Tür auf, dass beide erschrocken auseinanderstoben. Süffisant fragte er, ob Isabell ihren „neuen" Freund nicht einmal vorstellen wolle. Tatsächlich kannte er natürlich Viktor, seit dieser ein kleiner Junge war, und bat ihn schließlich auch auf ein Glaserl herein. Aus dem Glaserl wurde dann ein Stamperl und auch noch ein zweites und Viktor musste gleich einmal sein Auto vor der Tür parken, ohne dass er bei Isabell übernachten durfte. Er verabschiedete sich jedoch mit einer Einladung von Isabells Vater zum Grillen am Samstagabend und der Zusicherung, danach nicht nach Hause gehen zu müssen, könnte ja sein, dass man das eine oder andere Bier mehr zu sich nehmen würde und schließlich sei man auch als Fußgänger Teilnehmer am Straßenverkehr.

Tatsächlich geriet der Grillabend eher zu einer Art Straßenfest und Viktor fand sich plötzlich in der Rolle des Abräumers und Geschirrwäschers wieder. Immer wieder brachten sie Teller herein, aber vor allem die Gläser konnte er gar nicht schnell genug spülen, da stürzte schon wieder jemand in die Küche, der ein neues anfragte. Bis ihn schließlich Isabells Mutter erlöste und ihm flüsterte, dass Isabell hinten auf der Schaukel säße.

Sie schien gänzlich in Gedanken versunken, hatte aber nichts dagegen, sich mit ihm gemeinsam auf ihr Zimmer zurückzuziehen. Die verbliebenen Gäste schienen samt und sonders aus den Arbeitskollegen ihres Vaters zu bestehen, den Nachschub an Bier zu bringen, war um diese Uhrzeit nicht mehr die erfreulichste Arbeit. Das Zimmer überraschte ihn. Es war eine Mischung aus Kinderzimmer und Bastelstube.

Er sah Puppen, die wohl noch aus dem Ende der 70er-Jahre stammten, auch der Teddy auf dem Bett passte in dieses Bild, und andererseits gab es da diese große Nähmaschine, Schnittmusterkataloge von Burda und anderen Firmen, die ihm nichts sagten. Was hingegen völlig fehlte, waren Poster oder andere Utensilien von Bands, Filmstars oder angesagten Künstlern, die ansonsten die Wände der Heranwachsenden schmückten.

Er wandte sich den Schnittmustern zu und sah, dass obenauf eine Zeichnung einer Robe zu sehen war, welche ihn verdammt an das Hochzeitskleid von Liz Taylor und diesen Bauarbeiter erinnerte. Wie hieß der noch mal?

Nicht dass er sich für solche Dinge interessierte, aber wer hatte die Fotos nicht gesehen. Dieses champagnerfarbene, schulterfreie Teil mit dem sagenhaften Dekolleté und dem zweifach gestuften Rock bei ihrer Hochzeit auf der Neverland Ranch von Michael Jackson. Jetzt wusste er auch wieder, warum er sich daran erinnerte: er war Michael-Jackson-Fan, nicht Hochzeitsliebhaber. Ihm wurde ganz heiß.

Ob sie wohl ans Heiraten dachte? Dabei trafen sie sich erst seit Monaten? Hatte sie etwa schon mit ihrem Vater gesprochen und er wurde deshalb so selbstverständlich in die Familie aufgenommen? Aber jetzt fiel auch ihr Blick auf die Zeichnungen, verlegen schob sie alles auf einen Stapel und ließ ihn in der ersten Schublade verschwinden. Zumindest versuchte sie es, aber diese quoll über vor Stofffetzen oder Mustern, er konnte das nicht genau definieren.

Um die Situation nicht noch peinlicher werden zu lassen, zog er sie kurz entschlossen vom Schreibtisch weg zum Bett hin und ließ sich mit ihr darauf niedersinken. Wobei er gedanklich schon einen Schritt weiter war, während sie sich noch widerstrebend auf die Bettkante setzte.

Er nahm ihre beide Hände in seine und versuchte, ihr tief in die Augen zu sehen. Doch sie hob kaum den Blick von ihren Händen und schien jede Menge imaginären Schmutz unter den Nägeln zu haben, der dringend herausgepult werden musste. Schließlich gelang es ihm doch, die Aufmerksamkeit auf sich zu lenken, indem er mit seinen Händen ihre Schultern umfasste. Die Reaktion darauf hatte er sich jedoch anders vorgestellt. Anstatt sich an ihn zu lehnen

oder zumindest zu ihm zu beugen, schien sie noch weiter von ihm abzurücken, bis sie schließlich halb vom Bett rutschte und er sie beim Heraufziehen doch umarmen konnte. Er merkte jedoch sofort, dass sie seine Umarmung nicht erwiderte, ihre Arme hingen einfach seitlich an ihrem Körper herunter, weshalb er sie schließlich sanft wieder entließ. Er war wild entschlossen, ihr zu zeigen, dass er sich davon nicht entmutigen ließ und alle Zeit der Welt hatte, um sie nur so schnell zu erobern, wie sie das auch wollte und zuließ. Auf keinen Fall wollte er durch seine dummen körperlichen Bedürfnisse diesen wundervollen Menschen vergraulen. Dass die Zeit bis zur Erfüllung seiner Wünsche noch lang werden würde, wusste er damals nicht.

Aber jetzt steht erst einmal das Abendessen mit Isabell und den Kindern auf dem Programm. Wie geplant ist er pünktlich nach Hause gekommen und es duftet schon köstlich aus der Küche.

Überhaupt ist Isabell eine fabelhafte Köchin. Kreativ, aber dennoch nahm sie immer Rücksicht auf seinen Geschmack und oft genug rief sie noch einmal kurz vorher im Büro an, um zu erfragen, wonach ihm heute der Gusto stünde. Dem Geruch nach zu urteilen scheint es Gebratenes zu geben und als Beilage Sauerkraut, den Rest muss er wohl im Kochtopf nachsehen, so viel kann ihm seine Nase dann doch nicht verraten.

Apropos verraten, Elobeth muoote ihm heute auch noch verraten, wie es auf der Berufsmesse gelaufen war. Auch bei der Heimfahrt hatte er wieder über ihre Interessen nachdenken müssen, war aber nicht zu einem Entschluss gelangt.

Isabell freut sich, dass alle zum Abendessen versammelt sind. Zu Beginn ihrer Ehe hatten sie und Viktor nur gelegentlich abends gekocht. Ja schon, sie waren auch öfters gemeinsam ausgegangen, aber immer wieder hatte sie schon früher zu Abend gegessen und er sich beim Heimkommen aus dem Kühlschrank bedient.

Erst als die Kinder da waren, hatte man mit den täglichen Abendessen begonnen. Zuerst weil sie meinten Kinder, bräuchten gewisse Routinen, das mache ihnen das Lernen und Entwickeln leichter, später war es ihnen selbst zur lieben Gewohnheit geworden. Heute war es beinahe schon wieder umgekehrt: Vor allem Elsbeth musste regelmäßig dazu angehalten werden, auch wirklich zum Essen aufzutauchen, pünktlich zu Hause zu sein oder dem I-Pod einmal eine Pause zu gönnen und sich aus dem Zimmer zu bequemen. Der Schopfbraten war dann auch wieder nicht so nach dem Geschmack der Tochter. Sie war keine Vegetarierin, aber mittlerweile sehr wählerisch, was die Fleischauswahl betraf. Am liebsten schien es ihr zu sein, wenn sie selbst das Fleisch kaufte, denn dann wusste sie auch, was auf den Tisch kam.

Aber sie verzeiht nur kurz das Gesicht und freut sich dann über die selbst gemachten Semmelknödel, mit der jeder noch so kleine Bratensaftrest vom Teller und aus der Pfanne aufgetunkt werden kann. Da dieser die Aufmerksamkeit der ganzen Familie auf sich zieht, entwickelt sich ein kleiner Gabelkampf, der für eine übermütig ausgelassene Stimmung sorgt. Das Gespräch dreht sich um alles Mögliche, bis sich schließlich Viktor an seine Tochter wendet:

„Nun sag mal, wie war es auf der Messe, ist dir was ins Auge gesprungen? Und ist vom Geld auch noch was übrig geblieben?"

Vom Geld scheint nicht mehr viel übrig zu sein, aber das ist wohl nur die Nebensache, denn Elsbeth beginnt schon ganz verträumt, von ihrer Zukunft zu schwärmen. Da gäbe es eine Höhere Schule für modische Berufe. Da würden die Designerinnen von morgen ausgebildet. Mit Matura, das wollten doch die Eltern immer.

Und wo sich die befinde? In Ebensee! Im Salzkammergut, am Traunsee! Da wohnen auch die Urgroßeltern, urschön dort oben! Urschön?

Das waren wohl die Worte von Elsbeth, aber in Isabell beginnt sich alles zu drehen. Von hier bis zum Traunsee waren es wohl gut 250 Kilometer. Das kann man nicht jeden Tag mit dem Schulbus fahren, oder kann man? Nein, Blödsinn, natürlich nicht. Das hieße dann wohl: Internat. Alles, nur das nicht.

„Du gehst mir in kein Internat. So etwas wird's ja wohl hier auch wo geben, oder in Wien in der Stadt drinnen!"

Ihre Tochter wird sie auf keinen Fall aus der Hand geben, irgendwohin, wo sie nicht jeden Tag nachfragen und nachsehen kann, wie es ihr geht. Viktor blickt sie streng an und ignoriert den Einwurf seiner Frau vorerst.

Geduldig fragt er seine Tochter aus, über den Lehrplan, über die Fächer, woher sie dieses Interesse plötzlich habe, er hätte noch nie etwas davon gehört. Er tut alles, um die Verwunderung aus Elsbeths Augen zu vertreiben, die aufgeglommen ist, als sie den entsetzen Einwurf ihrer Mutter gehört hat. Sie kann sich überhaupt nicht vorstellen, was sie so gegen diese Idee aufbringt.

Sie wusste, dass ihre Mutter die Gegend liebte, und glaubte, sich auch zu entsinnen, dass ihre Mutter ein Interesse für Mode hatte. Obwohl man das ja an ihrer Kleidung nicht unbedingt ablesen konnte. Aber das würde sie ja nach den fünf Jahren Ausbildung ändern können. Warum also dieser Ausbruch?

Gut, sie würde unter der Woche im Internat sein, aber heutzutage kommt man ja in ein paar Stunden durch ganz Österreich, das war ja nicht aus der Welt und die Mutter würde sich schon daran gewöhnen. Ja, das wird es wohl gewesen sein, die Mutter war einfach geschockt, dass ihre Tochter bald nicht mehr jeden Tag nach Hause kommen würde. Hörte man ja oft, dass da Eltern Angst haben, wenn die Kinder flügge werden. Aber Vater schien schon Feuer und Flamme zu sein und daher machte sich Elsbeth auch keine weiteren Gedanken.

Viktor naturgemäß schon. Er hatte die Szene durch das Ignorieren seiner Frau halbwegs gut entschärft und Elsbeth ein Dutzend Fragen gestellt, von denen er nicht einmal die Hälfte der Antworten im Detail vernommen hatte. Ihn beschäftigte der Ausbruch von Isabell mehr, als es sein Ausdruck vermuten ließ. Schon seit Langem hatten sie nicht mehr über die Vorkommnisse während ihrer Schulzeit gesprochen, brodelten die immer noch so knapp unter ihrer Oberfläche?

Oder war das nur ein kurzes Aufflackern, weil Elsbeth einen ähnlichen Weg einschlug, zumindest was die Abwesenheit von zu Hause betraf?

Sie mussten doch wieder einmal ernsthaft darüber reden. Also war wohl heute wieder einmal reden und nicht Sex angesagt. Dabei hatte er einige Minuten zuvor noch das Gefühl gehabt, dass es heute wieder einmal mit ihnen klappen könnte, die Stimmung war so locker und seine Frau so gelöst gewesen. Aber es sollte wohl nicht sein. Wie so oft in den letzten vielen Jahren.

Natürlich hatte er aufgrund von Isabells Erlebnissen und auch wegen der heutigen Entwicklung dafür Verständnis, aber er war halt auch nur ein Mann. Was solls, die Milch war verschüttet. Morgen ist auch noch ein Tag.

Isabell hatte die blitzenden Augen ihres Mannes gesehen und auch bemerkt, wie er ihr während der ausgelassenen Unterhaltung manches Mal mit schräg gehaltenem Kopf zugezwinkert hatte. Sie kannte dieses Zwinkern und sie hatte ihm oft genug nachgegeben.

Das erste Mal nach fast einem Jahr ihres Zusammenseins. Sie erinnerte sich noch an den ersten Abend bei ihren Eltern.

Als sie gemeinsam auf dem Bett gesessen waren, hatte sie gefühlt, dass Viktor noch einen Schritt mehr gehen wollte. Sie wusste ja, was danach folgen würde. Sie hatte es schon unzählige Male erlebt und umso mehr graute ihr davor, das jetzt mit Viktor machen zu müssen. Sie hatte in den letzten Monaten so viele schöne Momente mit ihm erlebt, dabei hatte sie schon fast verdrängt, dass zu einer Beziehung und Partnerschaft weitere intime Erlebnisse gehörten. An vielen Abenden war es ihr nur allzu recht gewesen, dass ihre Eltern hinter der Haustüre im Wohnzimmer saßen und eine natürliche Barriere bildeten. Aber seitdem ihr Vater Viktor Tür und Tor geöffnet hatte, gab es diese Schwelle nicht mehr und sie fühlte sich verletzlich.

Sie wusste, dass niemand Viktor mehr aufhalten konnte. Gut, das war jetzt etwas zu theatralisch. Viktor war nie zudringlich gewesen, er schien sie ernsthaft zu lieben und hatte noch nie mehr gewollt, als sie ihm zugestanden hatte. Zugegeben, das war außer ein paar Küssen und Streicheln – meist an den züchtigsten Stellen – nicht viel gewesen, aber er hatte sich damit abgefunden.

Jetzt, in der Zweisamkeit ihres Kinderzimmers, da sah sie ihm an, dass er mehr wollte und sich nur schwer beherrschen konnte. Aber er konnte, auch wenn er bei ihr übernachtet hatte und manchmal morgens wie ein Blutegel an ihrem Rücken hing, während sie seine morgendliche Härte spürte, ging er doch nie einen Schritt zu weit. Und gerade diese Ambivalenz aus Vertrautheit und seinen zurückgehaltenen Bedürfnissen erweichten ihr Herz, sodass sie ihm eines abends das Vertrauen schenkte.

Sie erinnerte sich noch, dass ihre Eltern auf eine ihrer seltenen Reisen waren und sie das Haus für sich hatte. Nicht ganz für sich, Viktor nützte natürlich die Gunst der Stunde und kam direkt nach der Arbeit zu ihr nach Hause. Er hatte auch extra eine Flasche Wein mitgebracht. So im Nachhinein: Mit Absicht? Wusste er, dass sie auch das etwas zugänglicher machte?

Sie hatte auf jeden Fall dem Wein ordentlich zugesprochen obwohl, oder gerade, weil sie wusste, dass das ihre Hemmschwelle senkte. Und ehe sie sich versah, lagen sie auf der Couch und er küsste sie verlangend. An seinen leichten Bewegungen im Becken und dem unwillkürlichen Stöhnen aus seinem halbgeöffneten Mund erkannte sie nur zu deutlich seine Absichten. Augenblicklich war sie stocknüchtern. Ein lüsterner Mann über ihr, leichter Alkoholdunst, das war zuviel.

Auch wenn sie noch so viel für Viktor empfand, sie konnte sich nicht überwinden, noch einen Schritt weiterzugehen. Also wand sie sich unter ihm hervor und bevor er protestieren konnte, zog sie ihn an der Hand in ihr Zimmer. Dort in der vertrauten Umgebung versuchte sie, die schlechten Gedanken auszusperren und sich einzureden, dass es die – so sagten halt ihre Freundinnen –natürlichste Sache der Welt wäre und sie sich ihrem Partner, wenn sie ihn halten wollte, nicht ewig verweigern konnte.

Viktor war schon wieder ganz bei der Sache und dachte sich wohl, dass sie ihn nur zum Bett hatte bringen wollen. Schon hatte er ihre Weste aufgeknöpft und war gerade mit der Bluse beschäftigt, während er ihr ganz sanfte Küsse auf das Schlüsselbein, an den Hals, in den Nacken hauchte. Sie fühlte diese wohligen Schauer, die schon ein-, zweimal an gemeinsamen Abenden aufgetaucht waren,

und spürte auch eine gewisse Nässe zwischen ihren Beinen aufsteigen.

Sie versuchte, sich dem hinzugeben und alles Weitere geschehen zu lassen. Als er sie beide zur Gänze entkleidet und auf das Bett gelegt hatte, ließ es sich jedoch nicht mehr ausblenden. Die Gedanken kamen zurück und sie versteifte sich, die Nässe versiegte. Viktor schien es jedoch nicht zu stören.

Vielleicht dachte er, dass das Verhalten bei ihrem ersten gemeinsamen Mal natürlich sei. Er begann, vorsichtig in sie einzudringen. Nicht mit roher Gewalt, er schien sie erobern zu wollen und blickte ihr erstaunt in die Augen, als er zur Gänze in ihr war. Er schien sie etwas fragen zu wollen, besann sich aber dann und bewegte sich langsam in ihr. Nach kurzer Zeit bereits ging sein Atem deutlich schneller und sie sah seine verzückten Augen. Plötzlich aber hielt er inne. Er legte sich auf sie, umarmte sie und drehte sich mit ihr im Bett, sodass sie oben zu liegen kam.

Das hatte sie – natürlich – noch nie erlebt und wusste daher auch nicht, was von ihr erwartet wurde. Doch Viktor leitete sie mit sanftem Druck an ihren Oberschenkeln und ihrer Hüfte, während sie beide in leichte Wellenbewegungen verfielen. Viktors Atem wurde wieder deutlich schneller und auch Isabell merkte, wie plötzlich die Feuchtigkeit zurückkam. Es schien nicht mehr so unangenehm wie zuvor und vor allem: Sie wollte Viktor eine Freude machen und dadurch schien auch sie von einer Art Leidenschaft erfasst zu werden. Viel zu schnell begann er jedoch zu stöhnen und dann entlud er sich in ihr.

Glücklich lächelte er sie an, umarmte sie und fragte dann:

„Hat's dir gefallen?"

„Wenn ich beim nächsten Mal von Anfang an oben sein darf."

Seitdem hatte sich viel verändert. Nicht, dass sie vor Lust verging, auch nicht, dass sie ihre Freude am Sex entdeckt hatte, aber sie merkte, dass der Akt eine Verbindung zwischen ihr und Viktor schuf, und wollte dieses Gefühl von Nähe nicht mehr missen. Daher achtete sie fortan genau auf seine Signale und wann immer sie das Gefühl hatte, dass er sie zu begehren schien, dann ließ sie sich darauf ein.

So auch heute, sie hatte das Glitzern seiner Augen bemerkt, dass er in letzter Zeit nur selten sehen ließ. Sie vermisste nicht das Körperliche, sie vermisste die Vertrautheit zu ihrem Mann, daher wollte sie trotz der aufwühlenden Erinnerungen heute mit ihrem Mann schlafen. Dieser hatte sich jedoch schon ins Bett gelegt und schien noch ein paar Seiten lesen zu wollen. Hatte sie seine Zeichen missverstanden?

Sie putzte sich noch schnell die Zähne und steckte das Haar auf, damit es am Morgen leichter auszubürsten war, und legte sich dann zu ihm. Wie schon oft, hatte sie dabei das Gefühl, dass das größere Bett, welches sie in ihrem eigenen Haus hatten, ihrer Partnerschaft schadete.

Die Ritze zwischen den zwei Matratzen hatte es früher nicht gegeben. Damals hatten sie nur eine größere Matratze gehabt, die ihre Eltern ihr zugestanden hatten, nachdem Viktor oft bei ihr nächtigte. Und auch später in ihrer ersten gemeinsamen Wohnung hatten sie nur ein Bett mit einer Matratze, immerhin ein sogenanntes Grand Lit, damals ihr teuerstes Möbel. Jetzt allerdings hatten sie so ein Wunderding mit Federkern und verstellbarem Lattenrost. Jeder sozusagen seinen eigenen Hoheitsbereich und diese Ritze zwischen den Matratzen lag nun zwischen ihnen. Nicht so wie Elsbeth und Henrik, als sie noch klein gewesen waren, und öfter mal zur Beruhigung zwischen ihnen gelegen hatten. Mehr so wie das Sinnbild der Distanz, die man über die Jahre hinweg zueinander aufbaut. Es gab nicht mehr dieses Anschmiegen und an die Schulter kuscheln wie früher.

Klar, keiner wollte in dieser Ritze liegen und so hatten sie begonnen, händchenhaltend einzuschlafen, später mit einem Gutenachtkuss und jetzt, naja, je nachdem, wie fertig sie waren, gab es mal dies und mal das. Aber definitiv machte es die Annäherung schwerer und Isabell war es zudem nicht gewohnt, die Verführerin zu spielen. Auch das war früher nicht nötig gewesen, ein kleines Lächeln hatte als Aufforderung genügt.

Heute schien er sie nicht mal zu bemerken. Das Buch musste ja ungeheuer spannend sein. Erst als sie mit ihren Streicheleinheiten schon bei seiner Körpermitte angekommen war, schenkte er ihr einen fragenden Blick. Er hatte wohl gedacht, dass es nach dem Ende des Tischgesprächs nicht zu weiteren Verwicklungen kommen würde. Aber als sie die Hand auch noch fordernd in seinen Hosenbund steckte, konnte es wohl eindeutiger nicht sein. Er beugte sich zu ihr herüber und küsste sie. Über die Jahre hinweg hatte ihre Beklommenheit, was über sie gebeugte Männerkörper betraf, abgenommen und sie freute sich, dass ihr Mann nach all den Jahren immer noch so leicht auf sie ansprang.

Sie half ihm beim Ausziehen ihres und seines Slips und schon nach wenigen prüfenden Fingergriffen drang er in sie ein. Sie war enttäuscht, normalerweise war er ein phantasievollerer Liebhaber und das Vorspiel war ihr am ganzen Akt noch immer das Liebste. Wenn er sie liebevoll über ihren gesamten Körper küsste, bei ihren erogensten Zonen verharrte. Ganz besonders gern hatte sie, wenn er über ihren Bauch streichelte, den Nabel umspielte und langsam zu den Beckenknochen herunterglitt.

Sie fand ihren Körper nicht schlecht, auf ihren flachen Bauch war sie immer schon stolz gewesen. Bei ihrer ersten Schwangerschaft hatte sie Angst gehabt, die berüchtigten Streifen oder ein paar unansehnliche Ringe zurückzubehalten. Aber ein wenig Zurückhaltung während der Schwangerschaft

und konstante Bewegung danach hatten ihrem Körper rasch wieder die ursprüngliche Straffheit geschenkt.

Heute hatte Viktor für diese körperlichen Vorzüge keinen Blick, er schien ihr nicht mal richtig in die Augen zu sehen, sondern stöhnte an ihrem Kopf vorbei in Richtung Polster. Schon nach wenigen Minuten war es vorbei.

Als er von ihr rollte, hatte sie kurz das Gefühl, er würde sich wegdrehen und einschlafen wollen. Dann schien er sich aber doch noch einmal auf seine Frau zu besinnen, drehte sich wieder zu ihr um, umarmte sie und schnurrte ihr ein „Danke Liebling" ins Ohr. Trotzdem blieb für Isabell das Gefühl, nur benutzt worden zu sein. Das hatte sie bis dato noch nie gehabt, aber jeder Mann konnte wohl ab und an ein Egoist sein.

Szene 6
Victoria und Gregor

Gregor, ja der war eigentlich ganz süß gewesen. Im letzten halben Jahr. Aber was zu Beginn so romantisch – und auch leidenschaftlich – gewesen war, hatte sich jetzt so völlig in die falsche Richtung entwickelt. Immer öfter hatte er sich beklagt, dass es umständlich wäre, wenn sie in zwei verschiedenen Wohnungen an den beiden entgegengesetzten Enden von Wien wohnten. Und dass eine Zahnbürste in der Wohnung des Anderen noch kein Zusammenleben sei.

Aber wer sprach hier überhaupt von Zusammenleben. Sie hatte den Vorschlag gewiss nicht gemacht. Und würde ihn auch nicht machen. Es lief doch gut so. Sie sahen sich regelmäßig am Abend, gingen in Restaurants oder Bars, verbrachten zumeist das Wochenende miteinander. Er war wie sie kunstinteressiert, weshalb auch die verregneten Tage nicht nur mit Stubenhocken vertan waren. Er schien sich fürs Kochen zu interessieren und musste nicht aufgefordert werden, ihr dabei zu helfen.

Im Großen und Ganzen echt ein Netter, aber wie gesagt störten die ständigen Zwischenrufe, zur nächsten Ebene der Beziehung aufzusteigen. Das war ihr echt zu viel gewesen.

Sie brauchte ihren Freiraum und irgendwie lief es mit den Jungs immer gleich ab. Zuerst waren sie Feuer und Flamme. Erfreuten sich an Victorias Leidenschaft und dem Freiraum, den sie ihnen gewährte. Meinten, dass sie endlich eine Freundin gefunden hätten, bei der auch noch Platz für Fußball und Bierabende wäre. Aber schlussendlich konnten sie mit dem Freiraum nicht umgehen und wollten, wie sagten sie in der Werbung für dieses Katzenfutter so schön, Stubentiger werden. Aber sie war nicht der richtige Fressnapf für diese Sorte Kater. Ihrer musste ein Weltentdecker sein.

Einer, der etwas mit sich anzufangen wusste und ihr nicht auf die Pelle rückte. Aber der schien noch nicht geboren zu sein.

Außer? Nein, rein geschäftlich.

Und überhaupt: Was heißt noch nicht geboren? Immerhin war da Sebastian gewesen. Bereits mit seinen jungen 23 Lenzen ein Mann von Welt. Lag wohl an seiner Abstammung. Die Mutter Hippie, gut das ist jetzt weder Abstammung noch Beruf, aber anders hatte Victoria seine Mutter nie in Erinnerung, wenn sie genau nachdachte, gab sie wohl Kurse in Yoga oder irgendetwas Ähnlichem, aber: definitiv Hippie.

Der Vater Unternehmer. Somit hatten beide viel Gestaltungsspielraum, den sie auch auskosteten und mit ihrem einzigen Kind – Sohn Sebastian – die Welt bereisten. Dennoch war er nicht das verwöhnte Einzelkind gewesen, zumindest nicht mehr, als sie ihn kennenlernte. Er war witzig und charmant, belesen und weltoffen, einem Gläschen nicht abgeneigt, aber immer mit dem nötigen Ernst bei der Sache. Was hatte mit dem eigentlich nicht gestimmt?

Sie konnte sich jetzt gar nicht mehr so recht entsinnen. Das war ja wieder typisch: In der Rückblende erschien alles so rosa, aber dennoch, da musste etwas gewesen sein. Ja, jetzt wusste sie es wieder. Sein Rasierwasser – oder war es doch sein Duschgel gewesen – auf jeden Fall sein Duft.

Sie konnte ihn nicht riechen. Und das war für sie ein No-Go: In einer Beziehung musste die Chemie stimmen. Natürlich konnte man bei einer kürzeren Liaison mal darüber hinweg sehen, dass das Parfüm von Davidoff ist und eine absolut anwidernde Note nach – ja wonach eigentlich – verströmt.

Keine Ahnung, sie war ja schließlich nicht Jean Baptiste Grenouille und hatte in ihren Gedanken auch keinen virtuellen Weinkeller voll Düften gelagert, die sie je nach Gelegenheit schnell entkorken, nachriechen und benennen konnte. Es war auf jeden Fall der Duft gewesen, der sie mit Seb entzweit hatte.

Und auch bei all den Anderen, die sie mal kürzer oder länger kannte, war es eine Nuance, die oft zu benennen schwerfiel, die aber da war und permanentes Aushalten mit ihnen unmöglich machte. In den letzten Jahren schienen diese Nuancen bei den Männern mehr zu Marotten zu werden, sie wurden immer schneller und häufiger sichtbar.

Oder gab es da doch eine Parallele zu Grenouille? Reagierte sie zunehmend allergischer, wenn ihr etwas nicht hundertprozentig in den Kram passte? Wurde sie zur Einsiedlerin und suchte den Punkt größtmöglicher Abgeschiedenheit? Würde sie zur alternden Jungfer werden?

Jetzt aber halblang. Der Spiegel sprach eine deutlich andere Sprache: Er zeigte weder eine Jungfer noch jemand Altes. Also aufgerichtet und Gedanken zurück zum Thema. Was war das nochmal? Genau: Thomas Lautschis und sein Konglomerat von Klein- und Kleinstunternehmen. Doch der konnte durchaus noch bis morgen warten.

Den Morgen beginnt Victoria frisch ausgeruht, obwohl sie das unbewusste Gefühl hatte, viel geträumt und noch mehr Gedanken gewälzt zu haben. Immerhin ist sie um eine Erkenntnis reicher: Sie muss nach Gemeinsamkeiten suchen. Einerseits was die Geschäfte in der Huttererstraße und andererseits was ihre ewigen – bzw. eben nicht so ewigen – Männergeschichten betrifft. Letzterem lässt sich bei einem guten Kaffee leichter nachhängen.

Daher erst mal einen frischen Cappuccino aus ihrer neuen Espressomaschine. Ein Geschenk von Viktor letztes Jahr zu Weihnachten, was sie natürlich Niemandem erzählt hatte.

Viktor, auch einer von diesen unseligen Männern in ihrem Leben. Nur einer der Konstanteren und einer, der ihr am meisten Kopfzerbrechen bereitet hat. Obwohl sie sich ja darauf geeinigt hatten, eine Beziehung völlig ohne Kopfschmerzen zu führen. Jeder gibt dem anderen, was er braucht – und das ist etwas rein Körperliches.

Dennoch: Er ist Isabells Mann. Verdammt, sie schaffte es nicht, ihre eigenen Männer zu halten und wenn das rauskam, ruinierte sie auch noch das Leben von Isabell. Und das durfte sie ihr nicht antun, nicht nach alldem, was sie – stillschweigend – gemeinsam erduldet hatten.

Nie hatten sie wirklich darüber gesprochen und doch wusste Victoria, dass Isabell dieselben nächtlichen Begegnungen mit Herrn Kaminski in seinem Aufseherzimmer gehabt hatte. Auch hatte sie anfangs das Gefühl gehabt, dass Isabell gerne darüber sprechen würde, aber Victoria hatte in solchen Situationen getan, was sie für das Beste für die beiden Teenagermädchen gehalten hatte: Sie hatte immer einen Scherz auf den Lippen und konnte somit beide aus der depressiven Stimmung manövrieren. Sie war auch seither gut damit gefahren, nur dass sich die Mittel teilweise verändert hatten. Je nach Gelegenheit musste bei einer ernsthaften Diskussion mit ihren jeweiligen Partnern schon auch mal ihr Körper als Ablenkung herhalten. Victoria war sich bis heute sicher gewesen, dass das der beste Weg war, dunkle Gedanken von sich fernzuhalten, sie einfach nicht aufkommen zu lassen.

Konnte das die gesuchte Gemeinsamkeit sein, die sie in ihren missglückten Beziehungen suchte? Lag es etwa gar nicht an den Gerüchen, Marotten und unterschiedlichen Einstellungen?

Sondern nur an der Tatsache, dass Unangenehmes, Konfliktpotenziale nie angesprochen wurden. Und wenn dann tatsächlich einer am Horizont herannahte, Victoria die Reißleine gezogen und das Weite gesucht hatte? War sie schon mit dieser Eigenschaft geboren worden, konnte sie überhaupt etwas dagegen unternehmen? Oder hatte sie sich das antrainiert? Wenn ja, wann?

Da war er wieder, der Ausgangspunkt des Gedankens: der Beschützerinstinkt gegenüber Isabell. Hatte er dafür gesorgt, dass ihr Leben eine bestimmte Richtung nahm, die dafür sorgte, dass sie an zumindest jedem 2. Weihnachten allein oder bei ihren Eltern feierte? Für Victoria war immer klar gewesen, dass sie beide das nur aussitzen und möglichst wenig Gedanken daran verschwenden konnten. Einen Ausweg aus der Kaminski-Falle hatte es nicht gegeben.

Weder Victorias noch Isabells Eltern noch die anderer Mädchen hatten je Zweifel an der moralischen Integrität der Erziehungsberechtigten im Internat gehabt. Heute wusste sie, dass man es so hochtrabend ausdrücken konnte, damals hatten die Eltern nur gemeint: Wir verstehen schon, dass ihr euer Zuhause vermisst, aber das legt sich. Und ihr habt doch viele nette Leute, die auf euch aufpassen und für euch da sind. Die wissen schon, was gut für euch ist, und wenn ihr euch benehmt, dann werden sie euch auch nicht anders behandeln als wir: fair aber streng.

Was auch immer damals der Maßstab für fair gewesen sein mag. Der Maßstab kam durchaus regelmäßig zum Einsatz, aber fair hatten ihn die Mädchen selten empfunden, wenn er mit einem empfindlichen Klatschen auf ihren Handrücken oder Hinterteilen gelandet war.

Ja, es war die einzige Möglichkeit gewesen, die unumwindbaren Tatsachen wegzulächeln und auf bessere Zeiten zu hoffen. Doch galt das auch noch für heute?

Sie könnte ja Gregor doch anrufen und mit ihm klären, woran es hapert. Dass sie nicht von ihm umklammert werden möchte, sondern mit ihm – gerne Hand in Hand, besser noch Seite an Seite – etwas erleben möchte. Aber nein, der Typ würde sich nicht ändern, nur weil sie ein ernstes Gespräch mit ihm führte. Himmelherrgott, siebzehn nach acht, für einen Cappucino am Morgen sehr schwerwiegende Gedanken, die nach einem zusätzlichen Ristretto verlangten, um ihr die nötige Energie für die zweite Suche des Tages zu geben. Schließlich harrte immer noch das Logo für Herrn Lautschis seiner Entdeckung.

Bis zum Ende des Tages hatte sich auch an dieser Front eine deutliche Veränderung ergeben: Victoria war zu dem Schluss gekommen, dass die Gemeinsamkeit der unterschiedlichen Geschäfte nur von zwei Dingen ausgehen konnte: ihrem Besitzer oder der Straße, in der sie lagen. Da die Huttererstraße nun mal weder eine der attraktivsten Meilen war, was sich schon dadurch ausdrückte, dass es weder einen eigenen Einkaufsstraßenverein gab, wie Victoria auf der Homepage der Wirtschaftskammer herausgefunden hatte, noch ein herausragendes Merkmal wie ein Denkmal, eine Statue oder zumindest eine Kirche, so blieb nur mehr der Besitzer.

Gut, und der hatte ja auf jeden Fall einen interessanten ersten Eindruck hinterlassen. Wenn sie an ihn dachte, hatte sie vor allem das Bild seiner feingliedrigen Hände in Erinnerung und, ja richtig, diese Venen, die sich an seinen starken Unterarmen entlangschlängelten. Lauter kleine blaue Schlangen.

Schlangen, schlängeln, Wurzeln, Verbindungen, daraus muss sich doch etwas machen lassen.

Der erste Entwurf, eine Mischung aus Stammbaum und Trible, bei dem sich feine Linien um die einzelnen Geschäftssymbole rankten und zusammen in dem Wort Lautschis wurzelten oder auch entsprangen, je nach Betrachtungsweise –war am Abend zum Versand an Thomas fertig.

Victoria sah gespannt seiner Antwort entgegen, nicht nur weil sie hoffte, dass der Deal zustandekommen und ihm das Logo gefallen. Blieb nur noch Eines, das sie den ganzen Tag vor sich hergeschoben hatte: der Anruf bei Gregor. Mit einem Glas Blaufränkischem auf der Couch würde sich jedoch auch das erledigen lassen. Wie sagte doch der Kaiser so schön: Es war sehr schön, es hat mich sehr gefreut.

Ohnmacht

Herr Kaminski wollte dieses sogenannte Fest echt nicht. Er hatte sich am Anfang tapfer hinter seinen Gardinen verschanzt, er wusste, dass es seinen Gelüsten nicht zuträglich war, wenn er abends ganz allein kleinen und noch kleineren Grüppchen von Kindern die Tür öffnete. Er hatte immer das schleichende Gefühl gehabt, dass die Dinge, die er sich nur vorstellte, irgendwann Wirklichkeit werden würden.

Gelegenheit macht Diebe und daher hatte er sich verboten, diese Gelegenheiten zuzulassen. Aber schließlich war es ihm um seine Fassade leid. Es war der 31. Oktober, seit den 50er-Jahren hatten immer mehr Menschen versucht, Europa in den Würgegriff des Halloweenfestes zu nehmen. Das hatte auch vor ihm nicht halt gemacht. Süßes oder Saures war halt eine Chance fünfzig zu fünfzig. Er hatte diese Chance nicht gewollt, aber sie unterstützte halt, was die breite Öffentlichkeit den Trieb nannte.

An diesen jährlich wiederkehrenden Abenden war natürlich ein Haufen Mädels dabei, die sich seinen Avancen widersetzten und ein paar, na ja, die wehrten sich ein bisschen weniger. Und von Jahr zu Jahr waren es weniger Mädchen geworden, die sich wehrten. Naja, vielleicht waren auch weniger Jungens gekommen, um von ihm Saures zu erbetteln, na ja vielleicht waren es überhaupt weniger Kinder, die zum Haus gekommen waren, aber die, die da waren, waren immer noch unverfrorenerer als die Jahre zuvor, da konnte man sagen, was man wollte. Die waren ja mit nichts zufrieden. Kamen her, bewarfen seine Haustüre mit stinkigem Gemüse und anderem Unrat.

Wer gab ihnen das überhaupt? Hatten die Mütter nichts zu tun? Sammelten sie das?

Er glaubte das nicht! Die Kinder horteten das bis zum Tage X! Sie sammelten Unrat, um irgendwelche Leute in der Gegend zu erschrecken. Und zwar nicht wie gerade gesagt „irgendwelche", sondern den Nachbarn. Halloween war nur die hässliche Fratze des normalen Vorstadtalltags. In New York. In den USA. Nein. In Niederösterreich.

Nein, er hatte diese Chance nicht gewollt, aber sie auszuschlagen, das war nun auch wieder nicht nötig. So gefahrlos am Silbertablett bekam man sie sonst nur selten präsentiert. Und mit jedem Jahr war es ihm leichter gefallen und fiel es ihm schwerer, auf den 31. zu warten. Nur einmal im Jahr, das war echt zu wenig, es musste andere Möglichkeiten geben, und dann war ihm in der Zeitung die Annonce aufgefallen: „Erzieher gesucht!"

Während alle Leute im Heim sich die verrücktesten Ideen für diesen Abend ausdachten, waren Victoria und Isabell auf der Suche nach der Abgeschiedenheit. Das klang natürlich für Mädchen im Alter von vierzehn Jahren nach neunmalklug, aber dieses neue Fest, das sie von ihrem Elternhaus nie gekannt hatten, jagte ihnen Angst ein. Erst im Internat hatten beide Bekanntschaft mit den Verkleidungsgelüsten aller Anwesenden geschlossen und keine gute Erfahrungen gemacht. Natürlich waren die jüngeren Jahrgänge von den Avancen etwaiger eingeschlichener Schüler ausgeschlossen, aber der Illusion, dass nicht jeder wusste, wer man war, gab sich keine der beiden hin. Und so lebten die beiden Mädchen in dieser so geheimnisvollen Nacht in unausgesprochener Angst, ihres Geheimnisses beraubt zu werden. Konnte doch hinter jeder Maske ein dampfender Kakao lauern und dem Abend ein allzu vorhersehbares Ende setzen.

Victoria war es diesmal, die das schnelle Ende für sich hatte. Während Isabell sich der Avancen eines pickeligen, rotgesichtigen Jungen aus dem Nachbarinternat erwehrte, ereilte sie der Ruf.

Der Abend war immer mit einem Kakao zu Ende. So sicher wie auch am nächsten Tag noch Kreisky Kanzler von Österreich wäre.

Sie hatte nie verstanden, warum das nie jemanden interessierte. Konnte doch niemand glauben, dass Herr Kaminski wirklich mit ihr regelmäßig Kakao trank. Gut, sie hatte sich daran gewöhnt. Es schien ihn zu befriedigen. Was immer das genau bedeutete. Er drang in sie ein, stieß regelrecht in sie, manchmal nur einige Minuten, manchmal bis zu einer halben Stunde, nie aber wechselte er die Stellung. Er war immer auf ihr. Immer hielt er ihre Hände an ihrem Körper seitwärts fest. Sie hatte auch nie daran gedacht, aus dieser Stellung zu entfliehen. Es hatte etwas Endgültiges.

Am ersten Abend war er zu ihr gekommen und hatte versucht, sie zu verführen. Mit dieser Tasse Kakao in der Hand. Seither hatte sich das Bild nur unwesentlich geändert. Er hielt am Ritus der Kakaotasse fest. Nur sie. Sie hatte versucht, sich unattraktiv zu machen.

Zuerst mit den minderen Mitteln ihrer Kleidung. Das schien ihn noch mehr zu erregen. Dann mit ihren Schminkstiften. Aber er hatte ihr nur ganz selten in die Augen gesehen. Die einzige Reaktion, die sie erwecken konnte, war möglich, als sie sich abschnürte. Ganz zufällig hatte sie, nach einem ihrer Schulausflüge an den Semmering, ein Sportshirt an. Darunter ein knapper BH, welcher mehr zur Stützung als zur Unterstützung diente.

Niemals wieder war er so sadistisch gewesen wie in dieser Nacht. Er hatte all ihre weiblichen Attribute betont. Am Ende waren ihre Brüste von seinen Abdrücken übersät, ihre Brustwarzen betonhart von seinen Klammern und der Hintern, den hatte sie gemieden die nächsten vier Tage. Nein, schwor sie sich, in seinen Augen würde sie nie wieder als Frau auftreten.

Aber damals, da war Halloween gewesen und keiner wusste, was das bedeutete. Es war das erste Mal, dass die Regeln im Internat etwas gelockert worden waren. Die Studierstunde war früher zu Ende als sonst und Victoria freute sich schon auf einen prickelnden Abend. Da gab es Werner, im Internat für die Berufsbildende Schule für wirtschaftliche Berufe nebenan. Natürlich war ein Treffen nicht erlaubt, ja gar nicht möglich. Aber was war schon wirklich unmöglich.

Während die Internatsleitung dachte, große Zacken hielten die Leute vom Aussteigen aus ihren Zimmern ab, war das Gegenteil der Fall. Die Zacken hatten dem Ganzen Vorschub geleistet. Früher war ein Ausstieg aus dem Internat nur im sechsten oder siebten Stock möglich und somit dem elitären Kreis der Großen vorbehalten gewesen. Seitdem die Erzieher Angst hatten, dass die Leute über die Feuerleiter abstiegen, waren sogenannte Distanzhalter montiert worden. Die sollten verhindern, dass Schüler von der Feuerleiter auf benachbarte Bäume überstiegen. Was war der Fall? Erst durch diese Abwehrspitzen waren viele der Schüler auf wahnwitzige Ideen gebracht worden. So konnte man nun von beinahe jedem Stockwerk auf den Baum übersteigen, das Heim verlassen und die verbotene Abendluft schnuppern. Beim Einstieg natürlich mit den nötigen Konsequenzen.

Dass sie damit ihre Zimmergenossin Isabell in die Bredouille brachte, war nicht ihrem Charakter, sondern ihrem Freigeist zuzuschreiben. Sie hätte dies nie mit Vorsatz gemacht. Vorsatz hin oder her, sie hatte. Und die Bestrafung war bis dato nie sehr einfallsreich gewesen. Sie hatte sich immer an Herrn Kaminski festgefahren. Für die Mädchen war es nie leicht gewesen, den Hergang einer Bestrafung zu eruieren, sofern sie überhaupt was falsch gemacht hatten. War Victoria in etwas involviert, waren die Folgen meist sonnenklar, aber auch sonst war nie eindeutig, was war Ursache und was war Wirkung. So oder so fanden sich die beiden Mädchen oft vor ihrem

Erzieher wieder und mussten sich für Ausflüge oder nicht erledigte Aufgaben erklären.

Ein Internatsalltag bestand nicht nur aus Schule und Wohnen. Es musste das Zimmer gepflegt, für die Schule gelernt, die Bibliothek besucht und Sport getrieben werden. Jedes Mädchen hatte seine Präferenzen, wurde denen nicht regelmäßig gefrönt, witterten die Erzieher Abnormales. Und Abnormales hatte in diesen Mauern keinen Platz. Da wurde bei Unregelmäßigkeiten natürlich nachgefragt, ob es Schwierigkeiten in der Schule gäbe, ob man unpässlich sei oder andere Sachverhalte vorlägen.

Auch Isabell war Gegenstand einer derartigen Befragung. Sie war immer schon ein Vorbild in den bildnerischen Fächern gewesen. Ob Literatur, Gesang, Vortrag oder später auch Malerei, alles war ihr immer leicht von der Hand gegangen.

Außer ihrer Zimmergenossin Victoria schien dies auch noch ihrer Zeichenlehrerin - Fräulein Husslein - aufzufallen. Sie beschwerte sich des Öfteren, dass Isabells Zeichnungen nicht den Forderungen des Unterrichtes, sondern offensichtlich nur ihren eigenen Stimmungen folgen würden. Isabell verwendete zusehends erdfarbene, düstere Töne für ihre Malereien. Während sie sich damit tröstete, dass es für keine Zeichnung eine dezidierte Vorgabe gab, hielten ihr sowohl Victoria als auch die Lehrerin ihre ausgefallene Farbwahl zunehmend vor.

Dies führte schließlich zu einer peinlichen Befragung im Büro der Zeichenlehrerin. Nicht dass diese ein Büro gehabt hätte, aber für diesen Zweck wurde immer das Atelier verwendet. Eine Kaschemme, die nach dem Unterricht vollgestellt war mit Staffeleien für die Studierenden.

Die Frage, warum die letzte Aufgabe, ein aktähnliches Männerbild, natürlich mit Feigenblatt und nichts Unzüchtiges, bei Isabell zu einer völlig unverbrauchten

Leinwand geführt hatte, ließ sie schließlich in Tränen ausbrechen. Sie hatte nicht vor, von ihren allabendlichen Versteckspielen zu sprechen, von ihren Albträumen, dass sie weder nach links, noch nach rechts fliehen konnte, schon gar nicht wollte sie von dem Unaussprechlichen erzählen, was ihr Abend für Abend in diesem Heim angetan wurde.

Aber sie versuchte es dennoch. Wobei ihr das Wort „Heim" nicht über die Lippen kam. Sie hatte bis vor Kurzem versucht, dies als ihr Daheim anzusehen, aber seit die abendlichen Besuche begonnen hatten, war nichts mehr davon übrig. Es war nur noch eine Schlafstatt. Und nicht einmal eine schöne oder heimelige. Eine, die, wenn man Glück hatte, von abends bis morgens unberührt war und in allen anderen Fällen war sie eine Falle. Aus der es kein Entrinnen gab. In der immer wieder Mädchen ins gleiche Netz gerieten. Sie schien hier nicht die Erste und schon gar nicht die erste Generation zu sein.

Das Kakaotrinken hatte tatsächlich als Solches begonnen. Er war ganz freundlich gewesen. Und Süßes war im ganzen Internatskomplex rar. Natürlich, sie lebten schon in den 1980er-Jahren, aber welche Eltern schickten wirklich Unterstützung in das Internat. War ja auch nicht notwendig, dort gab es ja alles. Das war zumindest, was man erwartete. Und das war für 7.000.- Schilling im Monat auch nicht zu viel erwartet. Aber es gab noch mehr.

Zum Kakao wurden nur Mädchen ab zwölf geladen. Sie waren der erlauchte Kreis. Auch Isabell hatte davon gehört, und freute sich darauf. Nicht auf den Kakao. Der war nur das Synonym. Aber das Besondere, von einem Erzieher geladen zu werden, dieses Privileg hatte nicht jede Schülerin. Und dann war es soweit:

Der Kakao stand dampfend bereit. Dass auch ihr Erzieher schon in jeder Hinsicht dampfte, war ihr nicht bewusst gewesen.

Er hatte ihr beteuert, dass sie eine der besten Schülerinnen im ganzen „Nat" wäre. Im Nachhinein: Woher wusste er das überhaupt? War da wirklich so intensiver Kontakt? Dass es da aber auch noch einige Defizite gäbe. Defizite, so drückte er es wahrscheinlich nicht aus. Welches Mädchen wäre ihm da auch schon gefolgt. Dem Erzieher mit gut vierzig Jahren, den dunkelbraunen Augen und dem etwas schweren Körperbau. Defizite waren nicht die Worte, die ein Mädchen damals verstand.

„Sie hinken etwas hinten nach, Madame."

Das war es, was man brauchte. Man sprach ein Mädchen mit „Sie" und als „Madame" an. Und schon war es geschehen. Um viele zumindest.

Wir wollen sie nicht als naiv bezeichnen. Aber es gab damals noch keine Internetberichterstattung und keine alltäglichen Warnungen vor Soziopathen. Und so geriet sie an seinen spezielleren Abendkakao.

Er war anfangs äußerst zuvorkommend, bestand aber auch darauf, sie am nächsten Abend weiter zu unterrichten. Sonst würde sie nie aufholen. Isabell war sich nicht sicher, was sie tatsächlich gelernt hatte, aber durchfallen, nein, das würden ihre Eltern nie erlauben. Sie hatten sich schon dieses sakrisch teure Internat geleistet und dann diese Schande. Das war keine Alternative. Daher also Kakao. Und was mit simpler Nachhilfe begann, wandelte sich immer mehr zum Anschauungsunterricht. Sie hätte nicht gedacht, dass sich Grammatik besser lernen ließ, wenn jemand ihre Hand beim Schreiben führte. Sie hatte nicht gewusst, dass man Englisch besser im Schritt eines Foxtrott lernte, gut Dreivierteltakt war ja noch nachvollziehbar. Und als er auch noch Aktmalerei mit ihr durchgehen wollte, war es bereits zu spät. Es gab kein zurück. Sie hatte ihn bereits gemalt, warum sollte sie also nicht für ihn Modell stehen.

Er wollte ihr Talent fördern und zeigte ihr seine Vorzüge. Dass er sich – obwohl bereits Fachlehrer – auch auf dem Gebiet verbessern wollte, hatte Isabell als selbstverständlich hingenommen. Erst als er seine Staffelei verlassen und ihr seine notdürftig bekleideten Lenden frei präsentiert hatte, waren ihr erste Zweifel gekommen. Aber er hatte weiterhin beteuert, dass ohne weiterführende Studien ein erfolgreiches Abschneiden in seinem Unterricht nicht möglich sei.

Das Eindringen tat so weh. Es konnte nicht richtig sein. Egal welches Fach, welche Note, so etwas konnte man von ihr nicht verlangen. Aber er war unerbittlich. Er trieb sie zu Höchstleistungen. Regelmäßig verlangte er nach Nachhilfe. Herr Kaminski war idealerweise nicht nur als Fachlehrer an ihrer Schule, sondern auch als Erzieher im Internat tätig. Die Institution sah das als Vorteil, da die Schüler nicht permanent ihre Bezugspersonen wechseln mussten. Offensichtlich wurde das auch von manchen Lehrern so gesehen.

Erst als der Unterricht mit ihm vorbei war und keine Akte mehr am Plan standen, begannen sich Isabells Abwehrkräfte zu regen. Schließlich fasste sie sich doch ein Herz und beschloss, mit ihrer Heimaufseherin zu sprechen. Karin war eine junge Frau von ca. dreißig Jahren, sie arbeitete vom Nachmittag bis zur Nacht im Internat, den genauen Dienstplan kannte Isabell nicht.

„Er malt nie etwas und er ruft mich immer nachts. Und es tut so weh. Warum kann ich nicht einen anderen Lehrer dafür haben. Und außerdem: Ich will keine Künstlerin werden! Muss ich?"

Karin ließ sich selten zu einer direkten Antwort hinreißen. Natürlich müsse Isabell eine Art Künstlerin werden, so sei es mit allen Studentinnen an dieser Schule. Sie erlernten, einen Haushalt, ja eine ganze Wirtschaft zu führen und später einmal ihren Mann richtig glücklich zu machen.

Und: Zusätzlich wüssten alle Absolventinnen, die schönen Künste zu schätzen, manche würden tatsächlich Künstlerinnen werden. Das sei zwar nicht Hauptzweck der Schule, aber wenn Isabell sich die Ausstellung in der Aula betrachte, sie sähe, dass es da durchaus begabte Vertreterinnen gäbe!

Was die abendlichen Besuche der Erzieher anginge. Grundsätzlich sei es das, was Männer mit Frauen machten. So liefe das nun mal ab. Aber halt nicht mit dem Erzieher, sondern mit dem Ehemann. Und ja, sie verstünde schon, dass Isabell sich fürchte und am liebsten wegwolle, und nein, sie fände es auch nicht richtig, was da gemacht werde.

Nein, es müsse nicht so weh tun. Woher sie das wisse? Ja, sie habe eben auch einen Freund. Er wäre ein ganz ein Lieber. Nicht so wie der Herr Kaminski. Aber sie werde das schon noch sehen.

Ihr helfen? Was solle sie machen? Auch sie kenne niemanden da herin so richtig. Wen auch. Der, der kenne jeden. Mit dem Heimleiter ginge er auch abends mal auf a Flasche Bier. Ja, wenn er nicht auf an Kakao is, dachte Isabell. Aber der bittere Nachgeschmack blieb. Es schien keinen Ausweg zu geben beim Kakaotrinken.

Szene 8
Isabell und Victoria

Als Isabell bei Victoria anläutet, ist es bereits zehn nach sechs.

Viktor wollte pünktlich zu Hause sein, weil im Büro keine Abendtermine anstanden und sie sich somit einen Babysitter sparen konnten. Nicht dass sie sich keinen leisten konnten oder Elsbeth nicht eigentlich auch schon auf den kleineren Bruder hätte aufpassen können. Aber Isabell fühlt sich nach wie vor nicht wohl dabei, die beiden Kinder einfach allein zu lassen. Sie müssen ja so oder so schon nach der Schule in ihr verlassenes Haus kommen, ohne dass sie von jemandem empfangen wurden. Echte Schlüsselkinder.

Isabell schämt sich dafür noch immer vor ihrer Mutter, obwohl diese längst verstorben ist und ihr zudem gesagt hätte: Isabell, sie sind neun und dreizehn, sie werden es einige Stunden ohne dich aushalten.

Aber dennoch, es konnte einem kleinen Kind soviel in dieser Zeit zustoßen und man weiß ja nie, wer an der Tür klopft.

Obwohl Wien natürlich eine der sichersten Städte der Welt ist, stand das nicht sogar unlängst auf einem Plakat von Bürgermeister Michael Häupl? Gut, da steht ja viel, konnte genauso nur ein Wahlslogan gewesen sein. Kennt ja jedes Schulkind, den Spruch: Traue keiner Statistik, die du nicht selbst gefälscht hast. Und wenn man im Radio mal so mitzählt, dann wird doch zumindest jede Woche eine Bank überfallen, ein Juwelier ausgeraubt und hunderte Handtaschen geraubt. So weit her kann es also mit der Sicherheit auch nicht sein.

Viktor hatte sich trotz seiner Zusicherung verspätet und wollte dann auch noch mit ihr über den – wie er sich ausdrückte – längst fälligen Abschluss einer neuen Unfallversicherung für ihn unterhalten.

Wieso behelligte er sie mit einem solchen Zeug. Schließlich war er derjenige, der etwas von Finanzen und Kalkulationen verstand, er würde das schon richtig machen. Natürlich war es nicht so, dass Isabell nicht wissen wollte, wo das ganze Geld monatlich hinüberwiesen wurde, sie sah sich die Kontoauszüge ihres gemeinsamen Kontos sehr gewissenhaft an. Schließlich ging es ja auch da um Sicherheit:

Wer weiß schon, ob er nicht irrtümlich einem Phishing Mail aufgesessen ist und dann Tausende Euro plötzlich vom Konto abgebucht werden, ohne dass man das jemals autorisiert hätte. Bisher hatte es aber nie Unregelmäßigkeiten gegeben und sie war auch sehr dankbar, als Viktor damals in ein gemeinsames Konto eingewilligt hatte.

Zuerst hatte er sich ja lange geweigert, bis ihr schließlich der zündende Gedanke gekommen war: Ein Konto kostete weniger Kontoführungsgebühren als zwei. Damals gab es ja sogar noch Konten, wo man je Buchungszeile bezahlen musste, das hatte sogar Viktor überzeugt. Und seither teilten sie die Verantwortung, bisher aber ohne Grund zur Beanstandung.

Victoria reißt trotz Isabells Verspätung nur kurz die Tür auf, streckt den Kopf mit tropfnassen Haaren heraus und verkündet, dass sie noch mal kurz zurück ins Bad müsse, Isabell solle es sich doch schon mal bequem machen. Genauso ist sie immer schon gewesen. Sprunghaft, energetisch, unberechenbar, gedankenverloren. Und Isabell hat sich Sorgen gemacht, dass sie zehn Minuten zu spät ist. Sie hätte es wissen müssen.

Isabell tritt ein in den lang gestreckten Flur von Victorias Wohnung, von wo aus die einzelnen Zimmer dieser Wohnung abzweigen.

Victoria hat schon vor einiger Zeit die Türen aushängen lassen oder vielleicht sogar selbst ausgehängt, Isabell traut ihr da einiges zu.

Die Wohnung war eigentlich eher altmodisch geschnitten, sie war ja noch von Victorias Eltern gekauft worden, die sie ihr dann überlassen hatten, und soweit Isabell wusste, hatten Victoria stets die Mittel gefehlt, sie wirklich nach ihren eigenen Vorstellungen umzugestalten.

Diese waren immer in Richtung Offenheit gegangen, die ganze Wohnung sollte ein einziges großes Zimmer sein, vielleicht mit Vorhängen oder gar nur Perlenschnüren abtrennbar, gerade mal der Toilette hätte sie eine Schiebetür zugestanden. Idealerweise hätte sie sich wohl eine ehemalige Lagerhalle oder Fabrik gemietet und da ihre Einrichtung reingeschmissen, das hätte ihren Ansprüchen an Offenheit am ehesten Genüge getan.

Aufgrund der Tatsache, dass Victoria aber weiterhin ihr Geld eher für das Auftakeln ihres eigenen Körpers benutzte, war wenig für einen Umbau übrig geblieben. Wobei Auftakeln zu harsch war. Isabell findet Victoria durchaus attraktiv, als Frau bewunderte sie sie vor allem für die stets aufrechte Haltung, die bei ihr aber nichts Arrogantes hatte. Wer konnte es ihr da verdenken, dass sie versuchte, den Gesamteindruck durch Kleidung, Schuhe, Accessoires und das richtige Make-up noch zu intensivieren. Für sie war das nichts, aber jeder nach seiner Fasson.

Sie lässt sich auf einen der zwei bequemen Hocker im Flur sinken, um sich ihrer Stiefel zu entledigen, und genießt den Moment der Ruhe. Victoria rumort noch im Bad herum, die Familie ist zu Hause und aus dem Wohnzimmer klingt leise Bob Marley. Diese Raggae-Ikone ist etwas, das im krassen Gegensatz zur quirligen Freundin steht. Steht er doch nicht umsonst seit Generationen für karibisches Laisser-faire und nicht für Umtriebigkeit und Rastlosigkeit. Aber auch ihre beste Freundin ist im Grunde ihres Herzens nicht immer so, wie sie sich gibt.

Was weiß Isabell eigentlich vom Grunde Victorias Herzens? Wenn sie so darüber nachdenkt, herzlich wenig.

Sie ist zwar eine der Wenigen, bei denen Victoria nicht über jede Ernsthaftigkeit hinwegfliegt, aber so richtig in die Tiefe gehen ihre Treffen auch nicht. Sie weiß nicht mal, ob das mit dem Gregor noch was ist oder schon wieder ein anderer am Start steht. Zumindest hat der kurze Eindruck an der Tür eine entspannte Victoria suggeriert. Sie will sie gleich mal danach ausfragen.

Beim Umdrehen stößt Isabell gleich noch fast eine dieser mannshohen Vasen um, die in diesem Haushalt beinahe überall herumstehen. Und wo es keine Vasen gibt, sind es Plastiken von halbnackten Männern, Frauen oder auch irgendwelchen geschlechtslosen Gestalten, alle sehr explizit dargestellt. Das ist auch ein Bereich, wo offenbar sehr viel Geld hinfließt. Naja, auch wenn Isabell nichts dafür übrig hat, vielleicht ist es ja auch eine Art Wertanlage, und wenn der Umbau doch einmal akut werden sollte, konnte man diese Dinge eventuell sogar verhökern.

Da taucht wieder Victorias Kopf in der Tür auf. Diesmal natürlich in der Badetür. Verdammt, was treibt die da drinnen, ist ja schließlich kein Date. Der Kopf ruft ihr zu, doch schon mal Rosé einzuschenken. Es sollte noch eine offene Flasche im Kühlschrank sein, falls nicht, dann halt die nächste!

Isabell kommt zu diesen Treffen prinzipiell mit den Öffis oder mit dem Taxi. Nicht dass sie jemand ist, der dem Alkohol übermäßig zuspricht, aber zwei, drei Achterl werdens dann schon mal und sie trinkt und fährt nun mal nicht gleichzeitig. Völlig überflüssig sich und andere einem derartigen Risiko auszusetzen, zumal Wien eine Großstadt ist, bei der man zu jeder Tages- und Nachtzeit spätestens nach vier Minuten ein Taxi vor der Tür hat.

In letzter Zeit hat sich da überhaupt viel getan. Die Taxler fragen seit einiger Zeit immer nach der Route, die sie nehmen sollten, bisher sind sie ja gefahren, wie sie wollten. Und erst vor einigen Wochen ist nach einer Volksbefragung auch noch festgelegt worden, dass die U-Bahn künftig wochenends durchfahren soll. Also ehrlich, wer da noch alkoholisiert mit dem Auto fährt, der sollte echt entsprechend bestraft werden, kein Pardon.

Tatsächlich scheint es Victoria doch noch geschafft zu haben, sich aus dem Bad loszueisen. Sie trägt einen figurbetonten und doch lässigen Sweater und eine dazu passende Trainingshose, das Haar noch leicht angefeuchtet hinten zu einem Zopf zusammengebunden. Was um alles in der Welt konnte da so lange gedauert haben. Beim Begrüßungsküsschen auf die Wangen ergibt sich zumindest eine Erklärung: Die gerötete Hautpartie auf der Oberlippe lässt auf eine Wachsbehandlung schließen, die auch erklären könnte, warum Victoria bis jetzt so kurz angebunden war.

Die beiden lassen sich gemütlich auf der Couch nieder und stoßen mit ihren Gläsern an. Etwas vorsichtig noch setzt Victoria ihres an die Lippen, aber der kühle Rebensaft scheint der gereizten Haut eher gutzutun, zumindest lässt sie sich mit einem leichten Seufzen zurück in ihre Kissen sinken.

„Na alles gut bei dir? Harter Tag?"

Victoria setzt zu ihrer üblichen Antwort an: ja wunderbar, alles palletti. Dann gibt sie sich doch einen Ruck und lässt Isabell etwas an ihren letzten Tagen teilhaben. Beginnend mit Gregor.

Das Gespräch mit ihm war schlussendlich nicht so erfreulich und kurz verlaufen, wie sie sich das vorgestellt beziehungsweise erhofft hatte. Insgeheim hatte sie gewusst, dass er es nicht so einfach schlucken würde, schließlich hatte er sich gewünscht, die Beziehung voran und nicht zu Ende zu bringen.

Es wurde schließlich eine eineinhalbstündige Diskussion darüber, warum es zu Ende sei und warum er da nichts daran ändern konnte, bei der sie einige Male Mühe gehabt hatte, ihn davon abzubringen, stante pede aufzulegen und zu ihr in die Wohnung zu kommen. Das Letzte, was sie gewollt hatte, war, ihm bei diesem Gespräch in die Augen sehen zu müssen. Sie wusste, dass das ziemlich unreif war, aber sie konnte es nicht ändern.

Sie wollte einem Mann nicht beim Weinen oder gar Betteln zusehen müssen. Dann würde das Mitleid in ihr hochsteigen, sie würde überlegen, ob sie zu schnell gehandelt hätte und ihm dann vielleicht auch noch Aussichten auf eine zweite Chance geben. Oder er gewann den Eindruck, sie wolle nur eine Pause und machte sich irrationale Hoffnungen auf etwas, das es nicht gab. Nein, ein Telefonat war unschön, aber sauber.

Der skeptische Blick in Isabells Augen war etwas, das sie erwartet und leider schon zu oft gesehen hatte, weshalb sie auch überlegt hatte, ihr die ganze Geschichte nicht so brühwarm aufzutischen, aber die Katze musste so oder so aus dem Sack. Und außerdem: Isabell mochte zwar die Art und Weise missbilligen, aber sie hatte auch keine Ahnung. Sie musste noch nie jemand in die Wüste schicken und wurde auch noch nie so verabschiedet. Daher konnte sie ihr auch nur erklären, dass dies moralisch unschicklich war – wie übrigens so vieles in Victorias Leben aus Isabells Sicht, an erster Stelle wohl, dass noch keiner sie in ihrem Alter zur ehrbaren Frau gemacht hatte – aber sie konnte ihr auch keine echten Alternativen aufzeigen, da sie keine erlebt hatte.

Wie sie sich dabei fühlte?

Oberflächlich war es die Erleichterung, ihren Entschluss durchgezogen und sich aus einer Beziehung befreit zu haben, die sich in die falsche Richtung entwickelt hatte. Aber weiter darunter, da war dann doch auch die Sorge, die bei Isabell noch wie ein Vorwurf geklungen hatte:

Nicht dass keiner sie zur Frau nehmen wollte, sie hatte noch keinem Mann lange genug Zeit gegeben, es zu wagen, sie zu fragen. Ihr ging es weniger um den Ritus an sich als mehr um die Tatsache, dass sie – wenn sie so weiter machte – noch viele Jahre Bäumchen wechsle dich spielen würde.

Natürlich waren die Anfangsmonate traumhaft. Das Kribbeln, gegenseitige Annähern, das Kennenlernen, aber genau da lagen auch die Schattenseiten: Man musste mit jedem neuen Mann wieder seine eigene Lebensgeschichte aufwärmen, man musste sich mit erneut darauf einigen, welche Bettseite man bevorzugte und ob er seine eigene Zahnbürste mitbringen müsse oder doch einen Aufsteckkopf für die Elektrische von ihr haben könne. All diese kleinen Dinge, über die sie bis dato nie hinausgekommen war, in denen sie sich verheddert hatte und die dann den Ausschlag für ein neuerliches Ende gegeben hatten.

Da sind sie wieder die Gedanken von der alten Jungfer. Dass es da einen geschäftlichen Kontakt gibt, mit dem sie auch privat – zumindest per E-Mail – verkehrt, das ist aber im Moment wohl noch zu viel für Isabell und ihr empfindliches ethisches Radar, weshalb Victoria beschließt, ihrerseits zum Angriff überzugehen.

„Wie geht es eigentlich mit Elsbeths Entscheidung, nach Ebensee zu gehen, voran?"

Das verblüffte Gesicht Isabells lässt Victoria zuerst etwas ratlos zurück, bis es siedendheiß in ihr hochsteigt.

Der Weg zum Kühlschrank ist die einzige Möglichkeit, einen etwas klareren Kopf zurückzugewinnen, als auch schon die Frage kommt:

„Woher weißt du von dieser Idee? Wir hatten doch noch gar nicht darüber gesprochen!"

„Doch, ich denke, als wir die letzten Tage mal telefoniert haben!"

„Ich bin mir sicher, wir haben das noch nicht, schließlich bin ich strikt dagegen, dass sie in ein Internat geht und bei der Lage der Schule ist eine andere Möglichkeit ausgeschlossen. Also woher?"

„Ach ja, richtig, nicht mit dir hab ich telefoniert, sondern mit Viktor!"

„Ich wusste gar nicht, dass ihr miteinander telefoniert."

„Nicht regelmäßig, aber manchmal hab ich das Gefühl, er braucht jemanden zum Reden, und da wir uns alle schließlich schon so lange kennen, rufen wir uns manchmal gegenseitig an. Oder denkst du, er ist von selbst auf die Idee gekommen, dich zum Jahrestag in die Therme zu entführen?!"

„Das ist mir völlig neu, wieso habt ihr mir niemals davon erzählt?"

Mittlerweile ist Victoria zurück vom Kühlschrank und die Gesichtsfarbe auch wieder von der ihrer roten Couch zu unterscheiden. Währenddessen drehen sich bei Isabell die Gedanken noch im Kreis: Kann es tatsächlich sein, dass sie über sie und ihre Familie sprechen? Aber sie beschließt dennoch, das Ganze auf sich beruhen zu lassen.

Es sind schließlich ihr Mann und ihre beste Freundin. Da ist es doch ganz natürlich, dass sie sich auch gegenseitig etwas zu sagen haben, und wenn sie dabei noch Ideen für Geschenke austauschen, dann ist das doch auch in ihrem Sinne.

Victoria scheint ebenfalls einen Themenwechsel anzustreben, da sie das Gespräch bereits von Elsbeths Schulplänen auf Isabells Zukunftspläne gebracht hat.

Isabell erzählt bereitwillig von ihrem letzten Besuch bei Frau Portalek. Und während sie über Schaufensterpuppen und die alten Singer-Nähmaschinen in dem hinreißenden alten Laden spricht, fällt ihr die Gemeinsamkeit auf: der Traum, ein eigenes Geschäft für Mode aufzumachen, die gut gehüteten Schnittmuster in ihrer untersten Schublade im Aufsetzkasten im Wohnzimmer und der Wunsch ihrer Tochter, eine Höhere Schule für Modedesign in Oberösterreich zu besuchen.

Der Apfel fällt also doch nicht soweit vom Stamm. Und das, obwohl sie Elsbeth gegenüber nie ihre damals stümperhaften Versuche, ein Brautkleid nachzuschneidern, erwähnt hatte. Natürlich hatten sie, als die Kleine tatsächlich noch klein gewesen war, gemeinsam Kataloge angesehen und sich die Kleider der Reichen und Schönen ausgeguckt. Aber das war übliches Mutter-Tochter-Verhalten gewesen.

Ein warmes Gefühl von Geborgenheit durchflutet Isabell plötzlich und sie muss Victoria umarmen. Die weiß gar nicht, wie ihr geschieht, zumal Isabell hörbar ja nur über Nähmaschinen gesprochen hat, aber sie erwidert die Umarmung natürlich rasch und interpretiert sie ihrerseits als Einverständnis, alles sei wieder gut.

Den gleichen Gedanken hat auch Isabell: Ihre Tochter ist doch nicht so weit entfernt von ihr, wie sie in letzter Zeit gedacht hatte. Zwischen all den neumodischen Errungenschaften, denen Elsbeth so götzenhaft anhing, hatten sie offensichtlich eine Gemeinsamkeit: die Mode. Gut, dass man zweimal so schnell denken wie reden kann, diese Eigenschaft sollte man viel mehr pflegen!

Während Isabell offensichtlich etwas abwesend in ihren Gedanken schwelgt, klingelt Victorias Mobiltelefon. Eine ihr unbekannte Wiener Nummer. Da sie ja selbstständig und daher immer im Büro ist, beschließt sie, trotzdem schnell ranzugehen. Es ist Thomas Lautschis, der wissen will, wie es mit dem Entwurf weitergehen soll, obwohl die Uhrzeit vermuten lässt, dass dies nur ein Vorwand war. Dieser Gedanke zaubert ein Lächeln auf Victorias Lippen, das auch Isabell nicht entgeht und ihrerseits einen fragenden Blick erzeugt. Ein fragender Blick der nach Beendigung des Telefonats noch nicht verschwunden ist und mit einiger Hartnäckigkeit auch Victoria aus der Reserve lockt.

„Weißt du, der Thomas, das ist überhaupt nicht mein Typ, er ist nur ein Kunde. Ich hab ihn vor einigen Tagen getroffen, weil er ein Logo für seine ganzen Läden braucht und jetzt stehen wir halt in losem Kontakt, weil er natürlich interessiert ist, wie es mit der Arbeit vorangeht."

„Soso, interessiert, um 20:37 Uhr abends?"

Das herzliche Gelächter löst die etwas angespannte Stimmung und als Isabell sich ihr Taxi ruft, ist es bereits kurz vor Mitternacht. Höchste Zeit nach Hause und zur Familie zu kommen, Victor ist sicher noch wach!

Szene 9
Wochenende

Als der Wecker zum vierten Mal innerhalb von zwanzig Minuten auf sich aufmerksam macht, spielt Viktor kurz mit dem Gedanken, seine Frau aus dem Bett zu schubsen. Wenn es nach ihr ginge, könnte der wahrscheinlich noch weitere fünf Mal angehen, bevor sie sich aus dem Bett bequemt. Er hingegen steht schon beim ersten Klingeln beinahe senkrecht im Bett. Und das ist an einem Tag wie heute doppelt unbequem. Samstags könnte er eigentlich ausschlafen, zumindest solange, wie es seine beiden Kinder zulassen.

Da diese aber bereits in einem Alter sind, wo sie es schaffen, Orangensaft und Milch selbst aus dem Kühlschrank in die dafür vorgesehenen Gefäße zu kippen, hat er zumeist einen ruhigen Vormittag. Wohingegen Isabell eigentlich längst aus dem Bett sein sollte, da sie – wie üblich – Samstagdienst hat.

Das Geschäft hat schließlich noch bis Mittag offen und Samstage sind besser bezahlt als andere Schichten. Nicht, dass sie das Geld dringend brauchen würden, aber sie hatten beschlossen, das gerne mitzunehmen. Und Victor hatte auch nichts dagegen einzuwenden. Somit hatte er ein paar Stunden Zeit für sich und dafür, das zu tun, worauf er gerade Lust hatte.

Während Isabell es endlich schafft, die warme Betthöhle zu verlassen, fallen Victor noch einmal die Augen zu. Als er sie wieder aufschlägt, ist es bereits still im Haus. Seine Frau hat sich sicher noch mit einem Küsschen verabschiedet, ihn aber nicht wecken wollen, schließlich wird sie ja in fünf Stunden wieder da sein und die Kids scheinen sich irgendwo still zu beschäftigen.

Was für ein Segen, dass heutzutage I-Pods das Maß aller Dinge sind und die im Normalfall mit Köpfhörern für musikalischen Genuss sorgen. Mit Grauen denkt er an seine eigene erste Soundstation mit 250 Watt

67

Lautsprechern. Er kann erst jetzt richtig mit seinen Eltern mitfühlen.

Als sich schön langsam Klarheit in seinen Kopf einschleicht, weiß er auch, wonach ihm heute Morgen ist. Von diesem Gedanken angetrieben, schwingt er sich aus dem Bett und dreht im Bad erst mal den Duschhahn auf. Nach dem Zähneputzen eine dampfende Dusche und ein prüfender Blick in den Spiegel. Deo unter die Achseln – Parfüm benützt er eigentlich sehr selten, vor allem am Morgen ist ihm das zu aufdringlich – und eine haselnussgroße Portion vom Haargel, um etwas Form in die Frisur zu bringen. Das ist alles, was es braucht, es wird ja eh nicht lange so bleiben.

Die Kinder scheinen sich tatsächlich verzogen zu haben, also bleibt noch Zeit für ein kurzes Frühstück. Dieses besteht mit Sicherheit aus einem Kaffee, obwohl die ersten Schlucke direkt nach dem Zähneputzen immer gewöhnungsbedürftig sind, und vielleicht gibt es auch etwas, das sich im Kühlschrank finden lässt. Meist ist es eine Scheibe Schwarzbrot mit Belag. Ein paar Scheiben Wurst oder auch ein guter Käse, auf jeden Fall etwas Saures, wie man so schön sagt. Nach Süßem ist ihm am Morgen nicht. Überhaupt generell nur sehr selten, was ihm aber auch mit den Jahren entgegenkommt. Da er wahrlich kein großer Sportler ist, würden sich die Kohlehydrate im Zucker sehr schnell um die Leibesmitte anlegen.

Nicht, dass er jetzt einen tollen Körper hätte. Er selbst würde sich als schlank und drahtig bezeichnen und das fand er durchaus akzeptabel, kein Grund, sich Woche für Woche im Fitnessstudio zu schinden und dafür auch noch eine Stange Geld zu verbraten.

Derart in Gedanken bemerkt er erst jetzt das PostIt auf dem Küchenblock, welches ihm mitteilt, dass „ich bei Freunden bin und später wieder da sein werde".

Derart präzise Aussagen können nur von seiner heranreifenden Tochter stammen. Aber sie hatte ja sicher ihr Handy dabei, er würde sich später erkundigen, wo genau sie ist und wann sie vorhat, nach Hause zu kommen. Kurz vor neun. Höchste Zeit, Henrik zur Pfadfinderstunde zu bringen. Der Kleine ist immer ganz aufgekratzt, wenn er einmal im Monat am Samstagvormittag ein paar Stunden eine gute Tat vollbringen kann oder was auch immer die dort so machen.

Viktor selbst ist nie bei diesem Verein gewesen, weshalb er auch im Detail keine Ahnung hat, was dort genau passiert. Aber er ist sich sicher, dass es eine sinnvolle Freizeitbeschäftigung ist und sein Sohn ist für den Rest des Wochenendes immer voll mit Energie und Ideen, wie sie die Philosophie seiner Gruppe auch zu Hause umsetzen können. Daher ist Viktor dankbar und liefert seinen Sohn gerne dort für ein paar Stunden ab.

Umso verwunderlicher, dass Henrik noch nicht in der Küche aufgetaucht ist und ihn anfleht, schon etwas früher loszufahren, um nicht der Letzte zu sein. Der Letzte, der ins Vereinsheim kommt, ist dann nämlich auch derjenige, der als Letzter gehen darf, schließlich machen fünfundzwanzig Kinder auch eine Menge Schmutz und da muss zusammengekehrt werden. Und wer will schon kehren? Das kann Viktor durchaus nachfühlen, er käme auch nicht im Traum auf die Idee heute, Vormittag noch den Staubsauger rauszuholen und damit eine Runde im Haus zu drehen.

Ist aber auch nicht nötig – wenn er sich so umsieht, leistet ihre Putzfrau weiterhin gute Arbeit. Die Dame – verdammt wie heißt die jetzt schon wieder, dass ihm der Name nie einfallen will. Sonst weiß er ja einiges über sie, sie ist geschieden, kommt aus Rumänien, ist seit dreizehn Jahren in Wien, hat ebenfalls zwei Kinder, aber den Namen, den konnte er sich noch nie merken. Auf jeden Fall ist die Dame mittlerweile seit sieben

Jahren bei ihnen, eben seit Isabell wieder arbeitet.

Das war wohl das einzige Mal, dass Viktor seine Frau überzeugen musste, für etwas Geld auszugeben, das sie selbst für nicht sinnvoll hielt. Es war ihr geradezu peinlich, dass ihr Mann es ihr nicht zutraute, neben dem Job auch noch die Hausarbeit zu erledigen. Schließlich hatte sie ja keinen Fulltimejob und nur zwei Kinder, da würde das ja wohl noch machbar sein. Aber Viktor war hart geblieben. Die Unterstützung musste ja nicht gleich den ganzen Haushalt übernehmen, aber sie sollte zumindest die Reinigung des Hauses übernehmen, da konnte sie ja weder etwas falsch machen noch den Stil der Dame des Hauses verfälschen. Schließlich hatte Isabell eingewilligt und sich dann – wie konnte es anders sein – auch die passende Person selbst ausgesucht und eingestellt.

Wenn man es einstellen nennen konnte. Sie waren da wohl auch nicht anders als Hunderttausende andere Haushalte in Österreich auch. Die Dame war von einer Bekannten empfohlen worden, hatte noch ein paar Stunden jede Woche frei und war von Isabell nach einem Probetag für gut befunden worden. Mittlerweile hatte sie einen eigenen Hausschlüssel – der ihnen auch schon nach einem Urlaub, als sie sich ausgesperrt hatten, gute Dienste geleistet hatte – und war zu einer Freundin für seine Frau geworden. Wohl auch deshalb hatte seine Frau die Bezahlung übernommen.

Er weiß aktuell gar nicht, welchen Stundensatz die Dame bekommt, aber zu Beginn waren es acht Euro gewesen und er hatte die glorreiche Idee gehabt, Danijela, ah da war der Name ja wieder, monatlich eine Honorarnote stellen zu lassen. Für seine private Buchhaltung. Danijela hatte ihn natürlich angesehen, als ob er vom Mond kommen würde und nach einigen Reinigungseinsätzen hatte er das Vorhaben auch fallen lassen. Da er und Isabell aber ein gemeinsames Konto haben, hinterlässt diese Zahlung aber nach wie vor eine Lücke in seiner Buchhaltung.

Er weiß, dass es unsinnig ist, aber er erstellt für diese Ausnahmen halt einen Eigenbeleg. Keine Buchung ohne Beleg!

Ah, da ist er ja.

Henrik ist bereits fertig adjustiert und wie es scheint abmarschbereit. Obwohl Mutti das verboten hat, kommt er mit den Schuhen in die Küche, um den Vater aufzufordern, endlich zu fahren. Genau wie Viktor erwartet hat, was ihm ein breites Grinsen aufs Gesicht zaubert. Kinder und ihr Enthusiasmus können wirklich ansteckend sein, selbst dann, wenn er ihn heute gar nicht braucht, denn auch er freut sich, aus dem Haus zu kommen.

Also packt er Henrik unter den Achseln, was dieser wiederum nicht gutiert, schließlich ist er ja schon neun und kein Baby mehr. Was solls, Viktor weiß genau, dass er ihn nicht ewig so tragen können wird, sie werden ja so schnell groß, und daher genießt er diese Momente. Da meldet sich auch das Bündel unter seinem Arm schon wieder und will wissen, was passieren würde, wenn die Erde sich tatsächlich einmal nicht mehr dreht, so wie in dem Film letzte Woche.

Welcher Film? Wann hatte der Junge den gesehen? Und was den schon wieder beschäftigt!

Doch er ist noch nicht fertig: Könnte es denn sein, dass dann bei ihnen immer die Sonne scheint? Und irgendwo anders auf der Welt immer Nacht ist? Und was machen diese Leute ohne Sonne, sie können ja nicht den ganzen Tag mit Taschenlampen auf dem Kopf herumlaufen! Mann, all diese Fragen, und das schon um neun Uhr.

Ja, völlig richtig, es wäre irgendwo ständig Nacht und irgendwo ständig Tag, aber die Wahrscheinlichkeit, dass das passiert, ist ziemlich, ziemlich gering und daher auch nicht wert, darüber zu philosophieren.

71

Philosophieren, was genau ist das? Viktor sollte wirklich mehr auf seine Wortwahl achten, damit nicht jede Antwort eine Gegenfrage generierte. Generiert, das wäre sicher schon die nächste Frage geworden!

„Philosophieren bedeutet in etwa, dass man sich über eine Frage oder ein Thema lange den Kopf zerbricht und oder mit jemandem darüber unterhält und dabei noch nicht weiß, was rauskommen wird. Aber genug philosophiert, anschnallen nicht vergessen."

Das Vereinsheim liegt eigentlich nicht weit von ihrem Zuhause entfernt und schon bald wird Henrik den Weg – zumindest bei schönem Wetter – mit dem Fahrrad alleine machen können. Der Gedanke lässt etwas Wehmut bei Viktor aufkommen. Er ist ja eigentlich kein Sentimentaler, aber ihm wird schmerzlich bewusst, dass die unbeschwerten Momente, in denen seine Kinder an ihm hingen wie die Kletten, immer weniger werden.

Mit Elsbeth waren sie ja eigentlich schon länger Vergangenheit, das ist ihm gerade erst vor einigen Tagen klar geworden. Bei ihr muss er sogar aufpassen, nicht ganz den Zugang zu verlieren. Aber ihre Vorstellung, auf diese Schule in Ebensee zu gehen, die würde ihm helfen. Isabell war ganz offensichtlich dagegen und – auch wenn er es nicht darauf anlegt – da konnte er seine Tochter unterstützen und ein paar Bonuspunkte sammeln. Vielleicht würde sie dann wieder etwas offener werden.

Bei Henrik durfte er es nicht so weit kommen lassen. Als tröstend empfindet er, dass – zumindest in seiner Gedankenwelt – Jungs mit ihren Vätern mehr gemeinsam haben als die Töchter.

„Ich hol dich dann um halb zwölf hier wieder ab."

„Ist gut, brauchst dich aber nicht zu beeilen, es ist schon kurz vor halb zehn, da muss ich sicher wieder zusammenkehren."

Er scheint darüber aber nicht besonders betrübt zu sein, wie es seine Worte vermuten lassen. Wahrscheinlich sucht er sich einen guten Freund und dann kann auch das Zusammenkehren Spaß machen. Zumindest wenn sich jemand für diese Aufgabe weichkochen lässt.

Nach weiteren zwanzig Minuten Fahrt ist er auch schon bei seinem eigentlichen Ziel angekommen und parkt sein Auto in der Tiefgarage. Wenn man keinen Dauerparkplatz hat, muss man natürlich pro Stunde zahlen und das nicht zu knapp, aber es ist einfach sicherer. Nicht dass er sich um sein Auto am helllichten Tag Sorgen gemacht hätte, aber sicherer bedeutet auch, nicht gesehen zu werden, und selbst Wien ist ein Dorf. Man kann nie wissen, von wem man wo erkannt wird. Idealerweise fährt auch der Lift aus der Tiefgarage bis zu ihrer Wohnung rauf.

Sie öffnet nach dem ersten Klingeln, scheint ihn aber nicht erwartet zu haben. Zumindest lässt dieser kurze irritierte Blick darauf schließen. Der halbgeöffnete Morgenmantel hingegen wirkt ziemlich einladend. Hatten sie nichts vereinbart, er weiß es gerade nicht so genau, aber auch egal, sie scheint nichts gegen seinen Besuch zu haben, da sie ihm die Tür offen stehen lässt, selbst aber gleich wieder in Richtung Bad abrauscht.

Er muss dringend eine Methode erfinden, die es ihm ermöglicht, mit ihr Treffen zu vereinbaren, ohne dass er auf seinem Handy oder anderen elektronischen Geräten Spuren hinterlässt. Ein Einweghandy wäre eine Idee, aber das an sich wäre ja schon mal der größte aller möglichen Hinweise. Nein, bis jetzt hat es auch so ganz gut geklappt. Und wenn einmal ihr Freund da wäre, Gregor war wohl sein Name, dann könnten sie immer noch sagen, dass sie sich auf einen Kaffee unter Freunden treffen wollten.

Sie ist immer noch im Bad und nachdem er sich der Schuhe und Jacke entledigt hat, steht er sinnlos im Vorzimmer herum. Eigentlich ist ihm nicht nach einem langen Besuch, was überhaupt sehr, sehr selten ist, und schließlich muss er in einer guten Stunde bereits wieder Henrik abholen.

Ach was solls, er drückt den Knauf zum Badezimmer durch und steht mit zwei Schritten hinter ihr. Durch den großen Wandspiegel blickt sie ihn beim Eintreten an und ihr Blick signalisiert ihm ihr Einverständnis. Gleichzeitig lässt sie ihre Hände, mit denen sie wohl gerade ihre Haare nach hinten gesteckt hat, zur Seite sinken.

Der seidene Morgenmantel gleitet dadurch fast ohne Hilfe von ihren Schultern. Er hakt seine Fingern links und rechts in das Höschen, eine Hotpant, die sie wohl zum Schlafen getragen hat, da er sie ansonsten nur mit Slip oder Stringtanga kennt und, zieht es mit einem kurzen Ruck nach unten. Es bleibt in den Kniekehlen hängen, was für die beiden aber im Moment ohne Bedeutung scheint. Viktor geht hinter ihr in die Knie, während sie sich leicht nach vorne über das Waschbecken lehnt.

Als er mit der Zunge ihren Intimbereich von hinten berührt, ist er wieder einmal angenehm überrascht, wie schnell sie feucht wird. Sie scheint sich also doch über seinen Besuch zu freuen. Während er sie mit der Zunge verwöhnt, nestelt er seinen Gürtel auf und versucht, sich in der Hocke von seinen Sachen zu befreien. Als er sich wieder aufrichtet, reicht die Zeit gerade noch, sein Hemd aufzuknöpfen und aus seiner Jeansgesäßtasche ein Kondom hervorzuholen. Sie hat von Anfang darauf bestanden, nicht aus Angst, sich von ihm etwas einzufangen, dafür kannte sie ihn und seinen Lebenswandel zu gut, aber trotz aller Wahrscheinlichkeitsrechnungen: Zwei Verhütungs-methoden sind besser als eine, und schwanger werden, das stand außer jeder Diskussion.

Als er von hinten mit einem einzigen kräftigen Stoß in sie eindringt, quittiert sie diese Behandlung mit einem überraschten Aufstöhnen, obwohl sie im Spiegel sehen konnte, was auf sie zukam. Auch das fasziniert Viktor. Während des gesamten Aktes sieht sie ihnen im Spiegel zu. Sie kennt keinerlei Scham bei ihren Sexspielen, sie ist so viel körperlicher orientiert als seine eigene Frau. Als sie merkt, dass er dem Höhepunkt nahekommt, unterstützt sie ihren eigenen mit der linken Hand, während sie sich mit der rechten weiterhin am Waschbecken abstützt. Schließlich will sie auch auf ihre Kosten kommen, wozu sollte sie sich die Heimlichtuerei sonst antun.

Erschöpft sackt er auf ihrem Rücken zusammen, gedankenleer, genau das, was er sich für den Vormittag erwartet hatte. Körperlich ausgepumpt und bereit, das Wochenende entspannt mit seiner Familie zu verbringen. Während er noch seinen Gedanken nachhängt, umfängt sie sein Kondom und seine erschlaffte Erektion mit zwei Fingern und bugsiert ihn vorsichtig aus sich raus. Um ihm auch noch das Kondom abzuziehen, geht sie vor ihm in die Hocke und von ihm unerwartet stülpt sie gleich danach ihre Lippen über seinen Schaft. Das überrascht Viktor, normalerweise geizt sie, wenn sie in einer Beziehung ist, mit ihren Reizen etwas mehr als sonst, aber heute scheint sie noch eine Extrarunde drehen zu wollen. Ihm ist es recht, denn sie bringt in mit ihrer Technik nach wenigen Minuten wieder in Fahrt und in der Hosentasche ist noch Material für ein zweites Mal.

Isabell legt enttäuscht auf. Sie war kurz in das kleine Büro gegangen, um sich bei Victoria zu melden. Die scheint aber gerade beschäftigt zu sein.

Eigentlich hatte Isabell nur kurz ihr nächstes Treffen verabreden wollen. Nachdem sich beim letzten Mal eine ungute Stimmung zwischen den Beiden ergeben hat, will sie nicht zuviel Zeit verstreichen lassen. Unausgesprochene Dinge bauschen sich schnell auf und werden dann zu echten Hürden, auch in einer Freundschaft, die bereits so lange Bestand hat, wie die ihre.

Zurück im Geschäft bereitet sie noch alles für das Wochenende vor. Rundgang durch alle Räumlichkeiten inklusive Check aller Außentüren. Der Lieferant von der Zentrale mit der Bestellung für Montag hat ja ohnehin den Schlüssel für den Zwischengang. Apropos Bestellung: Erstens noch kurz die Bestellung an die Zentrale checken, nichts vergessen, heute nichts mehr unerwartet ausgegangen?

Ah ja, da ist ein leerer Haken: „Plastiktasche 0,19 €". Die braucht man nicht nachbestellen, da sind noch ausreichend im Lager. Mit einem verschmitzten Lächeln geht sie zum nächsten Punkt über. Der Wochenendeinkauf für sie selbst. Einige Toilettenartikel, Flüssigwaschmittel – sie muss dringend wieder ein paar Ladungen waschen, bügeln kann dann ja Danijela, wenn sie nächste Woche kommt – und phosphatfreien Dünger für die Blumen zu Hause. Noch schnell ins Mitarbeiterbuch eintragen. Das muss einmal im Monat an die Zentrale übermittelt werden und wird dann vom Lohn abgezogen. Isabell war anfangs verwundert gewesen über das Vertrauen, welches das Unternehmen offensichtlich in die Mitarbeiter hatte, wenn man nur eigene handschriftliche Aufzeichnungen als Basis für die Abrechnung verwendete, aber sie hatte schnell verstanden, dass das nur ein Teil der Abrechnung war.

Die Regionalleiter und natürlich auch die Buchhaltung konnten die Verkäufe täglich nachprüfen und die Mitarbeiter mussten wöchentlich einen Inventurstand im System eintragen. Somit ergibt sich eine ganz einfache direkte Ermittlung des Soll-Verbrauches. Und für alle Abweichungen müssen die Verkäufer dem Regionalleiter – in ihrem Fall Bernd – Rede und Antwort stehen. Falls die Antwort ausbleibt, wird das zu gleichen Teilen allen Mitarbeitern der Filiale angelastet. Genau genommen war somit eine Führung der Entnahmelisten obsolet, weil sie am Ende ja eh alles selbst bezahlen musste. Vorausgesetzt natürlich, Hanni und Erni hatten zirka das gleiche Entnahmeverhalten wie Isabell, da natürlich ansonsten jemand draufzahlen müsste.

Aber das waren ohnehin nur theoretische Überlegungen, denn so freundlich Bernd auch war – wenn er jede Woche Abweichungen zur Inventur nachgehen müsste, wäre es sicher aus mit seinem Entgegenkommen. Schließlich wirft es ja auch ein schlechtes Bild auf seine Performance als Regionalleiter.

Als Isabell die hintere Zugangstüre abschließt und außen am Geschäft entlang wieder nach vorne zu ihrem Auto geht, sieht sie, dass Frau Portalek ebenfalls gerade am Abschließen ist. Diese bemerkt sie im selben Moment, öffnet noch einmal die Ladentüre und bedeutet ihr, schnell rüberzukommen. Isabells Herz macht einen Sprung. Nervös erwägt sie, während sie die Straße überquert, ob das der richtige Augenblick ist, Frau Portalek von ihren Plänen zu erzählen.

Aber was, wenn die alte Dame das nicht richtig auffasst und es als Angriff auf sich sieht. Wenn sie denkt, dass Isabell sie nur vertreiben will, schließlich ist das Modegeschäft ihr Leben, ihre tägliche Chance auf Kontakt mit anderen Leuten. Andererseits könnte es genauso gut sein, dass Frau Portalek auf jemanden hofft, der ihr unter die Arme greift, ihr hilft, die Waren auszupacken und die Herausforderungen der modernen Buchführung zu meistern, und sie bei allen anderen Kleinigkeiten unterstützt, die die Selbstständigkeit so mit sich bringen.

Dass sie mit dem unter die Arme greifen nicht so falsch liegt, merkt Isabell schnell. Frau Portalek scheint aus der Puste zu sein und stützt sich auf dem massiven Türgriff ab, während sie mit der freien Hand Isabell hereinwinkt. Sie lässt sich auch partout nicht zurück in das Geschäft helfen, obwohl sie merklich Schwierigkeiten mit dem Gehen hat. Auf Isabell macht sie einen um einige Jahre gealterten Eindruck. Und sie scheint etwas auf dem Herzen zu haben.

„Isabell, meine Liebe, kann ich Ihnen etwas anbieten?"

Etwas anbieten? Isabell weiß gar nicht, dass Frau Portalek eine Teeküche im Geschäft hat. Oder will sie gar raufgehen und von oben einen Kaffee holen?

Ohne das herauszufinden, da sie dankend ablehnt, stellt sich im Gespräch schnell heraus, dass Frau Portalek seit letzter Woche noch einsamer ist, als Isabell bereits vermutet hat. Ihre Nichte – Elvira Portalek, sie war geschieden und hatte wieder ihren alten Namen angenommen – verstarb vor über einer Woche an einem Lungeninfarkt. Plötzlich und gänzlich unvermutet. Und das, obwohl Elvira erst vor drei Jahren ihre Pension angetreten hatte. Seitdem hatte sie sich vermehrt um Frau Portalek gekümmert, war sie doch die nächste und die einzig wirkliche Verwandte gewesen, die noch in Wien gelebt hatte. Natürlich, da gab es Frank in den USA, Frank hatte früher mal Franz geheißen, aber wie so viele hatte er seinen Namen anglifiziert, und dann gab es noch Verwandte in Deutschland, aber keiner von denen war in den letzten fünf oder sechs Jahren auch nur einmal in Österreich gewesen. Zumindest hatten sie in der Zeit ihre Anverwandte nicht besucht. Mag schon sein, dass sie mal in den westlichen Bundesländern auf Skiurlaub gewesen waren, aber gemeldet, nein, hatte sich keiner.

Und jetzt ist auch noch Elvira verstorben und Frau Portalek ist ganz allein. Nicht, dass sie nicht für sich sorgen kann.

Natürlich, das täglich mehrmalige Stiegensteigen zwischen dem Geschäft und der Wohnung ist mühsamer als früher, aber mit dem Einkaufen, Kochen und den täglichen Aufgaben im Geschäft kommt sie immer noch gut zurande. Und das, obwohl sie bereits übernächstes Jahr fünfundachtzig werde, das müsse sich Isabell mal vorstellen. Aber sie weiß natürlich auch, dass das von heute auf morgen vorbei sein kann, und dann, ja dann müsse sie wohl in ein Heim gehen. Und das kostet.

Isabell erntet auf ihre Frage, ob da nicht Rücklagen aus dem Geschäft vorhanden seien, einen nachdenklichen Blick. Natürlich gibt es die. Aber wie auch Jsabell durch ihre regelmäßigen Besuche nicht entgangen sein dürfe, kämen nur mehr selten Kunden und noch seltener kaufen sie auch etwas. Unangenehm berührt denkt Isabell daran, wie sie sich vor einigen Tagen noch gefreut hatte, dass es hier keinen Kaufzwang gibt. Dass sie damit die Existenz der alten Dame gefährdet, ist ihr nicht in den Sinn gekommen. Aber es macht natürlich Sinn und das ist ja auch der Grund, warum Isabell der Gedanke gekommen war, am Sortiment und der Ausstattung etwas zu ändern und das Geschäft so wieder zu beleben.

Und noch einmal schlägt ihr das Herz bis zum Hals. Sie muss den Stier – besser Frau Portalek und die hat im Moment so gar nichts von einem Stier, sondern eher von einem verlorenen, etwas in die Jahre gekommenen Lamm – bei den Hörnern packen und ihre Unterstützung anbieten. Wichtig wird sein, dass Frau Portalek sich dabei weder be-, noch hinausgedrängt fühlt. Es soll eine Partnerschaft werden. Mit Isabell als Juniorpartner und Frau Portalek mit ihrer Erfahrung.

In der folgenden Stunde vergeht die Zeit wie im Flug und Isabell staunt über das umfangreiche Wissen über die Geschäftsführung, die damit verbundenen Notwendigkeiten, Pflichten und Sorgen der erfahrenen Geschäftsfrau.

Ohne sich groß darüber Gedanken zu machen, hatte Isabell immer angenommen, dass der verstorbene Herr Portalek die Finanzen und das Geschäftsgebaren im Griff und die Dame des Hauses sich um Mode, Einrichtung, Dekoration und Verkauf gekümmert hatte. Typisch traditionelles Rollenbild, wie auch bei ihr zu Hause. Aber Frau Portalek scheint umfänglich Bescheid zu wissen, obwohl sie natürlich auch nicht verschweigt, dass sie dabei von einem selbstständigen Buchhalter unterstützt wird, den sie mittlerweile seit vielen Jahren kennt und der – eigentlich schon in Pension – ihr zuliebe noch die laufenden Buchungen durchführt. Die Abschlüsse werden von einer größeren Kanzlei vorgenommen, zu welcher sie aber keine persönliche Beziehung pflegt.

Und ihre Lieferanten, die Modemacher und Schneider: Ja, die sucht sie immer selbst aus. Natürlich könnte man auch eine Kooperation mit einer Kette schließen oder gar mit einem Versandhaus. Aber wer sei man dann noch? Bestimmt hätte man dann kein Alleinstellungsmerkmal mehr, man könne sich nicht abgrenzen von Konkurrenten, von den Modeketten mit ihren vielen Filialen.

Nein, das war nie ihr Weg gewesen und da müsse sie auch hart bleiben, solange sie noch was zu mitzureden habe. Aber in allen anderen Belangen – und das erzeugt bei Isabell sogleich so etwas wie Goldgräberstimmung – könne sie sich eine Zusammenarbeit mit Isabell auf alle Fälle vorstellen.

Wie die genau ausschauen solle und dass diese ihre privaten Probleme, sofern sie einmal gebrechlich sein sollte, nicht lösen könne, das sei schon klar. Aber Frau Portalek ist – so scheint es – unendlich erleichtert, dass sie nicht mehr alles alleine stemmen muss. Isabell ist überglücklich, dass die alte Dame die Jahre, die sie zuvor gealtert schien, mit einem Male wieder zurückgewonnen hat, versucht aber auch, ihrer beider Euphorie etwas Einhalt zu gebieten. Schließlich existierte die Idee bis heute nur in ihrem Kopf.

Weder ihrer Familie hat sie bis dato etwas gesagt, noch weiß sie, welche finanziellen Mittel ihr für einen Einstieg zur Verfügung stehen. Und eines ist klar: Wenn sie Partnerin im Geschäft wird, dann möchte sie nicht nur Angestellte sein, sondern auch etwas zu sagen haben. Und dafür wird sie Geld brauchen.

Mit gedankenschwerem Kopf, aber beflügeltem Herzen macht sich Isabell schließlich doch noch auf den Heimweg. Sie muss dringend mit Viktor über die neuen Entwicklungen reden. Da er noch nicht einmal von der Idee weiß, die heute so konkrete Formen angenommen hat, muss sie sicher den richtigen Augenblick abpassen, er ist ja auch sonst immer sehr beschützend und wird ihr nicht einfach um den Hals fallen und alles Gute wünschen.

Das Gespräch mit Frau Portalek hat sie knapp zwei Stunden ihres Samstagnachmittags gekostet. Ein Nachmittag an dem sie normalerweise alle noch angefallenen Haushalts- und Gartenarbeiten erledigt, weil der Sonntag, wie man so schön sagt, der Tag des Herrn und in ihrem Fall der Tag der Isabell ist. Da will sie –abgesehen vom Kochen – keine Aufgaben erledigen und auch nichts offen haben, das verhindert, dass sie sich voll und ganz entspannen, der Familie und ihrem Mann widmen kann und sie den ganzen Tag gemeinsam verbringen. Die Tagesgestaltung selbst ist ihr dabei egal.

Ob sie mit den Kindern ins Naturhistorische Museum gehen, weil es draußen zu unwirtlich ist, sich einen schönen Tag im Prater machen oder überhaupt den Tag nur mit Lesen, gemeinsamen Spielen und Herumlungern verbringen. Hauptsache, die Zeit wird gemeinsam genossen, denn sie ist kostbar, das weiß Isabell, und jede Woche gibt es wieder ein Anzeichen, dass keine Minute je so wieder kommen wird. Ob es ein Streit mit Elsbeth, die Entfremdung von Henrik oder das gestrige raue Verhalten von Viktor ist, jede Minute in Ruhe und Frieden mit ihren Lieben ist unersetzbar.

Im Haus scheinen alle mit sich selbst beschäftigt zu sein, weshalb sich Isabell nach kurzen Begrüßungsküssen unverzüglich an das Waschen machen kann. Die Waschküche im Keller des Hauses, hat Isabell vor einigen Jahren nach einem Wasserschaden beim Renovieren bereits nach ihren Vorstellungen neu gestalten lassen. So wurde damals ein Podest eingebaut, welches ihr erlaubt, die Waschmaschine und den Trockner ein- und auszuräumen, ohne sich bücken zu müssen. Und ihr ganzer Stolz: Es ist ihnen gelungen, einen Wäscheschacht von den Schlafzimmern im ersten Stock durch den Speiseraum im Erdgeschoss bis hierher zu verlegen, und seither muss sie die Wäsche nicht mehr mühsam in allen Räumen zusammentragen. Alle sind angehalten, sie in den Schacht zu werfen, wodurch sie von Isabell dann nur noch farblich sortiert werden muss. Ein kleiner Wermutstropfen, dass das Rohr das nicht automatisch kann.

Aber verschmerzbar, wenn Isabell daran denkt, wie sie früher stundenlang herumtigern musste, um all die Wäschestücke zusammenzutragen. Inzwischen hat sie allen klargemacht, dass Wäsche nur gewaschen wird, wenn sie hier herunten gelandet ist. Alles andere bleibt ungewaschen. Nach einer – unerwartet kurzen – Gewöhnungsfrist hat es klaglos zu funktionieren begonnen und das scheint es nach wie vor zu tun. Zumindest ist die Kiste knackevoll.

Viktor scheint eben erst seine Sachen eingeworfen zu haben, denn zwei seiner Hemden, Hose und Slip liegen obenauf. Dunkelblau, weiß und grau. Also zum dunklen und zum hellen Stoß, farblich ist heute wohl nicht nötig. Während sie noch darüber nachdenkt, einen Stoß für farbig anzufangen, merkt sie, wie sie den Hemdkragen anstarrt, und offensichtlich hatte sie kurz davor sogar daran gerochen. Nicht dass ein auffälliger Geruch vom Hemd ausgegangen wäre, es war eine völlig unbewusste Reaktion gewesen. Aber worauf? Auf das unsinnige Gespräch mit Victoria?

Das ist doch lächerlich. Nur, weil die beiden miteinander telefonieren, fängt sie jetzt, an ihrem Mann im wahrsten Sinne des Wortes hinterherzuschnüffeln. Als sie die letzte Ladung aus der Trommel holt und die Teile mitnimmt, die auf die Wäschespinne kommen, ist es bereits nach fünf. Bald Zeit fürs Abendessen, zuvor noch die paar Sachen aufhängen. Die Wäschespinne steht in ihrem Abstellraum, Schrägstrich Fußballfernsehzimmer, Schrägstrich Büro. Als ihr Blick, während sie die Wäsche aufhängt, das Regal mit den Aktenordnern streift, bleibt er an demjenigen hängen, der mit „Kreditkartenabrechnung" bezeichnet ist. Sie muss das abstellen, bevor es sich zu einer Paranoia auswächst.

Da sich zwei Stunden nicht ohne Weiteres aufholen lassen, muss das samstägliche Abendessen schnell zubereitet sein. Isabell entscheidet sich daher für Pasta mit Bolognesesoße. Das geht nicht nur schnell, es ist zudem genau das Richtige für heute Abend. Es schmeckt allen und wird daher für einen entspannten Familientisch sorgen, und: Sie hat das Faschierte noch im Gefrierfach, welches so oder so irgendwann wegmuss.

Wie Isabell es vorausgesehen hat, zeigt die eisgekühlte Flasche Sauvignon Blanc Wirkung und entspannt die Stimmung – zumindest bei den beiden Erwachsenen – noch weiter. Leicht berauscht vom Alkohol und den Vorkommnissen des Tages beschließt Isabell, gleich auch noch Viktor von den heutigen Entwicklungen zu erzählen. Da sie die Kinder nicht unbedingt dabei haben muss, trägt sie ihnen auf, den Tisch ab- und den Geschirrspüler einzuräumen.

Einmal murrend erledigt verzieht sich Henrik mit einem Kinderatlas in sein Zimmer, während Elsbeth von Viktor die Erlaubnis bekommen hat, noch bis zehn Uhr bei einer Freundin einen Film zu sehen. Isabell sieht ihrer heranwachsenden Tochter wie immer mit einem mulmigen Gefühl nach, als sie die Haustüre hinter sich zuzieht, mag aber weder ihr den Abend verderben noch ihrem Mann das gute Gefühl nehmen, dass er – wenn sie sein Grinsen richtig deutet – dadurch der großzügige Papa sein konnte. Und sie weiß ja selbst, dass ihrer Tochter nichts passieren wird, sie ist ja nur einmal ums Eck bei den Nachbarn, mit denen sie selbst auch viele Abende verbringen. Jetzt ist aber die Luft rein und während Viktor auf der Couch lungernd nach einem guten Film sucht, schmiegt sich Isabell eng an ihn und fängt an, von ihrem Tag zu erzählen.

Himmelherrschaftszeiten, Isabell könnte sich grün und blau ärgern. Wie konnte sie das nur so vermasseln. Das war ja gründlich in die Hose gegangen. Viktor ist selten ein guter Zuhörer, wenn er den Fernseher an hat, und Isabell hatte auch diesmal ihre Mühe gehabt, ihn von der Mattscheibe loszueisen und ihr wirklich zuzuhören. Als sie schließlich seine Aufmerksamkeit errungen hatte und auf den wichtigsten Punkt des Tages zugesteuert war, ihr Gespräch mit Frau Portalek und die überraschende Wendung, die es genommen hatte, sah sie in Viktors Augen weder Überraschung, noch Erstaunen. Es war eher blankes Unverständnis, seine Mundwinkel hatten gar einen spöttischen Zug angenommen.

Als sie schlussendlich vorschlägt, in das Geschäft einzusteigen, hat sie schon die Hoffnung aufgegeben, dass er unterstützende Worte dafür finden wird. Und tatsächlich, es ist fast, als lachte er sie aus. Zumindest verbal. Sie habe ja schließlich keine Ahnung, wie man ein Geschäft führt und wie man Mode einkauft. Und noch dazu zu dieser Zeit: Wer derzeit darüber nachdenke, sich selbstständig zu machen, könne ja nicht alle fünf Sinne beisammen haben.

Wer sich diesen Kram überhaupt ausgedacht habe, sie selbst? Oder habe Frau Portalek sie zur Zusammenarbeit gedrängt?

Jeder weitere Vorstoß von Isabell wird mit einer Gegenfrage abgeblockt. Er scheint nicht einmal in Erwägung zu ziehen, dies sei eine Geschäftsidee oder seiner Frau dermaßen wichtig, dass sie mit dem richtigen Partner an der Seite ein Geschäft durchaus aufzuziehen in der Lage wäre. Mit der Primetime ist das Gespräch endgültig beendet und Isabell räumt entmutigt und maßlos enttäuscht das Feld.

Seither wandert sie ziellos herum, einen richtigen Rückzugsort im eigenen Haus hat sie nicht, und vor die Tür zu gehen, hat sie auch keine Lust mehr. Sie sieht bei Henrik rein, der immer noch in seinen Atlas vertieft scheint. Aber Geografie ist nicht ihre Stärke, also wird sie auf seine Fragen auch nicht die richtigen Antworten finden. In Elsbeths Zimmer gäbe es zwar eine Menge zu tun, aber hinter ihrer Tochter herräumen möchte sie jetzt auch nicht. Schließlich findet sie sich in der Waschküche wieder, wo das Programm des Trockners gerade eine Ladung weißer Wäsche schrankfertig getrocknet hat. Auch Wäsche zusammenzulegen ist momentan nicht das Nonplusultra, aber es beschäftigt zumindest die Hände. Isabells Gedanken schweifen dennoch umher. Und sie gelangen unweigerlich immer wieder zum gleichen Schluss:

Die Abhängigkeit, in die sie sich in ihrer Ehe begeben hat, hat nicht nur sie geschwächt, sondern auch gleichzeitig Viktor stärker gemacht. Er trägt die Verantwortung für alles, was mit Geld zusammenhängt. Was hat sie sich also dabei gedacht, gerade ihm so unvorbereitet eine Geschäftsidee vorzuschlagen?

Es ist wirklich zum Aus-der-Haut-Fahren, dass sie es falsch angefangen hat. Woher sollte er auch Zutrauen zu ihrem betriebswirtschaftlichen Urteilsvermögen haben?

Ganz abgesehen davon, dass sie sich ja noch gar keine Gedanken zum Thema Finanzierbarkeit oder wirtschaftlichem Erfolg gemacht hatte. Sie wollte nur ihrem lang gehegten aber geheimgehaltenen Interesse für Mode zu neuem Erwachen verhelfen. Es war ihre heimliche Leidenschaft und genau das hätte sie auch zum Ausdruck bringen müssen. Hätte ihm erzählen sollen, dass die Schnittmuster, die sie vor Jahren verlegen in der Schublade versteckt hatte, immer noch da oben schlummern. Dass sie jetzt vielleicht nicht mehr selbst Mode herstellen will, aber zumindest einen guten Blick dafür zu haben glaubt und sich sicher ist, die Trends der letzten Jahre immer ein Jahr im Voraus gewusst zu haben.

Dass es letztes Jahr lila sein würde, war ihr sonnenklar gewesen, und nächstes Jahr wird es wohl Leder werden. Es zeichnet sich schon in diversen Zeitschriften ab und die großen Ketten und somit der Markt werden wohl im kommenden Jahr massiv auf den anfahrenden Zug aufspringen. Leder könnte sogar ein längerer Trend werden, ganz im Gegensatz zu den großformatigen Prints auf den Shirts in Übergrößen. Die werden dieses Jahr wohl nicht überleben und im nächsten Frühjahr wieder ein alter Hut sein. Genauso alt wie Schlapphüte mit Blümchen.

Genau das hätte sie ihm erzählen sollen. Sie weiß doch, dass er versucht, ihren Interessen nachzukommen, und warum soll sie das nicht ausnutzen. Noch dazu, wo er von Mode so rein gar nichts weiß. Dann wäre sie auf sicherem Terrain und er müsste ihr glauben, ja hätte sogar so etwas wie Bewunderung für sie übrig. Dann hätte sie ihm auch noch schmeicheln können, indem sie klar herausgestrichen hätte, dass sie nicht wüsste, ob sich so was heutzutage überhaupt noch rechne, aber es für diesen Part ja ihn gäbe.

Das hätte er todsicher als Herausforderung gesehen und sich die Sache zumindest einmal überlegt und mit ein paar Eckdaten sicher auch mal versucht, etwas auszurechnen.

Wenn sich da herausgestellt hätte, dass es nicht machbar ist, wäre immer noch Zeit genug gewesen sich, nach Alternativen umzusehen. Aber so ist die Chance vertan, jetzt muss Isabell wohl etwas Zeit verstreichen lassen, bis sie das Pferd noch einmal von hinten aufzäumen kann.

Szene 10
Elternabend

Er ist pünktlich, Isabell ist hocherfreut, selten genug, dass das bei einem Termin um sechs Uhr abends vorkommt. Seit ihrem Gespräch am Wochenende ist die Rede nicht mehr auf dieses Thema gekommen und auch Viktor benimmt sich, als hätte es nie stattgefunden. Isabell hingegen hat sich noch nicht überwinden können, ihn erneut darauf anzusprechen, vielleicht fehlt ihr auch noch der zündende Gedanke, wie sie es angehen kann, oder aber es liegt an ihren Eifersuchtsschüben.

Die wollte sie zwar abstellen, aber sie schleichen sich immer wieder ein. Überrumpeln sie bei alltäglichen Verrichtungen im Haushalt, aber auch bei der Arbeit. Wenn sie das Regal mit Verhütungsmitteln bestückt – gut, das ist ja geradezu prädestiniert für Fremdgehphantasien. Aber heute kam ihr einer der beklemmenden Gedanken sogar, als sie im Gang gestanden war, in dem der Fahrer der Zentrale die tägliche Lieferung abstellt. Sie hatte sich plötzlich vorgestellt, dass es ihr Mann wäre, der die Lieferungen brächte und in jeder Filiale eine ausgehungerte Kassiererin anträfe. Völlig daneben, er war ja weder LKW-Fahrer noch Vertreter oder Salesmitarbeiter und hatte daher auch gar nicht die Zeit und Möglichkeit, sich regelmäßig mit einer anderen Frau zu treffen.

Und er ist da, wie selbstverständlich, beim Elternabend von Elsbeth. Wo sich allzu selten auch die Väter der Schüler und Schülerinnen einstellen. Oftmals ist das ein reines Kaffeekränzchen, zumal die Klassenlehrerin als einzige Person, die die Schule repräsentiert, auch weiblich ist. Aber ihr Mann, der ist immer dabei, wenn es sich einrichten lässt, wahrscheinlich genießt er auch die Aufmerksamkeit und das hohe Gewicht seiner Meinung, da er ja quasi der Vätervertreter, der einzige Vertreter des sogenannten starken Geschlechts, in vielen Diskussionen ist und man bzw. „Frau" ihn als solchen auch ernst nimmt. Sie schließen sich seiner Meinung zwar nicht immer an, aber die Mütter wissen sehr wohl, dass eine Frau die Welt ihrer Söhne mit anderen Augen sieht, als es ein Vater tut. Schließlich waren die alle ja auch einmal jung und daher kann es kein Nachteil sein, wenn man alle Seiten einer Medaille begutachtet, bevor man sich für eine entscheidet.

Das heutige Hauptthema ist die Berufsschulmesse. Es scheint, dass sehr viele Kinder trotz des kürzlichen Besuchs keine Ahnung haben, was sie nach dem Abschluss der Pflichtschule machen wollen. Dass es Elsbeth bereits zu wissen scheint, verursacht bei Isabell nach wie vor ein Ziehen in der Magengegend, aber Viktor ist Feuer und Flamme. Er hat bereits ausführlich berichtet, welche Richtung seine Tochter einschlagen will, und dies im doppelten Sinne. Er hat nicht nur von der Ausbildung, sondern auch über die Notwendigkeit einer Internatsunterbringung gesprochen.

Der Druck bei Isabell erhöht sich und sie entschuldigt sich für einen Gang zur Toilette. Es hilft nicht viel, aber irgendwie ist Isabell trotzdem stolz auf ihren Mann. Er scheint sich sehr für die Bedürfnisse seiner Tochter zu interessieren und auch einzusetzen. Mittlerweile ist er bereits mit einer der Mütter in eine Diskussion vertieft, deren Kind ein ähnliches Interesse zu haben scheint. Sie wollen wohl klären, ob es dort eine Aufnahmeprüfung gibt und man jemanden kennt, der dort schon ein Kind auf der Schule hat oder hatte. Oder sonst eine Person mit Bezug zur Schule. Schaden könne das ja nichts, denn Aufnahmeprüfung hin oder her, wenn man einen Fürsprecher hat, lässt sich so manches machen. Vielgerühmtes Österreich.

Isabell ist sich wieder sicher: Ihr Mann hängt so sehr an seiner Familie, er würde nie etwas machen, das diese Idylle in Schwierigkeiten bringt. Spontan umarmt sie ihn und drückt ihm einen dicken Kuss auf die

Lippen, was für erstaunte Blicke bei den Umstehenden sorgt. Aber Isabell ist es egal, er ist ihr Mann und kurz überfällt sie ein Gefühl von Besitzerstolz: Seht her, ich hab diesen tollen Ehemann, der einzige Vater, der sich wirklich um seine Familie schert! Verstärkt wird dieses Hochgefühl noch von der Tatsache, dass Viktor sich ihr nicht entzieht oder peinlich berührt scheint. Er küsst sie innig zurück, nimmt sie danach in den Arm und setzt sein unterbrochenes Gespräch wieder fort.

Während die beiden noch weiter über die Möglichkeiten, die sich ergeben könnten, sprechen, hört Isabell hinter ihr zwei andere Mütter über ihre Kinder tratschen. Auch da geht es um Entwicklung, soweit sie das mitverfolgen kann, jedoch um eine ganz andere. Die körperliche Entwicklung ist offensichtlich das Thema. Eine Mutter scheint einen präpubertären Sohn zu haben, der plötzlich beginnt, Mädchen nicht mehr als sinnlose Zeitverschwendung zu betrachten, als Neutrum, welches sich weder zum Fußball noch zu anderem Zeitvertreib eignet.

Aber die Mädchen legten es wohl allzu sehr darauf an, echauffiert sich die Dame weiter. Es müsse doch schließlich nicht sein, dass die Mädchen in Spaghettiträgerleiberln und Miniröcken herumlaufen. Darunter am besten noch Fishnetstrumpfhosen und ein BH, der aus dem Ausschnitt herausblitzt. Und manche sähen überhaupt aus, als wären sie in die Schminktiegel ihrer Mütter gefallen. Sie wolle damit nicht sagen, dass die Tochter der Gesprächspartnerin da so mache, aber ganz allgemein sähe man schon die Tendenz.

Früher habe es das gar nicht gegeben. Gut, das sei jetzt auch nicht der modische Gipfel gewesen, die wadenlangen gewirkten Röcke und unförmigen Blusen mit Rüschen entlang der Knopfleiste und an den Ärmeln entbehrten wirklich jeder Weiblichkeit, aber weiblich müsse eine Dreizehnjährige auch nur bedingt sein. Sie selbst habe auch noch eine siebzehnjährige Tochter und der habe sie auch erst mit sechszehn das erste Mal einen Rock erlaubt, der kürzer war, und der durfte maximal eine Handbreit über dem Knie enden.

Und der Ausschnitt: Das müsse nach wie vor nicht sein, natürlich könne sie der Siebzehnjährigen nicht mehr alles verbieten – noch dazu, wo sie heuer in eine WG gezogen sei. Aber solange wie möglich müsse man das unter Kontrolle haben. Schließlich provoziere solch Offenherzigkeit auch ein gewisses Verhalten beim anderen Geschlecht. Nicht, dass sie unerwünschte Avancen der Jungs verteidigen wolle, aber man dürfe sie überhaupt nicht auf die falschen Gedanken bringen und das wäre sehr einfach zu bewerkstelligen. Weniger Haut gleich weniger Hormone gleich weniger Belästigung.

Isabell – immer noch an die Schulter von Viktor gelehnt – ist versucht, sich umzudrehen, um einerseits die Damen mal in Augenschein zu nehmen, sie hatte sie verwunderlicherweise nicht an deren Stimmen erkannt, und andererseits ihre Meinung dazu kundzutun. In gar keinem Fall kann man eine Belästigung der Frau anhängen, das ist ja wohl das Hinterletzte, jeder – noch so hormongesteuerte – Junge oder Mann muss wissen, wo die Grenzen sind. Und die müssen ihm seine Eltern beibringen und wenn die Mutter hier so ihren Jungen in Schutz nimmt, dann kann es mit der Erziehung nicht weit her sein.

Aber die Gesprächspartnerin, die Mutter die offensichtlich eine Tochter in der Klasse hat, übernimmt diesen Part für sie und lässt die Argumente ebenso wenig gelten, wie es Isabell tun würde.

Während die beiden Mütter weiterzanken, fragt sich Isabell, was sie denn damals Falsches getragen haben könnte.

Nichts, ist ihre nüchterne Analyse. Nicht, dass sie kein Interesse an Mode und an ausgefallenerer Kleidung gehabt hätte. Gut, Interesse an Mode war wohl etwas übertrieben, es war wohl mehr der Neid, der die Mädchen zumeist dazu trieb, Ausgefalleneres zu tragen. Der Blick auf die Klassenkameradinnen, die etwas Anderes, etwas Besondereres anhatten, und das dadurch erweckte Interesse, auch so etwas anziehen zu können. Im letzten Schuljahr, als sie durchaus bereits wusste, was Mode war, hatte schon jemand dafür gesorgt, dass ihr Interesse, ihre Weiblichkeit zu betonen, schlagartig erloschen war.

Am Elternsprechtag in der letzten Klasse – kurz vor ihrem vierzehnten Geburtstag – hatte Isabell keinen Rock und keine Bluse, sondern ein Kleid getragen. Es war dunkelblau mit weißen großen Knöpfen und einem weißen großen Kragen. Es hatte links eine Brusttasche aufgenäht und ging zirka zwei Handbreit unter die Knie. Es war keine Schuluniform, aber dieser sehr ähnlich und daher ausnehmend unauffällig. Und klassisch. Passend für den Tag, an dem alle Eltern eingeladen waren, um sich mit den Lehrern zu unterhalten, einen Blick ins Wohnheim zu werfen und sich mit einem Augenzwinkern darüber zu mokieren, dass die Zimmer auch nicht aufgeräumter wären als zu Hause.

Während Isabell darüber grübelt, warum sie die Details noch so genau im Kopf hat, fällt ihr noch ein Bericht ein, den sie dazu vor Kurzem gesehen hat. Es ging um traumatische Erlebnisse unterschiedlicher Menschen und die Berichte, die sie – teilweise viele Jahre später – zu diesen Erlebnissen gegeben hatten. Dabei wurde festgestellt, dass manche bestimmte traumatische Erfahrungen oder Belastungen verdrängten oder gar verleugneten. Isabell konnte das nicht nachempfinden, viele Tage aus diesen Zeiten stehen noch immer in allzu deutlicher Schärfe vor ihrem inneren Auge, mit allen Details und in Farbe. Aber ein anderer Teil aus dem Bericht bereitete ihr Kopfzerbrechen. Es wurde auch herausgefunden, dass diejenigen, die ihre Erlebnisse in lebhafter Erinnerung zu haben glaubten, dazu neigten, diese zu verdichten, und daher nicht mehr exakten Situationen zuordnen konnten, sondern verschiedenste Erlebnisse verknüpften und daraus eine – neue – Erinnerung formten.

Sollte auch ihr das passieren, dann könnte es ja sein, dass nicht alles so abgelaufen ist, wie sie es zu wissen glaubt. Sie hätte lieber – wenn man es denn so nennen kann – manche Erinnerungen überhaupt ganz verloren, anstatt unsicher sein zu müssen, ob das, was sie tagaus, tagein plagt und ihre Entscheidungen – auch die, die sie für ihre Familie, ihre Kinder trifft – beeinflusst, tatsächlich so passiert ist.

Tatsächlich hatten sich ihre Eltern damals mit Karin – ihrer Kunstlehrerin – in deren Sprechstunde zusammengesetzt und dabei viel Gutes über ihre Tochter erfahren. Dass sie in diesen Fächern stets zu den Klassenbesten zählte und in den vergangenen Jahren eine tolle Entwicklung hingelegt hatte. Dass sie trotz ihrer Jugend bereits ein ausgeprägt hohes räumliches Darstellungsvermögen hatte, welches sie auch beeindruckend in ihren Zeichnungen umsetzen konnte. Manche Zeichnungen waren laut ihrer Lehrerin derart plastisch, dass man eine Spezialförderung in diese Richtung erwägen sollte.

Auch wenn das nur eine Hauswirtschaftsschule sei, könnte man dennoch darüber nachdenken, das Mädchen auf eine weiterführende Schule zu schicken. Aber in diesen Schulen gäbe es natürlich auch noch andere Fächer. Und da kam das Aber. In den Standardfächern wie Mathematik oder Deutsch war Isabell allenfalls Durchschnitt und zudem mangelte es ihr hier auch an Begeisterung. Das erfuhren ihre Eltern allerdings nicht von Karin, sondern von den jeweiligen Lehrern dieser Fächer. Und die zeichneten naturgemäß ein weniger rosiges Bild von Isabells Zukunft.

Da sah kein Pädagoge weiteres Entwicklungspotenzial und die Möglichkeit demnächst in eine Höhere Schule zu wechseln. Im Gegenteil, wenn Isabell ihr Aufmerksamkeitsdefizit nicht in den Griff bekäme, würde es zum Jahresende noch einmal richtig knapp werden. Die Leistungen hatten im letzten halben Jahr deutlich abgenommen und auch wenn man daran gewöhnt war, dass die Mädchen mit beginnender Pubertät andere Interessen hatten, war jetzt nicht der Zeitpunkt, sich hängen zu lassen und durch die letzte Klasse zu sausen.

Müßig zu erwähnen, dass diese Lehrer von ihren Eltern zum Schluss besucht worden waren und ihr daher der Weg von der Schule zum Wohnheim – so wenige Meter er auch betragen mochte –elendslang vorkam. Ihr Vater war äußerst besorgt ob der Tatsache, dass seine Tochter die Konzentration auf andere, offensichtlich außerschulische Interessen legte. Und er drückte das in seiner üblichen Art aus. Er war in sich gekehrt und die einzigen Worte, die er auf dem Weg an sie richtete, trieften vor unausgesprochener Enttäuschung. Isabell hatte ihn noch nie richtig wütend oder zumindest mal aufbrausend gesehen, aber seine Art der Bestrafung war in vielerlei Hinsicht viel effektiver und ging ihr viel näher als die Reaktion ihrer Mutter. Die fand es eher peinlich, zum in Grund und Boden schämen. Wie stünde man denn da, wenn die Tochter nicht mal die Grundschule schaffen würde!

In der Aula des Wohnheims gab es für die Eltern Kaffee und Kuchen. Alle Erzieher – mit Ausnahme derer, die am Abend noch Nachtdienst haben würden – waren da und gaben bereitwillig Auskunft über das Verhalten ihrer Schützlinge, über neue Entwicklungen im Internat, über zukünftige Projekte oder standen einfach nur für die Fragen der Eltern zur Verfügung.

Auch eine Dame der KÜST war heute da. Isabell hatte sie schon öfter gesehen, konnte sich aber weder an den Namen erinnern noch hatte sie mit ihr jemals ein Gespräch geführt. Die sogenannte Verbindungs-fürsorgerin kam einige Male im Jahr vorbei und alle Bewohner des Internats hatten dann die Möglichkeit, mit ihren Sorgen und Problemen zu ihr zu kommen.

Und tatsächlich fragte sie jetzt auch bei Isabells Eltern an, ob sie denn die Zeit für ein Gespräch nutzen wollten. Egal, ob es ein Problem gäbe, gerne auch etwas Vertrauliches, ob es offene Fragen zur Zukunft der Tochter wären oder sie sie einfach nur ein bisschen kennenlernen wollten, sie wäre gerne da. Sie stellte sich auch bei Isabell persönlich vor und bedauerte, dass sie noch keine Gelegenheit gehabt hatten, sich kennenzulernen. Ihre Eltern reichten die Fragen an Isabell weiter. Soweit sie wüssten, sei alles in Ordnung, aber die Tochter könne das wohl selbst am besten beurteilen, schließlich ginge es ja um sie.

Während sich die Eltern, die Fürsorgerin und die anderen Umstehenden den Schokokuchen und den Filterkaffee schmecken ließen, drehte sich in Isabell alles.

Ja natürlich, wollte sie laut rausschreien. *Natürlich hab ich etwas zu sagen, natürlich gibt es ein Problem.*

Es gab so viel, dass sie gerne erzählt hätte, damit jemand sie in den Arm nehmen und ihr sagen könnte, alles würde wieder gut werden. Damit die Nächte, in denen sie vor lauter Angst nicht einschlafen konnte, wieder weniger würden, damit die vielen Verletzungen, die unsichtbar sowohl körperlich als auch seelisch in ihr vorhanden waren, endlich ans Tageslicht kämen und geheilt werden könnten. Damit sie endlich diesen schrecklichen Ort verlassen und nach Hause zu ihrem Vater gehen könnte. Schließlich war es ja gar nicht so weit und dann könnte sie jeden Tag von zu Hause in die Schule fahren und den Abend ohne Angst in ihrem eigenen Zimmer verbringen.

Holt mich hier raus, das wollte sie schreien und das war auch alles, was Isabell wollte. Ihr war es egal, ob Herr Kaminski bestraft würde, ihr war egal, ob sich hier etwas änderte, sie wollte nur weg. Und wenn hinter ihr die Sintflut kam, ihr konnte es egal sein, wenn sie erst wieder daheim wohnte, würde zumindest für sie alles besser werden.

Und vielleicht konnte man auch noch eine Lösung für Victoria finden. Aber sie wusste, was sie gleich sagen würde. Dass es natürlich kleine Streitereien mit den anderen Mädchen gab. Aber dass sie ja eine beste Freundin hier habe und alles andere nicht so schlimm sei. Im Gegenteil, das Wohnheim biete ja so viel Abwechslung und man war nie allein, immer gäbe es etwas zu tun. Ja, man war tatsächlich nie allein.

Auch nicht, wenn man mit der Verbindungsfürsorgerin sprach. Zumindest ging Isabell davon aus. Die Gespräche mit ihr fanden immer in der Kanzlei des Wohnheimleiters, im Direktionszimmer oder auch im Aufenthaltsraum der Erzieher statt. Wer konnte da glauben, dass man allein mit dieser Person war. Oder dass man ihr alles erzählen konnte, was einen belastete. Oder gar, dass der Erzieher, der normalerweise seine Zeit in diesem Zimmer verbrachte, die Mädchen belästigte, man missbraucht wurde.

Isabell kannte kein Mädchen, dass sich jemals mit der Dame der KÜST unterhalten hätte. Vielleicht versuchte diese auch jetzt zu diesem Anlass deswegen so intensiv, mit den Eltern und deren Kindern in Kontakt zu kommen. Da sich aber Isabell nicht weiter dazu äußerte, war sie nach ein paar weiteren belanglosen Sätzen mit ihr und ihren Eltern wieder abgezogen, um sich den Nächststehenden vorzustellen.

Szene 11
Victoria & Thomas

Heute ist der finale Schliff dran. Es muss alles perfekt sein, bevor sie zu ihrem Treffen mit Thomas aufbricht. Schließlich bezahlt sich die Miete für die Wohnung ja nicht allein. Und wenn man bedenkt, was der Staat noch alles abzweigt. Ganz zu schweigen von den Kosten für die Selbstständigenversicherung.

Anfangs, als Victoria noch ganz kleine Brötchen gebacken hatte, da hatte sie für die Versicherung nur das Nötigste einbezahlt. Schließlich kann man es sich das als Selbstständiger bis zu einem gewissen Grad ja aussuchen. Aber sie wird auch nicht jünger und eine anständige Versicherung gibt einem schließlich auch Sicherheit. Wer will schon in amerikanischen Zuständen leben und andauernd Panik schieben, dass man sich die nächste Arztrechnung nicht leisten kann. Daher hatte sie vor einiger Zeit angefangen, das Maximum einzubezahlen, und sich auch noch eine private Zusatzversicherung geleistet. Seither geht Victoria beruhigt zweimal jährlich zur Vorsorgeuntersuchung und auch sonst regelmäßig zu ihren Wahlärzten. Je nach Fachgebiet ein- oder zweimal im Jahr. Unwillkürlich schüttelt sie den Kopf. Vor zehn Jahren hätte sie sich eine Spießbürgerin geschimpft und das Geld für heiße Wäsche und noch heißere Wochenenden ausgegeben. Wie die Welt sich doch wandelt. Ja, und für diesen Gesundheitsstandard klotzte sie jetzt schon knapp zwei Wochen ran.

Doch heute hat sie das – hoffentlich letzte und entscheidende – Meeting mit Thomas. Er hatte ihre Entwürfe regelmäßig begutachtet und einige Veränderungsvorschläge angebracht.

Das ist natürlich sein gutes Recht, schließlich wird er das Logo jeden Tag sehen, wenn er einen seiner Läden betritt, und ihm soll es schließlich auch helfen bei der

Mental Availability, wie man heute so schön sagt. Mit einem konsistenten Auftritt seiner Geschäfte und mit seiner Onlinepräsenz sollten die Leute immer an die Marke Lautschis denken, sobald sie sich einen Nagel abbrechen oder noch einen Flecken nackter Haut entdecken, der ein wenig mehr Farbe vertragen könnte. Und Victoria ist überzeugt, dass ihr das gelungen war beziehungsweise ihre Arbeit dies unterstützen würde.

Dabei hatte es zwischenzeitlich nicht nach einem erfolgreichen Abschluss dieses Auftrages ausgesehen. Nachdem sie voll Feuereifer einige Tage an den ersten Entwürfen gesessen war, hatte sie diese Thomas via Mail zukommen lassen. Nachdem er anfänglich einige Tage überhaupt nicht reagiert hatte, kam dann ein elendslanges Retourmail mit den Änderungsvorschlägen. Und am Ende noch eine Bemerkung über die Vorfreude auf die nächste Ladung an guten Ideen.

Wie hatte er das wohl gemeint? Das ihre Ideen sch**** waren? Oder dass er die Ideen im Prinzip gut fand, aber er halt mit all den Bemerkungen seinen eigenen Stil einbringen wollte.

Und dass er den hatte, das hatte Victoria ja schon in seinem Studio gesehen. Die Tribles schienen nicht abgepaust zu sein, das waren Eigenkreationen. Und auch die plastischeren Motive mit Anlehnungen an die griechische Mythologie strahlten eigene Persönlichkeit aus. Das war immer das Problem mit der schriftlichen Kommunikation. Man wusste bei solchen Kommentaren, nie woran man war. Man konnte nicht sehen, ob es jemand mit einem Augenzwinkern angefügt hatte oder ob ihm tatsächlich die Arbeit nicht gefiel.

Sie beschloss, an Ersteres zu glauben und weiterzumachen. Es entspann sich ein recht intensiver schriftlicher Austausch, der aber anfangs keine großen Fortschritte brachte.

Sie hatte sogar schon überlegt, wie sie ihm zumindest einen Teilbetrag in Rechnung stellen könnte, falls er doch noch abspringen wollte. So würde sie zumindest einen Teil ihrer Arbeitszeit abgegolten bekommen.

Es kam ja auch nicht zu selten vor, dass sich Unternehmer von verschiedenen Design- oder Marketingagenturen Vorschläge schicken ließen und diese dann ihrem hauseigenen Grafiker vorlegten. Dieser brauchte die Ideen nur mehr verfeinern und voilà: Die Kampagne war fertig, die Fertigstellungskosten relativ gering und die Erstanbieter gingen leer aus. Sie wusste, dass dies gang und gäbe war, schließlich hatte sie solche Deals auch schon gemacht.

Aber es war schäbig und am besten war man darauf vorbereitet. Sagte dem Kunden sofort, wie die Bedingungen waren, und verrechnete alles schön in kleinen Raten, sodass man jederzeit zumindest pari aussteigen konnte und nicht Wochen wertvoller Arbeit einfach von anderen geklaut wurde.

Aber soweit scheint es nicht zu kommen. Hofft Victoria zumindest, schließlich hatte sie noch keine einzige Honorarnote gelegt. Sie bringt es einfach nicht übers Herz. Denn die E-Mails hatten immer mit einer persönlichen Bemerkung geendet. Hatte sie anfangs noch Zweifel, wie sie gemeint waren, ist sie jetzt sicher, dass er sie mit einem Augenzwinkern gesendet hat. Sie vermeint fast Thomas bei seinem Laptop, PC, Tablet oder Smartphone zu sehen, während ein schelmisches Grinsen seine Mundwinkel umspielt.

Der positive Eindruck, den sie bei ihrem ersten Besuch von seinem Aussehen gehabt hatte, hat sich jetzt auch noch auf seinen Charakter erweitert. Sie haben eigentlich fast ausschließlich schriftlichen Kontakt gehabt und das zu Beginn auch eben fast nur geschäftlich und auf das Designprojekt bezogen. Aber der Inhalt der Mails verlagerte sich mit Fortdauer ihrer

Geschäftsbeziehung immer mehr auf einen Austausch von privaten Inhalten.

Nicht einfach nur Nettigkeiten, sie unterhielten sich postalisch über den Tag, über das vergangene Wochenende, über die Wohnungseinrichtung. In den letzten Tagen war es soweit gediehen, dass Victoria vorgab einen Fortschritt bei ihren Entwürfen gemacht zu haben oder eine Verständnisfrage stellen zu wollen, nur um einen Grund für ein neuerliches E-Mail zu haben. Sie weiß, dass es unprofessionell ist, und will auch auf keinen Fall ihr Projekt gefährden, aber der Mann ist echt interessant.

Daher ist sie auch, während der Laptop herunterfährt, gerade dabei, über den nächsten Feinschliff nachzudenken. Was ist wohl heute das passende Outfit? Sie wird Thomas nicht in seinem Büro, sondern zu einem Businessdinner treffen. So hatten sie es zumindest betitelt. Es soll in einem angesagten Restaurant stattfinden, wo man gut speisen, sich aber auch gut unterhalten und austauschen kann.

Dies ist dem Arrangement der Tische geschuldet, welche zu einem großen Teil in Nischen angeordnet wurden. Zumindest hatte man den Eindruck, da man auf drei Seiten von anderen Menschen abgeschottet war. Die eine Seite war die Wand des Restaurants und die Rücklehnen der Sitzbänke gingen hoch bis zur Decke, lediglich eine Seite blieb frei, musste ja auch, schließlich wollte man ja auch noch etwas bestellen und serviert bekommen. Kein Vorteil ohne Nachteil: Man ging dadurch der wunderschönen Aussicht verlustig. Die hatte man nur, wenn man einen Tisch auf der Fensterseite bestellte, aber heute ist dies eher zweitrangig.

Zumindest was die Aussicht auf die Donau betrifft, für den Rest sollte Victorias Outfit sorgen.

Sie hat sich für den Businesslook entschieden. Die Haare streng nach hinten, schwarzes Kostüm, weiße Bluse, ein, zwei Knöpfe geöffnet, damit die neue Halskette gut zur Geltung kam. Es ist eine schlichte Kette mit einer schwarzen Perle am Ende, welche von einer aus Silber gearbeiteten Tulpe umschlossen wird. Sie hatte das gute Stück bei einem Antiquitätenladen im siebten Bezirk erstanden, wo man ihr versichert hatte, dass dies keine Replika, sondern echter Schmuck sei, zum Ende des 19. Jahrhunderts entstanden. Die Tulpe sieht auch danach aus, das Silber geht schon ins Schwarz, wodurch sich die Perle nicht mehr allzu sehr von der Ummantelung abhebt, aber Victoria schwankt noch, ob sie sie reinigen lassen will. Schließlich verändert sich im Alter vieles und nicht allem kann man seine ursprüngliche Gestalt wieder zurückgeben.

Sie muss sich beeilen, schließlich ist das kein Date und da ist die akademische Viertelstunde nicht angebracht. Sie nimmt sich bei Arbeitsessen immer vor, zehn Minuten früher da zu sein, dann kann man den Platz auswählen, sich sortieren und verliert in der Hektik nicht gleich zu Beginn den Faden. Noch kurz die Zähne putzen. Verdammt die Tube ist alle, aber sie hat zum Glück noch irgendwo eine in ihrem Spiegelschrank. Die Folie, die die Tube verschließt, schnell mit den Zähnen abgezogen, um Zeit zu sparen, Zahnpasta auftragen und wieder keine Zeit gespart. Schließlich kann man mit Alufolie zwischen den Zähnen nicht Zähne putzen und als sich Victoria bückt, um das kleine Stück im Kübel zu entsorgen, fällt die aufgetragene Pasta wieder ab. Wie üblich: Statt ein Sekündchen zu sparen, dauert ein simpler, zweimal täglich durchgeführter Vorgang gerade dann, wenn es pressiert, eine Minute länger.

Und Thomas ist natürlich schon da. Er scheint sich vor einer Stunde die gleiche Frage gestellt zu haben wie Victoria. Er sieht ein bisschen zu durchdacht gekleidet aus. Wobei, woher will sie das schon beurteilen, das letzte Mal hat sie nur seine Jeans und seinen Oberkörper gesehen.

Vielleicht trägt er regelmäßig einen schwarzen Anzug mit einer dieser modischen schmalen Krawatten und fühlt sich darin noch dazu so pudelwohl, dass er das Sakko noch nicht mal ausgezogen hat. Als sie ihn da so sitzen sieht, fällt ihr paradoxerweise ein, dass er so gänzlich anders aussieht als Viktor und sie sich dennoch zu beiden hingezogen fühlt. Noch dazu körperlich. Bei Thomas ist das wohl offensichtlich, aber man möchte meinen, dass bei Viktor eine sehr viel persönlichere Komponente vorrangig ist, er erst ein guter Gesprächspartner war und sich das Körperliche erst dann ergeben hat.

Natürlich hatte sie sich regelmäßig mit Viktor unterhalten, er ist schließlich der Mann ihrer besten Freundin, aber es waren nie Gespräche mit Tiefgang gewesen. Eher Smalltalk der allerbesten Sorte. Sie hatten eigentlich auch ganz selten miteinander gesprochen, ohne dass Isabell zugegen war. Manchmal hatte sie Viktor angerufen und gefragt, was sich Isabell zu einem besonderen Anlass wünschen könnte, aber damit hatte es sich gehabt. Das Körperliche hatte sich plötzlich ergeben.

Aber mit Thomas hier war es von Anfang an unglaublich körperlich gewesen, die Adern auf seinen Armen blitzen wieder in ihren Gedanken auf. Und seither ist es vor allem eine Geschäftsbeziehung und der Austausch auf privater Ebene war immer von Respekt und gegenseitigem Interesse geprägt gewesen. Wenn Victoria so darüber nachdenkt, hatte er nie eine anzügliche Bemerkung in seinen Mails gemacht, nie Spekulationen darüber angestellt, was sein könnte. Sie hatte immer das Gefühl gehabt, es sei für ihn wichtig, genau zu wissen, was sie gerade denke, mache und fühle.

Im Moment fühlt sie sich aber definitiv geschmeichelt, er scheint das Treffen genauso ernst zu nehmen wie sie.

Und für sie ist es sehr ernst, wie sie gerade an ihren feuchten Händen merkt. Vielleicht sollte sie das mit dem Händeschütteln lassen und ihm stattdessen nur zwei Küsschen auf die Wangen hauchen. Aber ist das angebracht? Verdammte Zwänge, egal. Küsschen können nie fehl am Platz sein, schließlich hatten sie die auch schon schriftlich ausgetauscht. Als er sie einlädt, sich zu setzen, und der Kellner bereits hinter ihr mit zwei Gläsern Champagner wartet, fällt ihr auf, dass der Plan so gar nicht aufgegangen ist.

Im Griff hat dieses Treffen bis dato nur einer. Sie muss wohl ihren Plan umstellen. Wenn er so gern führt, sollte sie das zulassen. Eine Frau kann auch auf diese Weise bekommen, was sie will. Und was sie heute will, ist klar. Der Deal soll in trockene Tücher und dafür muss sie einen klaren Kopf behalten. Daher: Freundlich angestoßen, aber nur knapp am Champagner genippt. Dieses Sprudelwasser benebelte nach ein bis zwei Gläsern mit großer Regelmäßigkeit ihre Sinne und auch wenn Thomas einer der angenehmsten Gesprächspartner in letzter Zeit ist, derzeit ist er noch ihr Geschäftspartner. Ja noch nicht einmal das. Er hat noch nichts dafür bezahlt! Wenn das jetzt nichts wird, dann war die ganze investierte Zeit für die Katz.

Er scheint zwar etwas irritiert, als Victoria noch vor dem Gruß aus der Küche radikal zum Thema des Abends umschwenkt, aber ist dann schnell bei der Sache. Sie erklärt mittels ihrer Storyboards – ein liebgewonnenes Utensil aus den Zeiten, bevor alles auf dem Tablet erklärt wurde – wie, wo und in welcher Größe sie wann die Logos und die ergänzenden Designelemente einsetzen würde und weshalb diese entsprechend zur Geltung kommen und der Thomas Lautschis Unternehmensgruppe größere Bekanntheit verschaffen werden. Sie merkt schnell, dass sie sich nicht geirrt hat. Die vielen Vorschläge und die Anmerkung mit den guten Ideen am Anfang ihrer schriftlichen Zusammenarbeit hatten dazu geführt, dass er jetzt vollumfänglich mit ihrer Ausarbeitung einverstanden ist. Einverstanden ist gar nicht das richtige Wort – zumindest, wenn sie das Leuchten in seinen Augen richtig interpretiert. Sie kann sich gut vorstellen, dass vor seinem geistigen Auge gerade der neue Schriftzug über seiner Ladenkette prangt und die Begeisterung der Besucher über die neue Homepage seinen Server zusammenbrechen lässt.

Er nimmt ihr sogar das schwierige Thema der Bezahlung ab. Da sie ja keinen fixen Tarif vereinbart haben, kann so etwas durchaus zäh werden, aber er reicht ihr lediglich die Visitenkarte seines Buchhalters und meint, sie solle in den nächsten Tagen die Honorarnote dorthin schicken, er werde eine prompte Bezahlung anweisen.

Victoria ist so erleichtert, dass sie jetzt doch das restliche Glas in einem Zug leert. Apropos restliches Glas. Der Kellner war während der gesamten Besprechung kein einziges Mal aufgetaucht. Wie ihr Magen jetzt mitteilt, nicht einmal mit einem Körbchen Brot und etwas Butter. Thomas scheint den Laden besser zu kennen und das Personal instruiert zu haben, denn beim nächsten bescheidenen Nicken kommt der freundliche Herr, der anfangs den Champagner kredenzt hatte, mit der Speisekarte und einem weiteren Glas vorbei. Glücklich prostet sie ihrem erfolgreichen Abschluss noch einmal zu und lässt sich mit der Karte in der Hand zurück in die gepolsterte Bank sinken.

Die nächsten Minuten vergehen schweigend. Aber sie hat nie das Gefühl, etwas sagen oder sich erklären zu müssen. Thomas ist zwar scheinbar mit seiner Menüauswahl schneller, er drängt sie aber weder, noch versucht er, ihr irgendwelche Speisen zu empfehlen. Er scheint auch kein Interesse daran zu haben, das Gespräch in Gang zu bringen. Er respektiert ihr Tempo und als sie beide ihre Wahl dem Kellner übermittelt haben, kommt in die unterbrochene Unterhaltung ganz von selbst wieder Schwung.

Ehe sich Victoria versieht, ist das zweite Glas geleert und die Krawatte von Thomas ab. Also doch. Sie hatte es ja gewusst, er war kein Schlipsträger, sondern hatte sich die für ihren geschäftlichen Anlass umgebunden. Starke Leistung übrigens, das Hemd bei den Muskeln bis zum oberen Knopf zu schließen. Sie tippt sogar auf maßgeschneidert, ansonsten würde das nicht so perfekt sitzen. Der Mann scheint gut auf sich und sein Äußeres zu achten und er ist auch noch witzig.

Das Dessert ist bereits durch, die Flasche Riesling auch und sie hat noch kein einziges Mal auf die Uhr gesehen. Im Gegenteil, in der letzten halben Stunde hatte sie wohl öfter als in der ganzen Zeit mit Gregor wie ein verlegenes Schulmädchen gekichert. Verdammter Schampus, sie wusste ja was er mit ihr machte. Aber was solls, das Geschäft war abgewickelt und er war ein hinreißender Kerl von einem Mann. Er WAR ihr Kunde, jetzt waren sie nur noch zwei Privatpersonen, die einen netten Abend gemeinsam verbrachten. Der aus Victorias Sicht durchaus noch nicht zu enden brauchte.

Doch Thomas scheint gegen ihre Avancen immun. Obwohl sie nach ihrer Rückkehr von der Toilette nicht mehr auf der gegenüberliegende Bank Platz genommen, sondern sich auf die Stirnseite gesetzt hatte. Und obwohl mittlerweile die Musik hochgedreht und das Licht gedimmt worden war, scheint sich das Gesprächsthema nicht zu verschlüpfrigen. Sie haben bereits über ihre Erfahrungen und Schwierigkeiten mit der Selbstständigkeit gesprochen, sich über seine mehr oder weniger verkorkste Familie ausgetauscht, darüber, dass Victoria ein Einzelkind ist und wie er – der er mit drei Geschwistern gesegnet ist – dazu steht.

Sie haben die nächsten Urlaubswünsche besprochen, aber er hat kein einziges Mal gefragt, ob sie ihn denn nicht mitnehmen wolle. Jeder andere hätte bei diesem Thema sofort die Gelegenheit ergriffen und eine Bemerkung à la

„Ja, du wirst doch nicht alleine verreisen, da wäre doch sicher noch ein Platz im Doppelbett frei" fallengelassen, um abzuklopfen, wie es mit ihrer Bereitschaft steht, sich auf etwas Körperliches einzulassen. Doch er schien völlig resistent dagegen, das ganze Gespräch über korrekt, genauso korrekt, wie er auch schon in den Mails gewesen war.

Ist es für ihn etwa immer noch eine Geschäftsbeziehung? Hat er etwa so einen blöden Kodex, der es ihm verbietet, mit Geschäftspartnern etwas anzufangen? Oder ist er gar etwas zu perfekt, um vom richtigen Ufer zu sein? Heute wird es Victoria nicht mehr herausfinden, denn er hat – wann war das bloß geschehen – zwei Taxis rufen lassen, sie galant in eines davon verfrachtet und auch dem Fahrer noch die Adresse diktiert.

Unglaublich galant und unglaublich selbstbeherrscht, aber so schnell würde Victoria ihn nicht vom Haken lassen.

Szene 12
Isabells Vater

Mittwoch ist ihr kurzer Tag. Nachdem sie noch kurz im Geschäft gegenüber reingeschaut hat, geht Isabell zu ihrem Wagen und ruft währenddessen ihren Vater an. Auf dem Festnetz. Er hat zwar von ihr und Viktor letztes Jahr ein Handy geschenkt bekommen – aber das hat er nie an. Außer auf Reisen, denn dafür ist es ja da, das Mobiltelefon. Zu Hause ist man ja auch am Festnetz erreichbar. Und schließlich hat das Ding einen Akku, den sollte man nicht ausleiern.

Abgesehen davon ist ihr Vater aber nicht so altmodisch. Trotz seiner Schrullen und seiner momentanen Resistenz gegenüber neuen technologischen Entwicklungen hat ihn Isabell immer als weltgewandten und weltoffenen Mann in Erinnerung. Zumindest weit gereist, das war er schon immer gewesen. Als Isabells Mutter noch gelebt hat, haben die beiden oder auch sie zu dritt viel gemeinsam unternommen. Mal in der Gegend, ein Sonntagsausflug, der auch zu Fuß oder mit dem Rad machbar gewesen war, mal aber auch mit dem alten B-Kadett übers Wochenende in die Toskana, und manchmal, da waren sie auch tatsächlich mit dem Flugzeug unterwegs gewesen.

Isabell kann sich noch genau an den ersten Flug erinnern. Sie war gerade sechzehn geworden und es war eigentlich nicht die Idee ihrer Eltern gewesen, sondern die ihres Firmpaten. Der – so war es damals noch üblich gewesen – war ein guter Freund ihrer Eltern und gut betucht. Und so hatte er nicht nur seinen Firmling, sondern auch gleich seine Frau und Isabells Eltern zu einem Flug nach Paris eingeladen. In die Stadt der Liebe, mit sechzehn.

Ein unvergessliches Erlebnis. Wenn sie sich nicht täuschte, war just zu diesem Wochenende das

107

90jährige Jubiläum des Eiffelturms gefeiert worden. Überall gab es große Paraden, an jeder Ecke lachte die französische Flagge den Besuchern entgegen. Es war Ende März und bereits prächtigster Frühling gewesen.

Ja der Eiffelturm, der war ihr auch nach der Rückkehr nicht aus dem Kopf gegangen. Wie konnte jemand ein solches Phallussymbol in die Landschaft stellen? Und damals noch dazu das höchste Gebäude der Welt!

Isabell hatte es damals nicht verwundert, dass Gustaf Eiffel von vielen Zeitgenossen kritisch beäugt und sein Vorhaben verspottet worden war. Sie hatte sich entsprechend auch geweigert, mit dem – natürlich erst nach 1889 eingebauten – Lift nach oben zu fahren und die Stadt zu bewundern. Erst jetzt – wenn sie so darüber nachdenkt – wird ihr bewusst, dass dies der einzige Ort der Stadt wäre, an dem man das stählerne Ungetüm nicht zu Gesicht bekäme.

Wie auch immer, auch ihr Vater war mit dabei gewesen und mit ihm hatte sie, obwohl es ein Geschenk ihres Paten gewesen war, die meiste Zeit verbracht. Er hatte ihr Montmartre gezeigt, war mit ihr im Louvre gewesen, sie hatten die Mona Lisa bestaunt und sich danach in einem Bistro einen schwarzen Kaffee gegönnt. Ihr erster richtige Kaffee, zu Hause hatte er das noch nie erlaubt, aber da war er ausnehmend guter Laune gewesen.

Und sie hofft, er würde es auch heute sein. So oder so, es würde ein netter Nachmittag werden. Sie ist schließlich seine einzige Tochter und dennoch nennt er sie immer sein Lieblingskind. Seit dem Tod ihrer Mutter ist Isabell auch seine einzig wirkliche Familie. Das heißt nicht, dass er immer nur zu Hause hockt, aus dem Fenster starrt und auf seine Tochter wartet, beileibe nicht, soweit sie weiß, ist er in einigen Altherrenvereinen und verbringt mit seinen Freunden so manch vergnüglichen Nachmittag und zuweilen auch Abend. Er ist wohl kein Kind von Traurigkeit, wenn er sich mit ihnen zusammenhockt. Aber das ist eine Seite, die sie nur ahnt, in der Familie ging es mitunter sehr formell, man könnte fast sagen steif, zu.

Und aus dem Fenster starren, das macht er dennoch, zumindest vermutet das Isabell. Sie hat ihn sogar in Verdacht, dass er manchmal die Falschparker in der Umgebung anschwärzt. Aber das ist wohl ein harmloser Zeitvertreib eines unterforderten Pensionärs, sie hat ihn nie als missgünstig oder gar menschenfeindlich erlebt. Im Gegenteil, mit seinen Nachbarn und Mitmenschen pflegt er seit jeher ein sehr soziales Verhältnis und ist gern mit Rat, aber auch Tat zur Stelle. Vielleicht kommt ihr das heute wieder einmal zugute.

Sie muss sich all die Geschehnisse mit Viktor von der Seele reden. Zwar ist ein Vater vom Prinzip her nicht der Richtige, um sich über Probleme mit dem Ehemann auszutauschen, aber wer bleibt sonst noch? Victoria ist ja wohl mitnichten ein besserer Ansprechpartner! Und andere enge Freunde, mit denen sie solch intime Details besprechen will, die gibt es nicht und die brauchte Isabell bis dato auch nicht. Und das muss sich auch nicht ändern.

Sicher, er wird ihr sagen, dass alles nicht so schlimm ist und sicher wieder ins Lot kommen wird, aber davor wird er ihr auch die Zeit lassen, alles auszusprechen, was sie bedrückt. Er ist ein guter Zuhörer. Nicht immer ein aktiver Zuhörer, Isabell bezweifelt, ob alles ankommt, was sie sagt, aber gerade heute ist das auch nicht notwendig. Sie braucht jemanden, bei dem sie all das einmal aussprechen kann, was sie belastet. Und gerade das Aussprechen der Gedanken hilft oft auch schon, um eine Antwort zu bekommen.

Durch das Aussprechen bekommt das Ganze die richtige Griffigkeit, die richtige Tragweite. Dadurch können die Dinge erfasst und eingeordnet werden. Ein, zwei Fragen vom Gegenüber, die zu weiterem Denken anregen, und oft kann man dann schon einen Ausweg formulieren, der einem zuvor unmöglich schien oder gar nicht erst in den Sinn gekommen wäre.

Als sie die Wohnungstür von außen aufsperrt, kommt Isabell in den Sinn, dass sie die Einzige ist, die außer ihrem Vater einen Schlüssel zur Wohnung hat. Nicht einmal die Zugehfrau, die ihren Vater dreimal in der Woche bei den Hausarbeiten unterstützt, hat einen. Er besteht darauf, sie immer persönlich reinzulassen, verzieht sich dann für den restlichen Vormittag und kommt immer erst zurück, wenn sie mit ihrer Arbeit fertig ist, um sie auch dann an Ort und Stelle zu bezahlen.

Was aber, wenn ihm einmal etwas passiert und sie nicht da ist? Wenn sie gerade im Urlaub sind und ihr Vater stürzt, wer soll dann die Wohnung öffnen?

Isabells Herz schlägt bis zum Hals. Vor ihrem geistigen Auge sieht sie ihren Vater nach Luft ringend am Boden liegen, er versucht krampfhaft, zum Telefon zu kommen. Das Handy liegt ausgeschaltet neben ihm am Boden, er schafft es aber nicht, sich an den Code zu erinnern. Und genauso plötzlich, wie der Gedanke gekommen ist, fällt ihr auch ein, wie absurd er ist.

Wenn ihr Vater unfähig wäre, die Wohnung aufzusperren, wäre wohl ein fehlender Ersatzschlüssel sein geringstes Problem. Noch dazu, wo er in einem unverfälschten Altbau wohnt. Hohe Räume, hohe Doppelfenster und natürlich hohe Flügeltüren. Auch die beim Wohnungseingang. Die könnte man wahrscheinlich mit entsprechend Kraftaufwand auch ohne Schlüsseldienst aufbrechen. Aber die Szene hat sie dennoch aufgerüttelt.

Sie musste mit ihm die Möglichkeit eines Notrufes besprechen. Da gibt es ja heutzutage alle Möglichkeiten bis hin zu Armbändern mit Notrufknopf. Und dann hatte sie unlängst mal gesehen, dass man sogar für die Rettung einen Wohnungsschlüssel in einer Box an der Haustür deponieren konnte. Wie sicher das wohl ist?

Egal welche, aber zukünftig muss auf jeden Fall eine Möglichkeit her, damit ihr Vater bei einem Notfall am sichersten und schnellsten die bestmögliche Hilfe erreichen kann.

Ihr Vater ist blendender Laune und offensichtlich gerade mit dem Gießen seiner Zimmer- und Fensterpflanzen beschäftigt. Also nicht gerade der richtige Moment, um über Herzinfarkte und andere Notfälle zu sprechen, aber heute ist so oder so ein anderes Thema für Isabell vordringlich. Und auch das muss noch etwas warten, schließlich möchte sie ihm die Laune nicht vermiesen.

Daher hört sie sich zuerst einmal die Räuberpistolen der vergangenen Woche an und ermahnt ihn zum hundertsten Male, doch beim Ausgehen sein Handy anzuschalten, damit man ihn erreichen und er auch jederzeit einen Notruf wählen könne, wenn es denn nötig sei. Seinen zweifelnden Blick entwaffnend fügt Isabell noch hinzu, dass ja auch jederzeit mit seinen Kumpels was sein könne, und da wolle man doch nicht eine der effizientesten modernen Errungenschaften ignorieren und irgendwas riskieren, nur weil man zu störrisch sei, sich dem Lauf der Zeit anzupassen. Guter Beginn, aber schlechtes Ende. Das Grummeln ihres Vaters hat sie damit nicht abwenden können, dass er keine passende Erwiderung gefunden hat, zeigt aber auch, dass er ihr wohl insgeheim recht gibt.

Für Isabell ist der Moment gekommen, passender wird er nicht mehr, und sie fasst für ihren Vater zusammen, wie die letzten Tage in ihrer Familie so gewesen sind. Wie sie zuerst von ihrem Mann eine derartige Abfuhr für ihre Zukunftspläne bekommen hat. Für ihre Idee, die natürlich noch nicht ausgereift war, aber die für alle eine neue Chance bieten würde.

Und wie dann auch noch Zweifel an seiner Treue aufgekommen waren. Zweifel die sie am Liebsten sofort in deren Keim erstickt hätte, die aber durch absurde Gedanken und kleine Zufälle immer wieder Nahrung bekamen und die sie seither auch nicht mehr losgeworden war. Die sie mit sich herumträgt und die sie, wenn sie aus ihrem Herzen keine Mördergrube machen möchte, ausradieren muss. Sie muss ihnen auf den Grund gehen und das ist nur möglich, wenn sie eine der beiden verdächtigen Parteien mit ihrem Verdacht konfrontiert.

Jetzt wo sie es ausgesprochen hat, ist genau das eingetroffen, was sie bei der Autofahrt schon geahnt hatte: Die Lösung liegt glasklar auf dem Tisch. Und auch ihr Vater konnte den Vorschlag nicht abtun.

Er könne zwar den Sachverhalt nicht beurteilen, aber wenn Isabell glaube, da sei was dran, und vor allem, wenn es sie die ganze Zeit beschäftige, dann sei es das einzig Richtige, hier Klarheit zu schaffen. Denn ansonsten würde wohl die Unsicherheit auch ihre Beziehung gefährden und das Resultat wäre wohl ähnlich. Daher also am besten Karten auf den Tisch und sehen, wer welches Blatt hat.

Diesen Spruch verwendet ihr Vater besonders gern, was wohl an seinen Tarotabenden liegt, aber vielleicht auch daran, dass er oft zutrifft. Mit der Wahrheit aber hat Isabell so ihre Erfahrungen. Und das schließt auch ihren Vater ein. Aber dieser Zug ist abgefahren und an dem will sie auch heute nicht rütteln. Sie ist froh, dass sie sein stilles Einverständnis und ihre eigene Sicherheit für die nächsten Schritte gewonnen hat.

Da zählt es auch nicht, dass er zu ihren Geschäftsplänen nahezu kein Wort verlor. Eventuell greift er das Thema ja von selbst noch einmal auf, wenn nicht wird sich schon die Gelegenheit ergeben, ihn noch einmal direkter um seine Meinung zu bitten. Denn darüber ist Isabell sich im Klaren

– auch wenn sie das bis dato noch nicht laut ausgesprochen hat: Das Modegeschäft wird sie so schnell nicht aufgeben und daher ist es unabdinglich, so viele Fürsprecher wie möglich um sich zu versammeln, bevor sie wieder mit Viktor in den Ring steigt. Aber wie gesagt, dieser Kampf muss warten, zuerst will ein anderer Strauß ausgefochten werden.

Szene 13

Geschäft vorbei – alles vorbei?

Lange, viel zu lange für ihren Geschmack hatte er nichts von sich hören lassen und Victoria – obwohl nicht gewillt, ihn einfach so ziehen lassen – hatte sich nicht überwinden können, ihn von sich aus zu kontaktieren.

Und dann, aus heiterem Himmel, ruft er doch tatsächlich vor zwei Tagen an und fragt, ob sie am Freitag schon etwas vorhätte. Na der hatte Nerven, wer hatte am Mittwoch noch nichts für Freitag geplant?! Na gut, sie zum Beispiel. Isabell hatte sich in letzter Zeit nicht gemeldet und mit anderen Leuten ist sie nicht so dicke, dass sie Treffen zu zweit, dritt oder viert verabredet. Die trifft sie lieber spontan zum Essen oder zum After-Business-Drink. Aber das muss ja Thomas nicht wissen und darum hatte sie versprochen, ihre Termine noch einmal zu checken und sich bei ihm zu melden.

Hat sie nach angemessener Frist auch und deswegen sitzen sie jetzt gerade bei herrlicher Aussicht in einem Gastgarten bei einer Flasche Wein und köstlicher kalter Platte. Welch ein Gegensatz zu ihrem letzten Treffen. Er hat wieder das Lokal ausgesucht, aber ein so gänzlich anderes. Hier ist keine Spur von Schischi. Das Personal scheint ihn auch hier zu kennen.

Ja, macht der Kerl nichts anderes als ausgehen?

Aber der Kellner trägt eine Jeans mit einer grünen Bistroschürze und dazu ein legeres kurzärmliges dunkles Polo. Und der Kellner der Nebenstation gar nur ein weißes V-Neck-Tshirt. Eine Uniform scheint es hier nicht zu geben. Thomas hat das natürlich – wie könnte es anders sein – gewusst und ist auch entsprechend gekleidet. Sein kurzärmeliges Hemd, das er nicht in die Hose gesteckt hat, ist gerade noch angemessen, scheint aber trotzdem eine Nummer zu klein gekauft zu sein. Insgeheim ist er wohl doch ein wenig Prolet, zumindest aber auf seinen Körper stolz.

Victoria hingegen hatte das Risiko der falschen Kleiderwahl trotz Googlerecherche nicht eingehen wollen und ist jetzt zwar mit ihrem rückenfreien Sommerkleid etwas overdressed, aber auch der Blickfang auf der Terrasse. Zumindest die Jungs, die dort drüben einen Männerabend zu verbringen scheinen und dem weißen Spritzer in Literware mächtig zusprechen, können sich einen regelmäßigen Blick nicht verkneifen. Auch Thomas scheint die Gruppe bemerkt zu haben und rät ihr, die Aufmerksamkeit als Kompliment zu sehen.

Scheint aber ansonsten nahtlos an seine Vorstellung vom letzten Mal anzuschließen. Keine Spur von Eifersucht, kein Hauch von besitzergreifend. Dabei waren Victorias Erwartungen an dieses Date in den letzten Tagen keinesfalls kleiner geworden. Im Gegenteil, die Geschäftsbeziehung war abgeschlossen. Sie hatte ihre Rechnung sofort bezahlt bekommen und war aufgrund der erfolgreichen Abwicklung sogar wild entschlossen, die heutige Zeche zu übernehmen. Aber seither hatte sich kein Folgeauftrag ergeben, es waren auch keine Änderungen vorzunehmen oder zusätzliche Renderings angefragt worden. Weshalb sie natürlich diesem Treffen ein rein privates Interesse von Thomas an ihrer Person zuschrieb.

Und er gibt sich schon wieder der gediegenen Unterhaltung hin. So weiß Victoria mittlerweile, dass Thomas von seinen Kunden großes Lob für das neu gestaltete Außendesign seiner Geschäfte erhalten hat. Er hatte auch zu einem kleinen Umtrunk für seine Stammkunden und benachbarten Ladenbesitzer geladen, welcher ein großer Erfolg gewesen war, zumindest wenn man es an der Menge Champagner bemaß, die nach Thomas Aussage konsumiert worden war. Zudem hatte der neu gestaltete Webauftritt in den ersten zwei Wochen 10.000 Klicks erzeugt.

Der Zähler war beim GoLive auf null gestellt und das Google Adwords Campaigning intensiviert worden.

Auch die Anzahl der Facebook Likes konnte sich sehen lassen. Alles keine Hardfacts, die sich bis jetzt in barer Münze niederschlugen, aber der Relaunch war definitiv der richtige Schritt gewesen und Victorias Arbeit für ihn von unschätzbarem Wert.

Er war so begeistert von seinem neuen Onlineauftritt, dass er mit dem Gedanken zu spekulierte, daraus zusätzliches Kapital zu schlagen. Die Idee war noch nicht weit gediehen, aber er dachte an Zusatzverkäufe für bestehende Kunden. Man könnte zum Beispiel für Frischtätowierte Pflegeprodukte zur Nachbehandlung anbieten. Oder für Damen die zur Mani- und Pediküre kamen Nagellacke, Versiegler und Cremes. Gut, das Risiko bestand, dass man sie somit zum Onlinekauf verführte und sie von seinen eigenen Läden fernhielt. Wenn man die Entwicklung der letzten Jahre im Einzelhandel so betrachtete, war das ja ein immer stärker werdender Trend, und dem wollte oder sollte er vielleicht besser nicht Vorschub leisten.

Wie gesagt, bis dato nur eine Idee, aber wenn er schon in die Onlinepräsenz investierte, sollte sie sich auch rentieren, oder etwa nicht?

Ja, hatte er sie denn gar nur eingeladen, um seine beruflichen Ideen und seinen Erfolg mit ihr zu teilen und zu feiern. Will er sich nur erkenntlich zeigen?

Es bedarf eines rigorosen Themenwechsels, wenn das Date bis zur Sperrstunde noch ins richtige Fahrwasser geraten soll. Und wie schon einige Wochen zuvor, zeigt sich, dass er bei jedem Thema der richtige Gesprächspartner ist. Er findet schlagfertige Antworten, ist einfühlsam, wo nötig, fragt an den richtigen Stellen nach und lässt manche Themen unberührt, wenn Victoria ihm zu sensibel erscheint. Zu schön, um wahr zu sein, und dennoch: Sie hat nicht das Gefühl, dass es einen Schritt vorwärtsgeht, und sieht sich schon wieder in ein Taxi einsteigen und die Nacht allein zu Hause verbringen.

Dafür hat sie nicht den teuren Slip unter diesem Hauch von nichts an, ganz zu schweigen davon, dass der Busen ganz von selbst der Schwerkraft widerstehen muss. Bei dem rückenfreien Kleid gibts einfach nicht viel, was gut dazu aussieht. Aber bis dato hat es die Schwerkraft gut mir ihr gemeint und es gibt nichts, was sie verstecken muss. Lediglich der aufkeimende kühle Abendwind könnte ihr einen Strich durch die Rechnung machen und die Aufmerksamkeit allzu sehr auf ihre weiblichen Attribute lenken.

Doch auch hier macht sich der perfekte Gentleman bezahlt. Er hat doch tatsächlich bereits den ganzen Abend eine Strickweste neben sich liegen, die er jetzt sorgsam um ihre Schultern drapiert und somit bei Victoria wieder für Entspannung sorgt. Vielleicht hätte es aber genau dieses optischen Reizes bedurft, um ihn auf Touren zu bringen. Vertrackt. Sie muss konkreter werden.

Nach einer weiteren Stunde vertrauter und intensiver Gespräche, in welcher die Sperrstunde immer näher rückt und die Gästeschar immer überschaubarer wird, hat sich nichts Wesentliches verändert. Kein Heranrücken, kein Körperkontakt, nicht einmal ein versehentliches Berühren der Hände. Die einzige Intimität, die er sich erlaubt – so kommt es zumindest Victoria vor – ist dieser intensive Blick. Er scheint sie keinen Moment aus den Augen zu lassen. Aber in diesem Blick liegt keine Begierde. Er ist voller Verständnis, voller Interesse und er ist entwaffnend, denn er verführt sie mit diesem Blick zu völliger Offenheit. Emotional kommt sie sich nackter vor als jemals zuvor mit einem anderen Mann. Selbst Gregor, der Sensible, konnte ihr nicht so viel entlocken.

Aber wenn er so viel von ihr wissen will, muss er doch auch Interesse an ihrer Person haben und das schließt ihren Körper mit ein. Sie ist noch nicht bereit aufzugeben und legt nun ihrerseits die Hand auf seine. Was er mit einem kurzen Blick nach unten quittiert und auch zulässt. Er dreht aber seine Hand nicht und nach einigen Augenblicken entzieht er sich ihr wieder – um ihr noch Wein nachzuschenken. Er teilt den verbliebenen Rest sorgsam auf.

Das ist das Ende.

Nach dieser Flasche wird keine Nächste mehr folgen. Wahrscheinlich hätte ihm der Kellner noch eine gebracht, Victoria hat nach wie vor das Gefühl, Thomas sei hier so bekannt, dass man die Sperrstunde für ihn wohl auf den nächsten Morgen verlegt hätte, aber sie kann einfach nicht noch mehr in sich hineinschütten und bei Thomas scheint der Wein keine Wirkung zu zeigen. Daher erscheint es ratsam, dem Alkohol nicht weiter zuzusprechen. Bisher hat keine ihrer Taktiken Wirkung gezeigt. Es scheint, dass dieser Mann, der ihr so mühelos alle Geheimnisse entlockt, auf eine rein platonische Beziehung aus ist. Es scheint, als ob sie endlich einen Freund findet, mit dem sie alles besprechen kann, und jemanden, der sie nicht nur ins Bett kriegen will.

Aber Himmelherrgott, nicht gerade er! Wie soll sie sich mit dem Mann nur unterhalten? Der ist doch viel mehr als ein schwuler bester Kumpel!

Wie schon gesagt: vertrackte Situation. Und genau das scheint sich auf ihrem Gesicht auch abzuzeichnen, was sonst hätte ihn animiert, wissen zu wollen, was los sei.

Sie beschließt, wie schon in den vergangenen Stunden, dieser Situation mit der Wahrheit zu begegnen. Natürlich könnte sie auch sagen, dass alles in Ordnung sei, und sehen wo es hinführen würde. Also nicht heute Abend, denn wo das hinführt oder eben auch nicht, ist sonnenklar, aber längerfristig. Könnte ja auch sein, dass sich da doch noch etwas daraus entwickelt. Oder dass er tatsächlich der Freund wird, den man als Frau eigentlich ganz gut gebrauchen kann. Aber das Herumeiern ist noch nie ihre Sache gewesen. Und daher legt sie ihm dar, wie sie sich diesen Abend vorgestellt hat. Wo er hätte enden sollen und dass dies der Anfang von etwas sehr Interessantem hätte werden können.

Hoppala, das war jetzt vielleicht doch etwas zu weit gegangen, aber je mehr sie über den Sollverlauf dieses Abends gesagt hat, desto mehr hat sich dieser in ihrer Vorstellung entsponnen. Im Zeitraffer sah sie sich gemeinsam zu ihr nach Hause fahren, das Licht dimmen, Drinks einschenken, gemeinsam in den Couchpolstern versinken, morgens wieder gemeinsam aufwachen und ihn mit frischem Gebäck wieder bei der Tür reinspazieren.

Zu blöd, so kann man sich doch keinen Mann angeln. Wenn er bis jetzt noch unentschlossen war, dann hat sie ihn spätestens jetzt verprellt, in dem sie ihm seine Zukunft bis ans Lebensende ausgemalt hat. Doch bevor Victoria sich entschuldigen kann, ergreift er ihre Hand, drückt sie sanft und wartet, bis ihr Wortschwall verebbt.

Danach erklärt er ihr, wie er das sieht. Dass er sich sehr zu ihr hingezogen fühle. Dass er schon länger keine ernsthafte Beziehung mehr eingegangen war, aber des Öfteren amouröse Geschichten am Laufen hatte, die sich aber hauptsächlich auf das Körperliche beschränkten. Und dass er sie aufgrund ihrer Geschäftsbeziehung zuerst überhaupt nicht als ein sexuell interessantes Wesen wahrgenommen habe. Kurz denkt Victoria daran, aufzustehen und zu gehen, das kann ja nur peinlich werden. Aber da er sie nicht unterbrochen hat, ist es wohl nur angebracht, auch ihn ausreden zu lassen.

Und außerdem: Er hält mittlerweile auch ihre zweite Hand fest, nicht unangenehm, aber doch bestimmt, wodurch sie sich einerseits am Weggehen gehindert und andererseits auf eine angenehme Weise auch festgehalten fühlt. Mittlerweile habe sich zur geschäftlichen Ebene auch eine viel persönlichere geschlichen. Aus Victoria sei eine vielschichtige, interessante und auch begehrenswerte Frau geworden. Aber er wolle das nicht wegwerfen, indem er zu schnell aufs Ganze gehe und alles mit einem One-Night-Stand auf die Spitze triebe. Denn er sei der Auffassung, dass es nach einer solchen Nacht nur hopp oder top gäbe.

Und was, wenn es top wäre. Das wäre doch zu schade, daher sei er fürs Kennenlernen. Für echte Dates, die diesen Namen auch verdienten, und dafür, sich gegenseitig zu erobern. Gut, nach diesem Gespräch, sei wohl einigermaßen klar, dass man sich auch gegenseitig erobern lassen wolle, aber trotzdem sei das Vorspiel so wichtig wie der Akt selbst und das nicht nur in körperlichen, sondern auch in zwischenmenschlichen Dingen.

Während Victoria fasziniert lauscht und sich von seinem intensiven Blick bannen lässt, zuckt ihr durch den Kopf, dass dies eine Masche sein könnte. Manches klingt einfach zu profan, zu sehr nach einem kitschigen Roman, einem Rosamunde-Pilcher-Film oder irgendwas ähnlich Schnulzigem. Und andererseits: Warum soll es diese Männer nicht geben? Auch wenn sie gut trainiert und tätowiert sind. Wer ist sie, ihrem Gegenüber die Sensibilität abzusprechen. Die Sensibilität, den Respekt und das Vertrauen, das sie immer von ihren Partnern erwartet und nie in dieser Perfektion gefunden hatte und das sie jetzt immer noch allein dastehen ließ. Sie hält kurz inne.

Wovon spricht er da? Sie ist wohl zu sehr in Gedanken gewesen. Aber es scheint ihm sehr wichtig zu sein, dass man sich alles erzählen kann und dabei immer ehrlich ist. Victoria merkt, wie ihr die Röte ins Gesicht steigt. Aber es ist nicht der Alkohol und es sind nicht seine rührenden Worte. Sie muss das schnell ins Reine bringen und ihre Liaison mit Viktor beenden. Bisher hat sie ja Thomas stets erzählt, dass sie Single sei und da niemand wäre. Das konnte und durfte nicht zum Stolperstein werden. Zumal es ja nichts Ernstes war, und wenn sie sich ordentlich anstellte, wartete da ja ein Mann, der mehr als ein handfester Ersatz für Viktor war.

Da er zumindest noch nicht ihre Gedanken lesen kann, interpretiert er ihre Verlegenheit als Reaktion auf seine Ansprache und drückt ihre Hand noch etwas fester. Mit genau der richtigen Menge an Kraft, um ihr wieder Sicherheit zu geben. Ja sie würde ihre Sachen regeln und dann unbelastet in dieses neue Abenteuer gehen. Mit diesem souveränen Prachtexemplar von Mann, der soviel mehr in sich hat, als seine Hülle bei ihrem ersten Besuch versprach. Und der Abend endet, wie sie gedacht hat. Zumindest ist der Taxifahrer charmant.

Szene 14
So einfach?

Geschirrspüler an, Schlabberhose an, Fernseher an und auf der Couch bequem gemacht. Es ist schon ruhig im Haus. Viktor ist nicht da, ist auf ein Bier mit ein paar Freunden oder Kollegen gegangen, Henrik ist bereits im Bett oder verhält sich zumindest ruhig und Elsbeth zieht es so oder so vor, abends ungestört zu bleiben. Daher fällt Isabell die Hoheit über die Fernsteuerung zu und sie bleibt gleich beim dritten Sender und dem folgenden Dialog hängen, den Brad Pitt gerade mit Anthony Hopkins führt:

„Ich habe sie von keinem Mann je so reden gehört, aber was wird jetzt aus ihr?"

„Mach dir darüber keine Sorgen Bill!"

Ein Blick von ihr, dann gehen Bill und der Tod Richtung Treppe.

„Muss ich mich fürchten?"

„Nicht jemand wie du."

Jäh begreift sie. Dass der Tod nicht das Ende, sondern der Beginn von neuem Leben ist. Und wie so oft kann sie die Tränen nicht zurückhalten, die ihr über die Wangen laufen. Plötzlich erblickt sie ihn durch den tränenverhangenen Schleier ihrer Wimpern:

„Du bist hier?"

„Wie man sieht!"

„Und wo warst du gerade?"

„Keine Ahnung, ich, ich, ich weiß es nicht. Ich bin, es ist alles so verschwommen, irgendwie hab ich das Gefühl, ich hatte einen totalen Blackout. Aber jetzt bin ich ja da."

„Ist das alles?"

Ja, war das wirklich alles? War es wirklich so einfach?

Konnte man einfach wie Joe Black über eine Brücke gehen und dann wieder zurückkommen und von vorne beginnen. Nicht ganz von vorne, sondern ab einem Zeitpunkt, wo alles noch in Ordnung gewesen war. Bevor er aus dem Café spazierte und – abgelenkt von seinen Gedanken – seitlings von einem Auto gerammt wurde und alles in Chaos versank.

War das möglich? Würde es sich wirklich zeigen, wie es weiter geht, ohne dass man einen Plan hatte?

Isabell bezweifelt das stark. Während sie nach einem Tempo angelt, welches keines ist, sondern eigentlich ein Lovely. Tempo – das sagen sie ja eigentlich nur in Deutschland, wo sich einfach eine Marke zur Normalbezeichnung für einen Alltagsgegenstand hochgemausert hat. Eigentlich war es nur ein Taschentuch und ihres war nicht mal aus ihrem eigenen Geschäft, es war von der Konkurrenz. Zwar auch mit Zentrale in Wiener Neudorf, aber definitiv die Konkurrenz.

Gut, wen interessierte das schon. Es würde wohl nicht auf eine Packung Taschentücher ankommen, schließlich gingen die einfach mit, wenn man Lebensmittel für die ganze Familie kaufen musste, und in ihrem Laden gibt es nun mal weder Gemüse noch Wurst, geschweige denn Fleisch. Außerdem: Vor einem halben Jahr wurde der monatliche Betrag, den man intern einkaufen konnte, reduziert und auch die Einzelpreise wurden angehoben. Doppelter Betrug sozusagen!

Und was wurde als offizieller Grund dafür genannt?

Die Steuer. Angeblich wäre es ein Problem mit der Lohnsteuer, wenn die Mitarbeiter zu hohe Mengen günstig einkaufen könnten.

Dabei wusste doch jeder, worum es wirklich ging: Profitgier.

Isabell hatte das kurz überschlagen: In Österreich gab es knapp 10.000 Mitarbeiter, mehr als 40.000 in ganz Europa. Wenn jeder bisher im Monat 50,- Euro für eigene Produkte ausgegeben hatte, dann waren das 2 Millionen monatlich. Wenn der Preis also im Schnitt um 80–100 % angehoben werden konnte, dann verdiente das Unternehmen jetzt plötzlich monatlich um 2 Millionen mehr, ohne einen Finger krumm zu machen. Schließlich mussten ja weder mehr Leistungen noch mehr Lieferungen erbracht oder höhere Preise bezahlt werden.

Zwei Fragen: Warum war die Lovely-Taschentuchpackung trotz der trockenen Gedanken ausgerotzt und warum wusste sie das eigentlich alles?

Das war doch Viktors Terrain! Hatte er sie zu lange zu all diesen Themen angeraunzt?

Was heißt überhaupt angeraunzt, im Grunde geht es ja nur darum, die Interessen des Partners zu respektieren und nicht bloß aneinander vorbeizuleben. Bei ihr hat es offensichtlich gewirkt.

Aber halt, wenn sie das alles weiß, warum nicht auch mal über andere Kostenthemen strukturierter nachdenken?! Und noch mal halt!

Ist es wirklich so einfach? So einfach, nur mehr mittels Zahlen und Strukturen zu denken, ohne die ganzen Gefühle, die regelmäßig in hochkochen?

So wie gestern, als plötzlich das Wort Internat zur Sprache gekommen war.

Internat war ja nun wirklich keine Option!

Das braucht sich nun nicht mal Viktor einbilden, das ist immer noch Isabells Hoheitsgebiet.

Natürlich haben sie bis dato niemals darüber gesprochen, was passieren würde, wenn ihre Kinder derartige Wünsche hätten, aber glasklar: ihr Terrain. Es war doch so einfach, man musste es nur für sich klarstellen. Klargestellt hat Isabell aber in den letzten Jahren nicht viel, das muss sie sich in dem Moment eingestehen. In diesem Moment, in dem sie sich fragt, wo denn ein weiteres Lovely-Packerl sein mag, und sicherstellt, dass auf dem Einkaufs-PostIt fehlende Taschentücher vermerkt sind.

Auf die Haustür gepinnt würde es dafür sorgen, dass sie dies morgen nicht vergaß. Zum Beispiel hatte sie nie mit Victoria klargestellt, was passiert war. Das macht ihr immer noch zu schaffen. Natürlich, damals hatte es geholfen, immer abgelenkt zu sein, heute jedoch schafft es aus ihrer Sicht eine Barriere zwischen den Beiden. Immer wieder kommt es vor, dass sie an ein Thema streifen, das gewollt oder ungewollt an ihr Internat erinnert, und dann schwenkt Victorias Stimmung immer in die gleiche Richtung. Sie kramt ihr Standardrepertoire an Schmähs und ihr grübchenloses Lächeln hervor, welches es förmlich in die Welt schreit: Themenwechsel! Bis hierher und nicht weiter! Trotzdem schaffte es Isabell bisher nicht, hinter dieses Lächeln zu dringen, oder sie wollte es auch nicht. So einfach war das.

Genauso einfach wie am letzten Tag ihrer Hauswirtschaftsschulzeit. Der war zwar definitiv nicht wie in den letzten fünfzehn Highschoolmovies aus den USA, aber er machte zumindest genauso viel Spaß. Statt der Hüte warfen sie alle Reis – irgendjemand hatte den aus der Schulküche mitgebracht – und die Rede wurde nicht von der Promqueen, sondern von der Klassensprecherin gehalten. Die hatte ja leicht reden. Sie war nie im Internat gewesen. Es gab ja schließlich eine eigene Klasse nur für die Leute, die täglich nach Hause gefahren waren bzw. fahren durften und eine eigene für die, die dort bleiben mussten.

Und was wussten die Heimfahrer schon? Sie hatten weder einen Herrn Kaminski noch eine Victoria, mit der sie abends allen Erziehern nach der Studierstunde Angst einjagen konnten, indem sie unauffindbar auf der Feuertreppe verschwunden waren. Auf die Feuertreppe kam man allerdings nur, indem man die dreißig Zentimeter zwischen Fenster und Stiege außen am Haus angeklammert überwand, und das war nicht jedermanns – in Isabells und Victorias Fall jederfraus – Sache. Ihnen hatte es jedoch diebische Freude bereitet.

Renate, die Klassen- und Schulsprecherin hielt jedoch ein Hohelied auf die Schule, die Lehrer und die hervorragende Erziehungsarbeit ab, die sie alle zu besseren, auf die große weite Welt und das harte Leben vorbereiteten Menschen hatte werden lassen. So einfach war das! Was wusste die schon. Und doch, auch für Leute in ihrer Klasse war das manchmal so einfach, und nicht nur in ihrer Klasse, auch für ihre direkte Nachbarin. Victoria. Sie stand doch tatsächlich da und heulte große Krokodilstränen.

Isabell kriegte die Tür nicht zu, genauso hatte sie es damals empfunden. Heute würde sie wohl sagen: Bin außer mir, perplex, mir fehlen die Worte.

Sie hatte Victoria in fünf Jahren kein einziges Mal weinen sehen und sie war sich sicher, da waren viele Morgen, an denen das Weinen die einzige Alternative gewesen war. Aber Victoria hatte immer nur gelächelt. Und jetzt stand sie da und weinte. Kriegte sich fast nicht ein. Vermisste sie den Drecksladen tatsächlich?

Wenn ja, dann war das doch fast morbide. Die ganzen Jahre über hatte sich Isabell nichts sehnlicher gewünscht als da rauszukommen, gut, Herrn Kaminski hätte man sicher auch noch viel schlimmere Dinge an den Hals wünschen können, aber das Ende der Schule, das war wohl der Wunsch, der am meisten Aussicht auf Erfolg versprach.

Sie konnte sich erinnern, dass sie einmal sogar gedacht hatte, ein Messer wäre hilfreich. Schließlich hatten sie im Kochunterricht regelmäßig geübt, wie man Zucchini hackt, Schnitzelfleisch schneidet oder am Hackstock Schweinsripperl zerlegt. Konnte doch nicht viel Unterschied machen. Aber wie gesagt: Im Endeffekt war es die Schulzeit, die vorbeigehen musste und von der man sich jetzt verabschieden konnte.

Vielleicht war es ja so einfach: Victoria heulte Freudentränen. Nichts anderes. Tränen des Glücks, endlich nichts mehr weglächeln zu müssen, alles hinter sich lassen zu können und einen neuen Lebensabschnitt zu beginnen.

Und da kam auch schon ihre Vertrauenslehrerin. Die konnte sich ihren salbungsvollen Quatsch heute auch schenken. Schließlich hatte sie in den letzten Jahren auch keinen Mut aufgebracht, sich für sie einzusetzen. Und jetzt musste sie auch noch jeden umarmen. Warum nur dauerte die Umarmung bei Victoria länger als bei den anderen Mädchen?

Sie sollte das nur ja nicht bei ihr machen! Umarmungen waren nur Mutter und Vater vorbehalten. Vielleicht noch besten Freundinnen. Bei allen anderen Menschen war es unangebracht. Und es rief Erinnerungen hervor, schlechte Erinnerungen. Die Nächte, das Geschnaufe, der Schweiß auf dem halb hochgeschobenen Shirt, all das sollte der Vergangenheit angehören.

War es so einfach? Einfach alles in die Vergangenheit verbannen?

Die Antwort ist schon da, ohne dass Isabell nachdenken muss. Sie ergibt sich ganz einfach durch die letzten Gedanken. Wer immer noch über Schulschluss und Umarmungen von Vertrauens-lehrerinnen nachdenkt, der ist sicher nicht mit der Vergangenheit durch.

Aber warum nicht?

Denn wer sie ist, das weiß Isabell, was sie war oder besser, was war, das spielt ja keine Rolle! Wieder so einfach! Aber nur bei Brad Pitt oder besser Joe Black!

Bei ihr hatten immer andere Leute es so einfach gemacht. Viktor hatte ihr mit seiner Hartnäckigkeit das Vertrauen zurückgegeben, Victoria hatte ihr mit ihrem Lächeln nicht nur über all die Schuljahre, sondern auch danach immer wieder geholfen. Viktor und Victoria, witzig, dass zwei der wichtigsten Menschen ihres Lebens nahezu gleich hießen!

Und ihr Vater hatte ihr immer die Zuversicht geschenkt und nicht zuletzt ihre Mutter. Die hatte bis zu ihrem Tod den Katalysator für alle zwischenmenschlichen Spannungen gespielt. Also war es doch so einfach: Immer hatte jemand anderes für sie gesorgt. Ihr Leben war trotz des holprigen Starts sonderbar gut verlaufen, weil es immer Menschen gegeben hatte, die ihr zur Seite gestanden waren und es noch tun.

Aber ist es das? Werden sie immer da sein? Werden sie immer ihr Leben koordinieren? Wird Isabell immer auf ihre Mitmenschen vertrauen können und müssen?

Szene 15

Victoria & Isabell

Schon seit über einer Woche versuchten sie nun, einen Termin zu finden, aber es schien irgendwie bei keiner der beiden zu klappen. Schließlich entschieden sie sich für den Mittwochnachmittag. Das heißt zwar, dass heute Isabells Vater seinen Nachmittag allein verbringen muss, aber länger hinausschieben will Isabell das Treffen auf keinen Fall mehr. Victoria hat ihr am Telefon schon einiges in Kürze über ihren neuen Geschäftsfall und die Entwicklung erzählt, aber natürlich gibt es da noch so viele Details, die Isabell hören möchte, und auch Victoria scheint darauf zu brennen, sich ihr anvertrauen zu können.

Und Isabell möchte dieses Gespräch und die neuen amourösen Verwicklungen nutzen, um zu sehen, wen der Neue denn ersetzen soll und ob da im Moment überhaupt jemand ist. Natürlich würde ihr Victoria – wenn der Verdacht denn wahr wäre –das nicht auf die Nase binden. Aber sicherlich ließe sich manches zwischen den Zeilen lesen und wenn Isabell eins und eins zusammengezählt hatte, konnte sie auch endlich entscheiden, bei wem und wann sie die Karten auf den Tisch legen wollte.

Fast schon taktisch hat sie auch die Lokalität für heute ausgewählt. Ein Café bei ihr in der Nähe, in dem sie auch manchmal nach der Arbeit mit den Kolleginnen ist. Victoria hat sie hier noch nie getroffen und sie glaubt auch nicht, dass sie das Café bis jetzt kennt. Sie will den Heimvorteil nutzen. Sofern es einer ist. Isabell ist keine Kaffeehausgeherin. Sie mag es viel lieber, zu Hause im Wohnzimmer auf einem gemütlichen Sessel oder ihrer Couch zu lümmeln und dabei eine ihrer Modezeitschriften durchzublättern, Eselsohren an den guten Stellen anzubringen, um später noch einmal zurückkehren zu können und über einen eigenen

Entwurf zu fantasieren. All das war ihr in einem öffentlichen Café unangenehm. Eine Zeitung vom Lesezirkel konnte man so oder so nicht umknicken, und die eigene Zeitung mitzubringen, das erscheint ihr so, wie auf einer Skihütte die Wurstsemmel mitzuhaben. Und dann eine Stunde an einem Häferlkaffee für drei Euro fünfzig zu nuckeln, da fühlt sie sich auch unwohl. Der von ihr besetzte Platz könnte wahrscheinlich in der Zwischenzeit drei weitere Kunden beherbergen und drei weitere Häferlkaffee an Umsatz bringen.

Nein, fürs Herumlungern waren die eigenen vier Wände da. Aber gegen einen guten Tratsch unter Freundinnen war natürlich nichts einzuwenden und daher kennt Isabell zumindest die Servierdamen beim Namen und weiß auch, an welchem Tisch man in Ruhe eine Unterhaltung führen kann.

Victoria ist wieder einmal zu spät, was muss sie auch immer mit dem Auto fahren. Aber die Öffis sind ihr einfach ein Graus. Mal erwischt man gerade einen Zug nicht, dann müffelt es wieder so wahnsinnig, das andere Mal ist ein Gedränge, das man am liebsten gleich rückwärts wieder aussteigt, und sich anhalten, das geht so oder so gar nicht. Obwohl es manchmal lebensnotwendig ist. Die Schaffner – oder wie die Fahrer von U-Bahnen heißen – fahren ja zum Teil wie die Henker. Man möchte meinen, die können Kupplung und Gas nicht unterscheiden, wenn es im Führerstand einer U-Bahn überhaupt Kupplung und Gas gibt. Vielleicht auch nur einen Hebel zum Beschleunigen. Aber warum verdammt ist es dann nicht möglich, schön geordnet zu beschleunigen?!

Und dann gibts auch noch Witzbolde, die glauben, sie müssen immer eine besonders lustige Durchsage machen. Als ob nicht die Standardansagen schon nervig genug wären. Victoria glaubt, sich zu erinnern, dass es in London sogar mal einen Fahrer gab, der richtig berühmt für seine Ansagen war.

Aber auch der schien den Obersten zu nervig geworden zu sein, denn schließlich war er ihres Wissens nach gefeuert worden. Hatte wohl einmal den Mund zu voll genommen.

Da fährt sie lieber noch eine Runde im Kreis. Noch schnell einen Handyparkschein, vor dem Aussteigen wohlgemerkt, man weiß ja nie. Es scheint ja Parksheriffs zu geben, die sich richtiggehend auf die Lauer legen, um arme Parkende auszunehmen.

Ob die wohl Provision dafür kriegen? Warum würden sie sich sonst so ins Zeug legen?!

Oder sie sind einfach von Haus aus Sadisten. Solls ja geben, diese Leute, die Beamten werden, damit sie ein bisschen Macht bekommen, und diese dann schließlich an den armen – an Vorschriften und Gesetze gebundenen – Bürgern auslassen.

Ob die Parksheriffs und U-Bahnfahrer sich wohl abends an den Stammtisch setzen und ins Fäustchen lachen? Sind ja schließlich beim gleichen Arbeitgeber, oder? Sich im Wirtshaus abends mit ihren ollen Kamellen die Zeit vertreiben?

Wie die Klatschweiber wahrscheinlich, diese ganzen Magistratsbediensteten. Was Victoria auch wieder in die Wirklichkeit zurückbringt. Fast ist sie mit einem Laternenmasten zusammengestoßen, vor lauter Denken und Tippsen. Nicht umsonst passieren heute mehr als 10 % aller Fußgängerunfälle durch den unachtsamen Gebrauch von Mobiltelefonen.

Isabell wartet schon. Sie sieht etwas durch den Wind aus. Aber Victoria kann ihr das nicht verdenken. Auch ihr liegt das kommende Zusammentreffen schon seit Tagen im Magen. Und das soll auf keinen Fall so bleiben, daran muss sich dringend etwas ändern. Es konnte nicht angehen, dass ein nachmittäglicher Kaffeeklatsch mit ihrer besten Freundin ihr Unbehagen bereitete. Schon gar nicht, wenn der Grund eigentlich völliger Quatsch war, in den man sich immer weiter hineinreitet, den man aber gar nicht wirklich haben will. Ein klassischer Fehltritt. Jetzt muss sie aber mal durch das heutige Gespräch, den Rest kann sie später lösen. Und es gibt schließlich genug Themen, die unverfänglich sind und die Isabell unbedingt wissen muss.

Und auch Isabell scheint ihr einige Neuigkeiten erzählen zu wollen. Zumindest hatte sie am Telefon immer wieder etwas durchklingen lassen. Von einer Idee, die die Zukunft verändern könnte. Und bei der sie wieder mal zusammenarbeiten könnten. Mal sehen, oder besser gesagt hören, was das genau war.

Knapp zwanzig Minuten zu spät, aber über manche Dinge sollte man sich nicht ewig aufregen, schon gar nicht, wenn man sie nicht ändern kann. Und Victorias notorische Unpünktlichkeit war so ein Dilemma. Was solls. Auch Victoria sieht nachdenklich aus, als sie von ihrem Display aufblickt. Aber nur für den kurzen Augenblick und als sie Isabell gewahr wird, erhellt sich die Miene und ihr Schritt beschleunigt sich. In dem Moment ist sich Isabell sicher: Nein, die könnte das nie.

Und schon sind sie mitten im Gespräch. Isabell hat schon die halbe Geschichte mit dem Modegeschäft aus ihr heraus, bevor sie überhaupt den Kaffee serviert bekommen. Und Victoria ist natürlich hellauf begeistert. Ohne Frage, das kann etwas werden und sie kann natürlich den richtigen Werbeauftritt, das Design, die Corporate Identity dazu entwickeln.

Wieso muss sie nur immer mit diesen wichtigen Wörtern um sich werfen? Versteht ja kein Laie, was Corporate Identity heißt. Nicht, dass sie überhaupt die Güte gehabt hatte, das ganze Wort auszusprechen. In der ersten Euphorie hat sie überhaupt nur CI gesagt, bis ihr die fragende Augenbraue Isabells das ganze Wort entlocken konnte. Aber nicht das ganze Geheimnis. Dafür musste Isabell natürlich wieder nachfragen. Nun weiß sie, was eine CI ist, ärgert sich aber trotzdem, dass es wieder einmal den Anschein hatte, als ob sie die dumme Pute ihres Duos wäre.

Dabei hat sie natürlich auch ihren eigenen Wortschatz. Den von der Arbeit, aber auch den ihrer Interessen, aber sie würde mit dem nicht so hausieren gehen, ist ja auch gar nicht nötig. Schließlich muss man sich unter besten Freundinnen nicht so aufspielen. Jeder weiß doch, dass die andere nicht besser oder weltgewandter ist, als sie eben wirklich ist. Dafür kennt man sich zu gut.

Und in dem Moment ist das Vertrauen bei Isabell wieder dahin: Wenn sie sich immer so aufspielen muss, wenn sie immer das Theater braucht, ja warum sollte sie dann nicht auch ihren Mann bezirzen. Schließlich ist der dann eine Trophäe, die Isabell abgestaubt hat. Nicht, dass er jetzt eine olympische Goldmedaille wäre, aber er hat schon was, der Viktor. Und daher braucht er sicher nicht zum Wanderpokal werden. Was, wenn er schon den Besitzer gewechselt hat?

Um Victoria ihre düsteren Gedanken nicht merken zu lassen, bringt sie die Sprache schnell auf den mysteriösen Unbekannten, der sich da ganz mächtig in ihr Leben zu drängen scheint.

Es wäre ja schön, wenn er sich intensiver hineindrängen würde. Aber noch ziert er sich, der Traumprinz. Als Victoria Isabell vom letzten Treffen mit Thomas beim Heurigen erzählt, fällt ihr selbst auf, wie sie seine positiven Seiten herausstreicht. Sie erwähnt mit keiner Silbe, wie protzig und etwas proletig sie ihn anfangs fand. Auch nicht, dass er mit seiner distanzierten Art bei ihr viele Fragezeichen hinterlässt. Ob er denn überhaupt etwas von ihr will? Ob er vielleicht überhaupt nichts von Frauen will? Ob er das Private nicht zulässt, weil sie eine geschäftliche Beziehung haben oder zumindest hatten?

All das lässt sie bei der Erzählung aus und erklärt, dass ihr seine Zurückhaltung extrem schmeichle. Sie wolle sich erobern lassen, freue sich, dass sich endlich wieder einmal ein Mann Zeit nähme und nicht alles überstürzen wolle. Stellt seine Qualitäten als Gentleman heraus und merkt während ihrer Erzählung, dass sie das eigentlich alles wahr werden lassen könnte.

Warum musste immer alles so schnell gehen?

Sie könnte sich ja eigentlich auch zurücklehnen und das alles genießen. Wenn er sie – und davon geht sie aus – wiedersehen will, dann kann er doch das Tempo bestimmen. Wichtig ist doch nur, dass sich jemand für dich interessiert. Dass er Zeit mit dir verbringt und das hoffentlich noch häufiger. Alles andere würde sich schon ergeben oder auch nicht, aber dann zumindest die vorhandene Zeit genießen. Für das Körperliche gibt es schließlich Alternativen.

Nein, nicht den Viktor, seine Zeit war abgelaufen. Mit rotem Kopf blickte sie kurz auf ihre Tasse. Fängt sich aber schnell wieder und ist bei der Tatsache angelangt, dass Thomas sich noch nicht gemeldet hat. Und ja, verdammt, er sollte sich melden. Schließlich ist er ein wunderbarer Zeitgenosse. Kein Zeitvertreib, sondern jemand, mit dem die Zeit zu verbringen sich lohnt, mit dem jede Stunde ein Erlebnis ist und trotzdem wie im Flug vergeht. Jede Stunde, eine Stunde, die Lust auf eine mehr macht. Und sie könnte einen weiteren Freund brauchen. Auch wenn sie sicher ist, dass das mit Isabell sich einrenken wird, sie wird das Ganze schon glatt über die Bühne bringen, ein weiterer guter Freund, jemand zum Reden, könnte nicht schaden.

Noch dazu, wenn er bei ihr einziehen würde, dann könnte sie jeden Tag mit jemandem reden, sich jemandem anvertrauen und nicht nur am Telefon oder einmal wöchentlich. Aber hallo, er hat ihr noch nicht einmal Avancen gemacht und Victoria lässt ihn schon gedanklich bei sich einziehen. Sie schimpft sich selbst eine Närrin und hängt doch noch eine Sekunde an dem Gedanken fest: Einen so körperlich anziehenden Menschen auch als besten Freund zu haben, das musste es doch wert sein!

Isabell sieht, dass sich Victoria etwas verguckt hat und als sie auch noch das Thema auf Bettgefährten, die auch beste Freunde sein können, bringt, weiß sie: Für heute ist das Thema Seitensprung beendet. Da führt kein Weg mehr hin. Weder möchte sie Victoria, die jetzt direkt strahlende Augen und gerötete Wangen bekommen hat, in die Bredouille bringen, noch will sie den heutigen Nachmittag zerstören.

Aber es muss irgendwann raus und heute ist sie der Lösung keinen Schritt näher gekommen.

Szene 16

Alternativen

In der Arbeit geht ihr natürlich das gestrige Gespräch nicht aus dem Kopf. Oder besser gesagt, nicht das Gespräch, sondern eher das ungesagt Gebliebene. Sie hatte sich so sehr vorgenommen, durch geschickte Gesprächsführung Victoria etwas auf den Zahn zu fühlen. Und was war dabei herausgekommen?

Das Gegenteil. Es war nur so aus ihr herausgesprudelt, als es um das Thema Mode und das neue Geschäft gegangen war, sie hatte voll Freude darüber, dass sich jemand für die Idee interessierte, ja sogar begeisterte, all ihre Gedanken mit Victoria geteilt. Und es hatte so gut getan und ihr auch wieder bewusst gemacht, warum sie beste Freundinnen waren. Auch wenn ihrer beider Leben auf völlig unterschiedlichen Pfaden verliefen, so waren sie doch füreinander da. Victoria hatte – trotz ihrer überschwänglichen Art – ihren Enthusiasmus geteilt und ihr sofort jede erdenkliche Unterstützung zugesagt.

Und wenn sie es recht bedenkt, dann ist das eine Seite, die ihr eh nicht liegt. Das Verkaufen, das Bewerben – und wenn sie aus dem Fenster rüber zur Frau Portaleks Geschäft schaut, dann hat dieses eine gute Verkaufsstrategie bitter nötig. Da würden wohl die besten Kreationen und das beste Shopdesign nicht helfen, wenn die Leute nicht wissen würden, dass sich was geändert hat.

„Na, da gehören die Deos aber nicht hin oder was denken Sie?"

Verdammt, hatte sie doch glatt die Nivea-Deos einfach neben den Nivea-Haargels ins Regal gestellt. Obwohl das vielleicht auch eine Idee wert wäre.

Was, wenn ein Kunde nur Nivea Produkte kauft? Wär es dann nicht hilfreich für ihn, wenn er das ganze verfügbare Sortiment auf einem Platz sehen würde? Durchaus eine Idee wert, aber nicht das aktuelle Konzept und daher auch nicht die richtige Antwort für den Regionalleiter Bernd, der heute zu Besuch ist und sie offensichtlich beim Müßiggang ertappt hat.

„Nein, natürlich nicht, tut mir leid, ich war in Gedanken."

„Kommen Sie doch bitte mal mit ins Büro."

Sicher, sie hatte die Produkte nicht korrekt eingeräumt, aber deswegen gleich ein verwarnendes Gespräch, das findet Isabell nun doch etwas zu viel. Aber was hilft es, das kann sie ihm ja nicht auch noch ins Gesicht sagen, deshalb folgt sie ihm unwillig ins Büro.

Das benützen die Filialmitarbeiter normalerweise, um die Tagesabrechnung, die Bestellung und sonstige administrative Arbeiten zu erledigen. Aber wenn Bernd da ist, lässt er sich für die Dauer des Tages mit seinem Laptop auf ihrem Arbeitsplatz nieder. Auch jetzt ergreift er beim Hineingehen gleich Besitz vom einzigen Arbeitssessel und bietet ihr nur den ungepolsterten Klappstuhl einer großen schwedischen Möbelkette an, welcher die andere Sitzgelegenheit in dem spartanisch eingerichteten Raum darstellt.

Isabell und ihre Kolleginnen halten sich ja nur zur Arbeit hier herinnen auf, für die Pausen gibt es noch eine kleine Kaffeeküche, welche ungleich heimeliger ist, weil jeder, wann immer er kann, etwas zur Gestaltung, zur Verschönerung und Dekoration des Raumes beiträgt. Ein- oder zweimal hatten sie auch bereits das Glück, bei einer Elektrogeräteaktion ein B-Ware-Teil zu ergattern, und so kommt es, dass hier eine Nespressomaschine und eine Stereoanlage stehen, die sie sich sonst nicht geleistet hätten und die auch vom Hauptquartier nicht gestellt worden wäre.

„Bitte nehmen Sie doch Platz."

„Bernd, ich hatten Ihnen doch bereits beim letzten Mal gesagt: Nennen Sie mich bitte Isabell."

„Bitte nehmen Sie doch Platz, Isabell!"

Er kann es wohl nicht lassen, das SIE, aber wenn er noch zum Scherzen aufgelegt ist, kann es so schlimm nicht sein, weshalb Isabell sich bereits etwas erleichtert niederlässt.

„Isabell, Sie sind nun bereits seit sieben Jahren bei uns und wir haben uns noch nie über Ihre Ziele unterhalten. Ich habe auch in Ihrer Akte keine Notizen meiner Vorgänger über derartige Gespräche gefunden."

In der Tat, will sie sagen, *schließlich hat mich auch noch nie jemand zu diesem Thema befragt.* Sie hatte bisher immer gedacht, dass die Zentrale der Meinung war, Teilzeitverkäuferinnen hätten keine weiteren Ziele. Morgens das Geschäft aufsperren und abends wieder zu. Dazwischen Regale einräumen, Ordnung halten und lächeln, wenn Kunden da sind. Immerzu lächeln. Und jetzt fragt da tatsächlich einer, was sie noch vorhätte.

„Tja, meine Ziele, das ist ein sehr weitgefasster Begriff. Was meinen Sie denn genau?"

„Naja, Sie sind eine junge dynamische Frau, Sie machen Ihre Arbeit immer tadellos. Wann auch immer ich Ihren Namen unter einem Kassabericht oder der Inventur sehe, kann ich davon ausgehen, dass die Zahlen hundertprozentig passen. Ich möchte Ihnen dafür übrigens meinen Dank aussprechen.

Ich bin sehr froh, dass ich solche Mitarbeiter im Rayon habe, sie erleichtern meine Arbeit unglaublich und lassen mich nebenbei auch noch in der Zentrale gut aussehen."

Die letzte Bemerkung garniert er mit einem geradezu spitzbübischen Lächeln, sodass Isabell die scharfe Erwiderung, ob er denn das ganze Lob in der Zentrale selbst einheimsen würde, wieder wegsteckt.

„Und wann auch immer ich hier bin, sehe ich Ihren zuvorkommenden und herzlichen Umgang mit den Kunden. Man hat immer das Gefühl, dass jeder Kunde, der hereinkommt, als Gast behandelt wird. Ich kann Sie mir als wundervollen Gastgeber vorstellen. Sie handeln immer so, als würde es Ihnen ein persönliches Anliegen sein, unsere Produkte zu verkaufen und dem Kunden genau das zu bieten, was er zu brauchen scheint, auch wenn er es vielleicht noch gar nicht weiß beziehungsweise nicht ausdrücken kann. Gut, ausgenommen heute. Gibt es irgendetwas, dass Ihnen zu schaffen macht, kann ich Sie irgendwie unterstützen?“

Aber auch sein vertrauensvoller Blick kann Isabell nicht aus der Reserve locken. Einerseits kennt sie ihn nicht gut genug, um ihm Privates anzuvertrauen, und andererseits ist er formell ihr Vorgesetzter, dem sie schon gar nichts über ihre Geschäftspläne erzählen kann. Schließlich weiß sie ja noch nicht, ob sie diese jemals realisieren können wird, und sie will nicht riskieren, dass er sie ersetzt, um ihrer Kündigung zuvorzukommen. Daher entschließt sie sich zu einer ausweichenden Auskunft über weibliche, monatlich wiederkehrende Ärgernisse, was er unkommentiert hinnimmt.

Er entlässt sie jedoch nicht ohne die Aufforderung, über ihre Ziele und Wünsche für das kommende Jahr nachzudenken, er würde sie beim nächsten Besuch noch einmal danach fragen.

Was soll Isabell ihm da bloß auftischen? Schließlich ist eine Filiale ja nicht gerade ein Fundus an Aufstiegsmöglichkeiten.

Obwohl, es gibt auch in den Orten rundherum Filialen und auch eine kleine Region wäre durchaus machbar. Wirklich machbar? Auch als Teilzeitkraft? Sie hat keine Ahnung, bisher hat sie noch nie einen Regionalleiter in Teilzeit gesehen, aber sie kann es Bernd ja vorschlagen, dann weiß er zumindest, dass sie sich Gedanken gemacht hat, und steht seinerseits in einer Bringschuld.

„Na, schon wieder abwesend?"

Mist, jetzt steht der schon wieder hinter ihr. Diesmal im Gang mit den Putzmitteln. Immerhin sie hat nichts verkehrt eingeordnet, aber nichts zu tun, ist wohl in den Augen des Chefs eine genauso schlechte Performance.

„Isabell, sind Sie sicher, dass Sie mir nichts sagen wollen? Sie sehen heute viel bedrückter aus als sonst!" Was meint er mit *als sonst*?

„Ich kenne Sie sonst immer nur freundlich lächelnd. Und lächelnd sind Sie mir viel lieber. Da haben Sie dann immer links so ein Grübchen, aber nur links, rechts ist das irgendwie nicht vorhanden. Das macht Ihr Lächeln einzigartig!"

Einzigartig? Was sollte das? Isabell fühlt, wie ihr die Röte in die Wangen steigt, was sie eilig zu unterdrücken sucht. Nicht, dass er auch noch denkt, er kann einfach so mit ihr reden. Wobei, worüber regt sie sich auf? Er war ja nicht unhöflich gewesen.

„Woher wissen Sie so viel über meine Grübchen Bernd? Beobachten Sie mich etwa?"

Jetzt ist es an ihm, rot zu werden. Und die Sprache scheint es ihm auch verschlagen zu haben.

„Naja, was heißt hier beobachten. Es ist meine Aufgabe, als Regionalleiter zu wissen, was in den Filialen vorgeht. Wie die Leute mit unseren Kunden umgehen.

Um zu verstehen, was gut ankommt, aber auch, um zu wissen, wo es Verbesserungsbedarf gibt. Einerseits bei den Mitarbeitern, aber andererseits auch bei den Vorgaben der Zentrale, nach denen sie hier vor Ort ja arbeiten. Hoffentlich danach arbeiten.

Aber bei Ihnen Isabell muss ich schon zugeben, dass ich vielleicht ein- oder zweimal öfter hingesehen habe. Aber ich entschuldige mich nicht dafür. Schon eher für das, was ich jetzt gleich sagen werde. Sie sind einfach ein Hingucker. Sie strahlen so viel Freude an der Arbeit aus, obwohl ich nicht das Gefühl habe, dass der Job Sie wirklich fordert. Sie könnten so viel mehr machen."

Hatte er sie jetzt tatsächlich einen Hingucker genannt? Isabell weiß nicht, ob sie sich geschmeichelt fühlen oder empört sein soll. Sie beschließt, den Kommentar zu ignorieren, und versucht, etwas anderes herauszufinden.

„Was wär denn etwas, das ich machen sollte oder könnte?"

„Puuuh, spontan ist das natürlich schwer zu sagen. Aber wenn ich mir ansehe, wie genau Sie mit den Zahlen sind, sowohl bei den Abrechnungen als auch bei den Bestellmengen, wie gut im Umgang mit den Kunden und wie beliebt Sie auch bei den Kolleginnen sind, denke ich an etwas Leitendes. Ich meine, die Filiale hier hat nicht die richtige Größe für einen Filialleiter. Aber es gibt im Umkreis sicher einiges, was da passen könnte. Und Sie sind ja noch jung und flexibel. Da kann man sicher etwas machen. Wie flexibel wären Sie denn im Falle des Falles?

Sind Sie örtlich gebunden, Isabell, haben Sie Familie?"

Der knisternde Moment ist für Isabell dahin. Entweder das hier war wirklich nur eine plumpe Anmache oder er ist ein Ignorant. So kurz ist er ja wohl nun auch nicht in seiner Position, um nicht mitbekommen zu haben, wie es um ihren Familienstand bestellt ist.

Aber das Gespräch hat definitiv sein Gutes. Der Regionalleiter, der sicher viele verschiedene Mitarbeiter zu Gesicht bekommt, sieht in ihr das Potenzial, eine Filiale zu führen. Und das, sowohl die die Mitarbeiter als auch den administrativen Aufwand betreffend. Und er hat ihr somit unwissentlich wieder Auftrieb für ihre eigene Idee gegeben. Und ohne es natürlich vor irgendjemandem zugeben zu wollen, die Tatsache, dass sie ein Hingucker war, mit einem süßen Grübchen wohlgemerkt, war bei rechtem Licht betrachtet auch erfreulich, nichts, wofür man sich schämen oder worüber man ich aufregen musste.

Als sie abends zusperrt, geht ihr gewohnter Blick zu Frau Portalek. Die alte Dame hat wohl heute früh Schluss gemacht. Zumindest ist der Laden bereits finster und das Geschlossen-Schild hängt in der Tür. Sie kann das auf die Distanz zwar nicht lesen, aber der rote Rahmen und das Schriftbild sind ihr mittlerweile ein so gewohnter Anblick, dass sie den Text nicht lesen können muss. Trotzdem wechselt Isabell die Straßenseite, um einen Blick in das Schaufenster zu erhaschen. Keine Veränderung, das hat sie auch nicht anders erwartet.

Aber vor ihrem geistigen Auge entsteht bereits die Auslage für die kommende Saison. Zwischen den Puppen, die die zu verkaufende Ware tragen würden, irgendwas mit Leder, wie es im kommenden Jahr noch stärker Mode werden würde.

Nicht ganz aus Leder, aber Lederapplikationen, etwa ein Mantel mit Lederärmeln. Und dann würde sich noch etwas Düsteres, etwas Richtung Gothic dazumischen. Aber dazwischen würde sie auch eigene Entwürfe ausstellen, etwas, das es gar nicht zu kaufen gäbe. Das wäre dann der Eyecatcher, der Hingucker, eine Idee, auf die sie Bernd heute Nachmittag gebracht hatte.

Ja dieser Junge. Das Gespräch mit ihm ist ihr den ganzen Nachmittag nicht aus dem Kopf gegangen. Sie ist in seinen Augen eine attraktive Frau. Und das obwohl sie ein ganzes Stück älter ist als er.

Wann hatte ihr Viktor zuletzt ein derartiges Kompliment gemacht. Natürlich, er sieht sie jeden Tag, aber um so wichtiger wäre es zu wissen, dass er immer noch gerne hinguckt. Immerhin ist er der Einzige, den sie jemals so tief hat blicken lassen. Und schon kommt wieder dieses flaue Gefühl im Magen auf. Was. Wenn er eine andere Frau auf diese Art anblickt, mit der er sie in ihrem Zimmer umgarnt hat. Mit dem Blick, dem sie schließlich nach hartnäckigem Umwerben erlegen war.

Als Isabell auch noch den Rest des Gesprächs mit Bernd zum gefühlt zwanzigsten Mal Revue passieren lässt, erfasst sie eine ungewohnte Entschlussfreudigkeit. Am Wochenende wird sie all diese Dinge ansprechen und Klarheit schaffen. Sie wird aus dem vagen Bild und der nagenden Ungewissheit eine neue Zukunft erschaffen. Wenn nötig auch mit den dazugehörigen Veränderungen. Sie ist eine junge Frau – so hatte er zumindest gesagt – und sie ist verdammt noch mal nicht zu alt, um sich noch einmal neu zu erfinden, die Dinge endlich in die Hand zu nehmen.

Szene 17
Bei den Schwiegereltern

Vom Wochenende ist nicht mehr viel übrig und dabei hatte sie doch so große Pläne. Jetzt sitzen sie zu Hause bei den Schwiegereltern und trinken den sonntagnachmittäglichen Kaffee und machen Konversation. Die Kinder haben sich in eines der früheren Kinderzimmer verzogen und beschäftigen sich still. Wohl eher nicht mit den Spielsachen, die aus Viktors Zeit noch immer da sind, und auch nicht mit den Dingen, die die Großeltern extra für die kleinen Enkerl angeschafft hatten. Damit die was zum Spielen hatten, wenn sie mal bei Oma und Opa übernachteten. Sondern eher mit den mobilen Geräten, mit denen der Fortschritt heute auch schon die Kinder geißelt.

Der absurde Gedanke, dass das Mobile in der Wiege eines Babys mit lauter Minihandys – Mobiles – bestückt sein könnte, treibt Isabell ein Lächeln ins Gesicht.

„Na, was geht dir durch den Kopf?"

Nachdem zwischen Viktor und Isabell immer noch angespannte Stimmung herrscht, läuft das Gespräch meist über seine Eltern. Wobei über die Eltern eigentlich auch nicht ganz stimmt. Es sind mehr zwei Dialoge nebeneinander. Isabell spricht selten viel mit ihrer Schwiegermutter.

Das Verhältnis ist seit ihrem ersten Besuch unterkühlt. Nicht, dass wirklich jemals etwas vorgefallen oder auch nur ein böses Wort gefallen wäre, aber man merkt einfach, dass zwischen den beiden keine Herzlichkeit aufkommt. Anfangs hatte Isabell versucht, das Verhältnis aufzutauen. Schließlich weiß man ja, dass der Weg zum Partner oft über seine Mutter führt. Sie hatte natürlich Viktor nicht mehr für sich einnehmen müssen, aber ihn durch die Mutter zu verlieren oder seiner Mutter zu erlauben, einen Keil in die junge Beziehung zu treiben, davor hatte Isabell gewaltigen Spundus. Schließlich wusste sie, was sie an ihrem Freund hatte, und auch, dass er der einzige Mann in ihrem Leben bleiben würde. V

on der Wiege bis zur Bahre, der einzig Wahre. Schon wieder ein Lächeln auf den Lippen, das ihr einen fragenden Blick des Schwiegervaters – ihres Gesprächspartners – einbringt.

Aber Karen hatte nie verstanden, was ihr Sohn an dieser Sandkastenliebe fand. Natürlich er hatte sich ausgelebt, aber warum er sich ausgerechnet zu dieser verstockten Nachbarin derart hingezogen fühlte, war ihr schleierhaft. Auch wenn sie keinen Standesdünkel hatte, fand sie schon, dass sie etwas über Isabells Familie standen, aber der Stand war ja längst nicht mehr von so hoher Bedeutung. Aber wie sie sich zierte. Fast als wär es umgekehrt. Als müsste er sie erobern, als müsste sie sich zu ihm herablassen. Genau, das war das Wort. Herablassend, wieso war die so herablassend zu meinen, Viktor müsse sich ewig und drei Tage um sie bemühen, bevor sie sich bequemte, ihn zu erhören. Er hatte seiner Mutter oft genug sein Leid geklagt. Wie sehr er sie liebe und dass er auch ewig auf sie warten würde, wenn nötig. Wäre es nach Karen gegangen, hätte sie ihm in der Zwischenzeit locker ein oder zwei Töchter ihrer Freundinnen – durchweg gute Partien – vermitteln können, aber in dieser Richtung war er verbohrt.

Und als Isabell Viktor endlich erhört hatte, ließ sie sich nur selten bei ihren Schwiegereltern sehen und zeigte sich auch bei diesen seltenen Besuchen höchst verschlossen. Wäre Karen so bösartig gewesen wie die Frau Kratochwil von gegenüber, hätte sie wohl verstockt gesagt. Isabell gab überhaupt nichts von sich preis, gut wenn sie nicht will, soll sie, aber dann müsste sie wenigstens über Familie, Garten, Wetter und all die anderen weltbewegenden Themen sprechen, so befahl es der G'hertsi, doch Isabell war da anders.

145

Völlig schmerzbefreit, wie es schien.

Und heute. Ja heute unterhalten sie sich natürlich, wenn die Beiden da sind oder die ganze Familie zu Besuch ist, aber ein freundschaftliches Verhältnis hat sich seither nicht so recht entwickelt. Und auch heute spricht sie wieder nur mit Walter.

Dessen fragenden Blick kann Isabell natürlich nicht einfach ignorieren ist sie doch seine momentan einzige Gesprächspartnerin. Aber sich mit ihm zu unterhalten, ist nie mühsam. Geht ein Thema zu Ende, eröffnet sich schon wieder ein neues und oft macht ihre Unterhaltung mittendrin einen Sidekick. Sie verlieren völlig den Faden und kommen erst nach einigen Minuten darauf, dass sie eigentlich über etwas ganz anderes gesprochen hatten. Er ist ein gekonnter Moderator. Wenn er merkt, dass Isabell abgelenkt ist oder zu dem Thema nicht viel beitragen kann oder auch will, bestreitet er mühelos große Teile der Unterhaltung selbst.

Er scheint einen unerschöpflichen Fundus an Geschichten und G'schichtln zu haben. Egal, ob sie wahr sind oder von ihm mit dem gewissen Augenzwinkern erzählt werden, welches Isabell am Wahrheitsgehalt zweifeln lässt, sie sind immer unterhaltsam, oft lehrreich. Und bewundernswert. Auch Isabell hat viel erlebt, aber sie hat nicht das Gefühl, dass sie das anschaulich vermitteln und jemanden mit ihren Erzählungen fesseln könnte.

Und schon ist der Faden wieder verloren, zumindest bei ihr. Das scheint sich durch die ganze Woche zu ziehen. Sie hat Mühe, sich zu konzentrieren. Immer wieder sind ihre Gedanken bei den beiden vorherrschenden Themen. Keines konnte sie bis dato angehen. Und das Wochenende, für das sie sich soviel vorgenommen hatte, ist schon fast wieder zu Ende.

Wie auch immer Walter darauf kommt, denn er hat die letzten zwei Minuten wieder allein bestritten, auf jeden Fall will er gerade wissen, ob es denn im Geschäft gut laufe. Aha, daher weht der Wind. Er meint, gelesen zu haben, dass es dem ganzen Unternehmen nicht so gut gehe und sogar Zweifel an der Zahlungsfähigkeit aufgekommen sind. Es scheint, als hätten diverse Lieferanten des Einzel-handelsunternehmens sogar auf ein sogenanntes Einzugsverfahren, manch andere auf eine Bankgarantie bestanden.

Dies entlockt wiederum Isabell einen fragenden Blick. Doch anders als sie selbst weicht Walter nicht aus. Sondern erklärt ihr in vereinfachter Sprache, jedoch ohne ihr den Eindruck von Unwissenheit zu vermitteln, was das bedeute, und vor allem, was man alles aus einem derartigen Schritt herauslesen könne. Denn im Normalfall drängen solche Neuigkeiten nur sehr spät an die Öffentlichkeit. Er scheint ernsthaft besorgt zu sein und erkundigt sich, welche Ziele Isabell denn in den nächsten Jahren habe. Schon der Zweite in dieser Woche. Ob sie denn dort wirklich zufrieden sei, sich dort tatsächlich verwirklichen könne oder ihr das im Berufsleben nicht so wichtig sei? Ohne ihr zu nahe treten zu wollen.

Mit einem Seitenblick auf Viktor versucht Isabell, zu ergründen, ob Vater und Sohn über ihre Geschäftspläne gesprochen haben, aber Viktor scheint ihrer Unterhaltung kein Ohr zu leihen. Isabell antwortet ausweichend, schließlich hat sie sich ja schon die Abfuhr von ihrem Mann geholt. Da will sie nicht auch noch Walter gegen sich haben, von Karen ist ja keine Unterstützung zu erwarten und dann säße sie hier drei Familienmitgliedern gegenüber, die hier und jetzt ihrem Traum ein jähes Aus bescheren könnten.

Isabell erzählt vom Besuch ihres Regionalleiters und dass er eben dieses Thema auch angesprochen hatte, natürlich nichts von wirtschaftlichen Schwierigkeiten verlauten ließ, aber eben auch der Erste war, der sich für ihre berufliche Zukunft interessiert hatte. Und wenn man schon bei wirtschaftlichem Misserfolg war, Frau Portalek von der anderen Straßenseite, die schon seit Jahr und Tag ein Modegeschäft betrieb, hatte sicher in den letzten Jahren auch nicht groß Erfolg gehabt, aber hielt sich irgendwie – wie wusste vielleicht Gott, Isabell sicher nicht – auch über Wasser.

„Ach so, die Frau Portalek, ja die hab ich auch schon lange nicht mehr gesehen. Früher war das Geschäft ja immer en vogue. Zumindest für die Dame von Welt. Aber die Welt dreht sich halt weiter und der Laden hat irgendwie nicht mit der Mode Schritt halten können. Was nicht weiter tragisch ist, wenn man die Kundschaft hat, die auch nicht jeden Modetrend mitmacht. Aber seitdem ihr Mann verstorben ist, hab ich nicht viel von ihr gehört.

Wenn man gemeinsam ein Geschäft betreibt – so wie die Portaleks – und einer verstirbt dann, dann ist irgendwie sicher auch beim anderen die Luft draußen. Da verwundert es mich nicht, dass die Kunden ausbleiben. Dass die überhaupt noch offen hat, wundert mich, die hätte ja sicher einen Pensionsanspruch und könnte sich so über Wasser halten. Wie geht's ihr denn? Triffst du sie denn manchmal?" Und Isabell erzählt wieder.

Walter ist echt gut darin, die Unterhaltung in Schwung zu halten. Er scheint sich echt Sorgen um die alte Dame zu machen, und da Isabell bis dato nicht wusste, dass er die alte Dame kennt,

fühlt sie sich ihrem Schwiegervater umso verbundener. Und plötzlich – ohne einen bewussten Entschluss gefasst zu haben – erzählt sie von ihren letzten Begegnungen.

Wie sie gedacht hatte, dass die alte Frau das noch macht, weil sie Kontakt sucht, und wie sie selbst den Laden vor ihrem inneren Auge wieder zum Leben erweckt hatte.

Wie es zuerst nur ein willkommener Tagtraum gewesen war, der ihr auf der Arbeit, die sie tatsächlich – wie es Walter zuvor richtig vermutet hat – nicht richtig ausfüllt, Abwechslung verschaffte. Und wie er sich seither immer mehr zu einer fixen Idee ausgewachsen hat.

Ihr Schwiegervater ist ein aufmerksamer Zuhörer, unterbricht sie nur selten, wenn überhaupt, dann stellt er Zwischenfragen, die Isabell zum Nachdenken anregen. Er gibt ihr die Zeit, ihre Antwort zu formulieren. Und wenn die Antwort dann kommt, ist ihre Idee bereits wieder ein Stück konkreter geworden. Und so ergibt es sich, dass gegen Ende des Gesprächs, sofern es denn schon das Ende sein sollte, zumindest gegen Ende der Ausführungen Isabells, die Geschäftsidee fix und fertig ausgebreitet vor Walter liegt. Als Isabell bewusst wird, dass jetzt genau der Moment eingetreten ist, den sie noch vor einigen Minuten unbedingt abwenden wollte, entlockt ihr das ein nervöses Lachen und eine Abwertung ihrer eigenen Idee, welche ja wohl nur eine Spinnerei sein könne, die Walter nicht so ernst nehmen solle.

Und wieder dieser fragende Blick. Viel zu viele dieser Art in der letzten Stunde. Aber bei Walter scheint das Unverständnis tatsächlich auf den letzten Lacher bezogen zu sein und nicht auf die Zukunftspläne Isabells. Wobei er nicht unmittelbar dazu Stellung nimmt. Er führt den Gedanken von vorhin noch weiter aus. Dass das Geschäft super gelaufen sei, damals in den späten 80ern habe sogar er hie und da

dort eingekauft, obgleich es eine Menge Geschäfte mit besserer Lage, größerem Sortiment und höherer Internationalität gegeben hätte. Aber die Portaleks waren bekannt gewesen für ihre Kundenansprache, dafür, dass man das bekam, was man wollte, oder vielmehr das, was man brauchte. Auch wenn man beim Betreten des Ladens noch gar nicht formulieren konnte, was das sein sollte.

Und auch das Geschäftsgebaren wäre immer tipptopp gewesen, obwohl das Geschäft damals noch gar nicht im unmittelbaren Einzugsbereich der Großstadt gelegen habe. Erst die Erweiterung des sogenannten Speckgürtels hätte auch das Geschäft dort hineinwachsen lassen. Und wesentlich gewachsen sei damit auch die Kundschaft. Beziehungsweise die potenzielle Kundschaft, man müsse ja nur mal untertags auf die Straße gehen und schauen, wie viele Frauen immer noch nicht berufstätig seien. Emanzipation hin oder her. Und dass sich die auch noch viel mehr leisten könnten als früher, das – zum Großteil von ihren Männern erwirtschaftete – frei verfügbare Einkommen deutlich höher sei, sei auch nicht zu verachten, wenn man so ein Geschäft aufziehen wolle.

Als Tüpfelchen auf dem I spiele einem Modegeschäft in die Hand, dass früher Trends jahrelang anhielten, heute müsse es ja jedes Jahr eine neue Farbe, ein neuer Stoff, ein neuer Stil sein, das treibe natürlich den Umsatz nach oben.

Ein bisschen chauvinistisch findet Isabell Walters Ansichten vielleicht, aber ansonsten keine Spur von Verachtung, von mangelndem Zutrauen, davon, der Schwiegertochter ihre Idee in Abrede stellen zu wollen. Und was er alles über Mode wusste, sie hatte nie gedacht, dass er sich für Mode interessieren würde. Natürlich, er war immer schick gekleidet. Aber traditionell.

Viele gedeckte Farben, klassische Schnitte. Westen, Sakkos, Stoffhosen und beim Schuster gekaufte, dem Klang nach sogar genagelte Schuhe waren vorherrschend. Nichts, was darauf schließen ließe, dass er dem Trend der Zeit folgte. Aber man musste – so wie er es gerade gesagt hatte – nicht jedem Trend folgen, um auf der Höhe der Zeit zu sein. Auch wenn die Leute gut für das Geschäft waren.

Wieder ein Lächeln auf den Lippen. Nur diesmal blieb es von Walter unkommentiert, er lächelte einfach nur zurück. Und da beschließt Isabell den Stier bei den Hörnern zu packen. Sie fragt ihn rundheraus, ob er es denn für eine gute Idee hielte, wenn sie bei Frau Portalek einsteigen würde. Als Gesellschafterin – oder wie auch immer man das titulierte – und als Designverantwortliche. Als jemand, der den Laden wieder auf den Stand der Zeit bringt, der ihn wieder angesagt macht. Natürlich beim richtigen Publikum. Bei den zahlungskräftigen Damen der Mittelschicht. Gehoben oder auch nicht.

Seine Kunstpause lässt sie den Atem anhalten. Er ist offensichtlich unentschlossen, unsicher, ob er in Gegenwart seines Sohnes dessen Frau geschäftliche Ratschläge erteilen sollte. Schließlich hat er ja keine Ahnung von dessen Position bzw. davon, inwiefern die beiden das schon erörtert haben.

Erst das Ticken der großen Standuhr im Wohnzimmer lässt Isabell bemerken, dass auch das Gespräch der beiden anderen im Zimmer verstummt ist. Und ein Blick zu Viktor lässt sie Schlimmes ahnen. Sein Ohr scheint doch nicht voll und ganz beim Gespräch mit seiner Mutter gewesen zu sein. Er scheint auch gespannt auf die Antwort seines Vaters zu warten, lässt jedoch nicht erkennen, dass er sich einmischen oder gar erklären will, wie es mit seiner Meinung bestellt ist. Karen hingegen ist einigermaßen verwirrt ob der plötzlichen Stille,

ihre diesbezügliche Nachfrage verhallt jedoch ungehört. Da der Ball bei Walter zu liegen scheint, rafft er sich nun doch zu einer Antwort auf. Und diese lässt Isabells Herz höherschlagen. Obwohl seine Worte etwas steril wirken, scheinen sie ihr doch wie Musik in den Ohren. Er fasst das Gesagte zum Geschäftsgang der Portaleks, zu den Modetrends und der möglichen Umsatzsteigerung noch einmal zusammen und geht erst zum Schluss auf ihre Frage ein.

Und er scheint große Stücke auf Isabell zu halten. Noch größere, als die sehr angenehmen Gespräche, die sie bisher gemeinsam hatten, hätten vermuten lassen.

Definitiv – ja genau das war das Wort – hätte sie das Zeug, so ein Geschäft wiederzubeleben. Sie zeige ja schließlich auch in allen anderen Lebensbelangen ihr Geschick und ihr Organisationstalent. Sie beweise tagtäglich, was sie unter den Hut bringen könne. Und die Kinder würden ja Tag für Tag älter und selbstständiger, was gleichzeitig wieder bedeute, dass sie momentan weniger angebunden sei und er jedes Verständnis dafür habe, wenn sie sich nach einer neuen Herausforderung umsehe. Und wenn sie bei der Frau Portalek nur einsteigen wolle und damit die Immobilie nicht erwerben müsse, seien die nötigen Investitionen überschaubar. Und schließlich gäbe es auch noch die Familie, die in den verschiedensten Branchen und Geschäftsbereichen Wissen besäße und sie immer unterstützen könne und werde.

Und damit scheint er den Ball an seinen Sohn abzugeben. Zumindest nickt er ihm um Unterstützung oder Zustimmung fragend zu. Sein Sohn lässt sich eine Antwort nur murrend entlocken und ein Unbeteiligter hätte wohl keine Ahnung gehabt, was er denn eigentlich sagen wollte. Doch in dem Moment ist Isabell völlig egal, was Viktor dazu sagt. Nicht, dass ihr seine Meinung plötzlich nicht mehr wichtig ist, aber diese Woche haben schon zwei andere Männer ihr Talent und ihre Fähigkeiten herausgestellt, da will sie sich jetzt von seinem bohrenden Blick nicht runterziehen lassen. Und die Schwiegereltern ignorieren diesen, auch Walter – der die Verstimmung seines Sohnes wohl bemerkt – scheint sich nicht weiter involvieren oder gar in die Nesseln setzen zu wollen.

Trotzdem plätschert die Unterhaltung zu viert noch etwas weiter, bis die beiden Kinder aus den Zimmern kommen und zum Aufbruch mahnen.

Die Stimmung zwischen den beiden Ehepartnern hat sich hingegen nicht gelöst und mit Viktor, der ernsthaft aufgebracht zu sein scheint, jetzt im Auto zu sitzen, behagt Isabell überhaupt nicht. Sie weiß, dass sie nach wenigen Minuten zu streiten anfangen würden, und da die Kinder auf der Rückbank sitzen, würde man sich vor deren Augen zanken. Das musste ja nicht sein, die beiden hatten nun dieses Mal wirklich keine Schuld. Es gab schließlich genug Gelegenheiten, wo man sich wunderbar wegen der Kinder in die Haare kriegen konnte, zuletzt geschehen bei der leidigen Internatsdiskussion.

Noch ein schwerer Brocken, der Isabell im Magen liegt und der ihr das Beengtsein im Auto unmöglich macht. Sie beschließt, ein Stück zu Fuß zu gehen und danach einen Bus zu nehmen, es ist ja noch Nachmittag und da sind die Intervalle schon noch akzeptabel, sodass sie nicht erst zu nachtschlafender Zeit nach Hause käme. Viktor reagiert auch hier mit Unverständnis, scheint aber die Idee, etwas allein zu sein, auch zu befürworten, weshalb Isabell sich erleichtert auf den Weg macht.

Erleichtert nur ob dieses einen Themas, der Internatsgedanke war wie ein Schreckgespenst mitten am helllichten Tag aufgetaucht und lässt sie jetzt nicht mehr los.

Wieso musste ihr das Mädchen das antun? Oder wieso wollte das Mädchen sich das überhaupt antun?

Alle anderen Eltern mussten ihre Kinder anflehen oder gar mit sanfter Gewalt zwingen, in ein Internat zu gehen, nur ihre Tochter scheint das anziehend zu finden.

Oder ist es gar die Situation zu Hause? Kann es sein, dass sie ihrem Elternhaus entfliehen will?

Gar so schrecklich geht es aber nicht zu bei ihnen. Den Gedanken drehend und wendend, ihn aus allen ihr möglichen Perspektiven betrachtend geht Isabell die

Straße entlang und verharrt erst ungläubig, als sie das Schild schon fast eine Minute unbewusst betrachtet. Der Bus, an dessen Haltestelle sie gerade vorbeikommt, hat als Endstation, als seinen Bestimmungsort, ihre alte Internatsschule angeführt. Das muss doch ein böses Omen sein. Was sonst, wenn sie seit Minuten zu ergründen versucht, warum ihre Tochter gerade in ein Internat will, und sie nun unbewusst an eine Haltestelle in ihre Vergangenheit geführt wird. Als es neben ihr zischt, kommt es ihr vor wie ein weiteres Omen. Der Bus ist da.

Ihr ist bange vor dem Aussteigen, aber da sie nun schon mal eingestiegen ist, muss sie auch wieder raus, schließlich ist es die Endstation. Obwohl, das ist ja nicht die U-Bahn, die am Ende, nach der Endstation, in den Betriebsbahnhof einfährt, um von dort auf dem gegenüberliegenden Gleis wieder rauszukommen. Hier könnte sie einfach sitzen bleiben.

Aber was würde der Busfahrer denken? Würde er sie ansprechen und fragen, ob sie denn wisse, wo sie hin wolle?

Das müsste sie ja nicht unbedingt herausfinden und außerdem will sie sich dem Ganzen ja stellen. Will das Gebäude ja wieder einmal sehen. Schon lange hat sie nichts mehr von der Institution gehört.

Aber als sie aussteigt, braucht sie auch nichts mehr zu hören. Es ist ein wunderschöner Tag. Die Parkanlage, die den Komplex umgibt, weist einen hohen Birkenbestand auf, deren Stämme sich leicht im Wind wiegen und deren Blätter durch den Wind unregelmäßig ihre silbrig glänzende Unterseite zeigen. Schon immer hat sie der Anblick fasziniert. Wie die zwei Seiten einer wunderschönen Medaille. Oben das satte Grün, das durch das leichte Wiegen wie von Zauberhand beruhigt, und auf der anderen Seite das kostbar wirkende Silber. Die fein geäderte Struktur lässt das Ganze noch filigraner wirken und gibt dem Blatt etwas Zerbrechliches. Auch heute ist sie wieder fasziniert und ihr Blick fällt erst spät auf etwas, was sie schon unbewusst beim Aussteigen geahnt hat.

Das Internat ist geschlossen und unbewohnt.

Sie flaniert langsam, jetzt aber nicht mehr zögerlich, den gekiesten Weg entlang. Der Kies scheint neu zu sein, zumindest ist er ihr nicht in Erinnerung. Überhaupt glaubt sie, genau zu wissen, dass da früher eine Straße war, wenn nicht asphaltiert, dann zumindest aus – durchs ewige Befahren – gehärtetem und zu feinem Staub zermahlenen Schotter. Dieses Schicksal würde wohl auch dem früher so bedrohlichen Gebäude widerfahren, wenn sich niemand seiner annimmt. Und wenn es nach Isabell geht, muss es auch niemand.

Die bröckelnde Fassade hilft ihr von Minute zu Minute. Sie saugt die sich ihr bietenden Bilder geradezu in sich auf. Die Nachmittagssonne, die Strahlenbündel auf den Weg, auf die Parkbänke und auf die vergitterten Fenster wirft. Die Farbe, die von den ehemals rosa gestrichenen Türen abplatzt und dabei das alte Holz offenbart. Wie oft hatte sich Isabell gewunscht, dass diese Türen sich öffnen und für sie nur mehr von außen schließen oder zumindest für Außenstehende so lange offenbleiben würden, bis sich auch für diese das wahre Geschehen offenbart. Und die mühevoll vor der Öffentlichkeit gewahrte Fassade abblättert.

Sie sieht, dass die vier Stufen, die zum Haupteingang führen, schön langsam von Unkraut überwuchert werden. Es wuchert aus allen Ritzen und wird wohl schon in wenigen Jahren von der ganzen Treppe Besitz ergriffen haben. Isabell stellt sich vor, wie es sich durch den Türspalt drängt. Wie es sich in der Halle ausbreitet. Wie es sich über die Treppe in den ersten Stock windet. Wie es die Tür zum Büro der Anstaltsleitung zuwächst und schließlich alles unter einem grünen Teppich verschwindet. So, wie Isabell alles in ihrem Herzen begraben hatte.

Dass heute vieles wieder aufgewühlt wurde, hatte ihr Angst bereitet. Bis zu diesem Moment. Sie weiß, dass hier niemandem mehr Angst gemacht wird, dass hier keinem Mädchen mehr Schlimmes angetan wird. Und in ihr wächst die Hoffnung, dass dies nur ein Sinnbild ist. Ein Sinnbild für all die Institutionen, hinter deren Mauern sich so viel Leid zugetragen hat und die heute der Verwahrlosung preisgegeben sind. Eine Hoffnung, dass das, was sie ertragen musste, Geschichte ist und die Geschichte sich nicht wiederholt.

Und plötzlich ist sie sich zumindest einer Sache sicher: Damit sich die Geschichte nicht wiederholt, darf sie ihre eigene Geschichte nicht länger vor ihrer Familie, ihren Kindern verheimlichen. Zumindest nicht vor Elsbeth. Sollte sie tatsächlich in eine Schule mit Internat wollen, musste sie wissen, was ihre Mutter dort erlebt hat. Sie musste wissen, warum Isabell so ablehnend reagiert hatte. Sie durfte ihrer Tochter die schrecklichen Details nicht ersparen, wenn sie wollte, dass Elsbeth nicht Gleiches widerfuhr.

Denn aufgeklärter, sensibilisierter zu sein, hätte auch ihr geholfen, sich zur Wehr zu setzen, erst gar nicht in diese Situation zu kommen.

Mit neu gewonnener Zuversicht, sich der Herausforderung, die sich ihr, ihrer Tochter und ihrer ganzen Familie darbietet, zu stellen, besteigt Isabell den Bus, der sie zwar nicht auf direktem Weg nach Hause, aber doch vorwärts in die Zukunft trägt.

Der Spaziergang und das spätere Nachhausekommen hat der Stimmung zwischen ihr und Viktor offensichtlich gutgetan. Er sitzt – die letzten Sonnenstrahlen genießend – auf ihrer Terrasse und liest in der Wochenendzeitung, legt sie aber sofort zur Seite, als er sieht, dass Isabell nach Hause gekommen ist.

Mit einem auffordernden Blick lädt er sie ein, sich zu ihm zu setzen, und nachdem er ihr auch noch den Arm um die Taille legt und aufmunternd zuzwinkert, sprudelt es aus Isabell heraus. Wie sie durch Zufall bei der Bushaltestelle gelandet und zum alten Internat gefahren war. Und dass sie einiges klarer sehe, aber vor allem, dass man mit Elsbeth reden müsse. Und dass sie sich das nicht allein traue. Und nachdem er der Einzige sei, der von den unseligen Erlebnissen wisse, brauche sie ihn dringend an ihrer Seite. Da auch er in gelöster Stimmung ist, beschließen sie, die Sache gleich anzugehen.

Es bedarf keiner großen Absprache, auf dieses Gespräch konnte man sich nicht richtig vorbereiten, das ist offensichtlich beiden klar.

Elsbeth ist einigermaßen überrascht, als ihre Eltern gleichzeitig mit ernstem Gesichtsausdruck im Türrahmen auftauchen und mit ihr reden wollen. Wohl instinktiv nehmen ihr Gesicht und ihr ganzer Körper einen defensiven Ausdruck an, als wolle sie gleich sagen: Was auch immer ihr glaubt,

ich war's nicht und wenn doch, dann war's nicht so, wie es aussieht! Viktor übernimmt dankenswerterweise den Beginn und erklärt seiner Tochter, dass es um ihre Schulwahl gehe und da noch einige Dinge seien, die man vorab besprechen müsse. Und als Elsbeth zu einem Gegenangriff übergehen will, schließlich steht bisher ja noch immer das Veto von Isabell im Raum, fällt ihr Vater ihr gleich noch mal ins Wort:

„Elsbeth, beruhig dich. Wir sind nicht da, um es dir auszureden, sondern um es mit dir zu bereden. Es gibt einige Dinge in unserem Leben, die dazu geführt haben, dass deine Mutter gar so strikt dagegen ist, und du sollst wissen, was das ist. Schließlich wird es euch beiden helfen, den jeweils anderen Standpunkt zu verstehen, und dann können wir gemeinsam – muss ja nicht heute sein – nach einer Lösung suchen, mit der alle zufrieden sind. Wie gesagt, das heißt nicht, dass du nicht machen darfst oder wirst, was du dir gern wünschst! Hör bitte einfach mal der Mama in Ruhe zu!"

Die defensive Elsbeth entspannt sich etwas, lehnt sich im Bett zurück und kreuzt die Beine, sodass ihre Eltern am Fußende etwas Platz finden. Isabell und Viktor nehmen jeweils links und rechts an der Bettkante Platz. Als sich Isabell mit dem rechten Arm aufstützt, spürt sie voll Freude, dass Viktor ihre Hand sucht und sie liebevoll drückt. Nach einem kurzen Räuspern fängt sie stockend an zu erzählen.

Die Geschichte kommt ihr nicht flüssig über die Lippen, sie merkt selbst, dass sie immer wieder zwischen einzelnen Erlebnissen aus der Vergangenheit, den heutigen Gefühlen und Ratschlägen an Elsbeth hin- und herspringt. Sie beginnt mit der schöneren Zeit im Internat, als sie ihre ersten Freundinnen fand, und berichtet,

wie wichtig diese waren, auch in der folgenden schweren Zeit. Wie sie aufgrund der Nachhilfe, die man ihr angedeihen hatte lassen, immer näher in den Dunstkreis dieses einen Erziehers geraten war. Wie es sie heute noch schaudert, wenn sie an diesen Mann denkt, und dass sie auch in diesem Moment sein ekelerregendes Duftgemisch aus kaltem Zigarettenrauch, Bierfahne und moschusartigem Aftershave riechen kann. Sie muss kurz unterbrechen, als sie von ihrem ersten Missbrauch erzählt und wie es sie innerlich körperlich und seelisch zerrissen hat.

Die Unterbrechung ist aber auch Elsbeth geschuldet, die zuerst gespannt nach vorne gebeugt saß, sich später immer weiter versteift hatte und offensichtlich überhaupt nicht wusste, wie sie all das aufnehmen sollte. Isabell rückt näher an ihre Tochter und umarmt sie zwischendurch, lässt ihr einige Minuten Zeit, um das eben Gehörte aufzunehmen. Verarbeiten würde wohl noch viel länger dauern. Sie entschließt sich dann aber doch, die Geschichte zu Ende zu erzählen. Sie weiß nicht, ob sie an einem anderen Abend wieder damit weitermachen könnte, es muss alles raus, jetzt gleich.

Und sie macht weiter an dem Punkt, wo ihr Victoria zur wichtigsten Stütze wurde, mit der sie zwar nichts beredete, aber trotzdem alles teilte. Und dass sie damals auch mit sonst niemandem hatte reden können oder dass zumindest dachte, weil sie geglaubt hatte, schon zu wissen wie das Gespräch ausginge.

„Was auch immer du glaubst, von uns zu wissen, Elsbeth, was auch immer zwischen uns vorfallen wird, eines darfst du nie vergessen: Du kannst uns immer alles erzählen. Mir ist klar, dass du uns nicht alles erzählen willst, wer will sich schon freiwillig einer Strafe durch die Eltern aussetzen.

Aber Elsbeth: Wann auch immer dir jemand etwas antun will, wann du ein ungutes Gefühl bei einer Sache hast, wenn dir jemand zu nahe kommt oder du irgendetwas beobachtest, erzähl es uns einfach. Du bist unser Kind und damit wirst du immer unser Vertrauen haben. Zu allerst glauben wir dir und dann hören wir uns wenn nötig die Meinung von anderen an.

Ich weiß, du denkst, das sind alles alte Geschichten, so etwas gibt es heute nicht mehr, und ich bete zu Gott, dass das wirklich so ist. Aber um Gottes Willen, sei vorsichtig, sei nicht leichtgläubig und verschließ dich nicht. Und wenn wir gerade nicht deine Vertrauenspersonen sind, dann such dir jemanden, Hauptsache du weißt, du bist niemals allein auf der Welt, es gibt immer jemanden, der dir zuhören, dir vertrauen wird!"

Und während Viktor seiner Frau bei der wohl schwierigsten Erzählung ihres Lebens zuhört und die Reaktion seiner Tochter beobachtet, unfähig sich in diesen intimen Monolog einzuschalten, schweifen seine Gedanken immer wieder ab.

Er vollzieht parallel zu Isabells Geschichten noch einmal die Entwicklung seines eigenen Lebens nach. Wie er seine Ausbildung abgeschlossen und sein erstes Geld verdient hatte. Wie er damals schon beseelt vom Gedanken gewesen war, dieses scheue Mädchen zu erobern und mit ihr sein Leben zu verbringen. Wie sie ihm anfangs nicht über den Weg traute, ihn weder seelisch noch körperlich an sich heran ließ, wie er ihr Wochenende für Wochenende den Hof gemacht hatte und ihre Beziehung immer weiter gereift war. Er musste lächeln beim Gedanken, dass ihre Eltern sich früher für ihn hatten erwärmen können als seine spätere Ehefrau. Wie sie dann schlussendlich doch begannen, alle Facetten einer Liebesbeziehung auszuleben, und wie ihn Isabell freudestrahlend mit der Nachricht überfallen hatte, dass sie schwanger sei. Wie sie schön langsam ihr Zuhause und ihre eigene Familie geschaffen hatten. Ihre gemeinsame kleine Welt, die in all den Jahren natürlich nicht nur heil gewesen, aber nie ernsthaft gefährdet gewesen war. Beiden war immer klar gewesen, dass sie den Lebensabend miteinander verbringen wollten.

Und dann ist sie plötzlich wieder da, die Erkenntnis, die ihm die Hitze vom Brustkorb ausgehend Richtung Hemdkragen hochtreibt, welchen er sogleich unwillkürlich um einen Knopf weiter öffnet. Isabell mochte es für ein Zeichen halten, dass auch ihm bei ihrer Erzählung unwohl war, er jedoch weiß, in seinem Kopf spielt sich gerade eine ganz andere Szene ab. Eine, bei der Isabells beste Freundin die Hauptrolle spielt und der Ort des Geschehens auch nicht ihr gemeinsames Zuhause ist, sondern das Bett in der Wohnung ihrer besten Freundin. Und ihm wird wieder klar, wie gefährlich das Spiel ist, das er hier treibt. Welches Risiko er für die Befriedigung seiner körperlichen Bedürfnisse eingeht. Und so, wie er in den letzten Minuten seine Vergangenheit betrachtet hat, kann er nun förmlich den Film seiner Zukunft, einer möglichen Zukunft, vor seinem inneren Auge ablaufen sehen.

Er sieht, wie er nicht mehr Teil dieser Familie ist, aber auch nicht Teil von etwas Neuem. Wie er auf einem abgewetzten Sofa lümmelnd, umgeben von Bierflaschen und Pizzakartons die zukünftigen Sonntagnachmittage vor sich hindämmernd verbringt. Wie er sich dann – wenn überhaupt – abends in sein versifftes Bett zurücksieht, die Bettwäsche seit Monaten nicht gewaschen, wer sollte es auch tun, in dieser Zukunft gibt es schließlich keine liebende Ehefrau, keine sich sorgende Familie.

Er schüttelt diese allzu stereotype Phantasie ab und rückt noch ein Stück näher zu seiner Frau. So oder so, so weit darf und wird es nicht kommen.

Elsbeth hat sich inzwischen ein großes rotes Polster herangezogen und krallt sich an ihm fest. Während sie es mit beiden Armen umschlingt, drückt sie ihr Kinn fest in den oberen Rand, sodass ihr Gesicht erst ab der Nase zu sehen ist. Aber auch so schnürt es Viktor fast den Atem ab. Seine große kleine Tochter sieht ihre Mutter derart verzweifelt an, dass er es nicht aushält, auch er muss sie mal für einige Minuten drücken. Währenddessen hat auch Isabell Zeit, sich noch einmal zu sammeln. Aber sie hat alles gesagt, fühlt sich ausgelaugt und trotzdem froh, dass es raus ist. Außerdem scheint bei Elsbeth das Fass nun wirklich übergelaufen zu sein. Die Tränen laufen ihr lautlos über die Wangen und auch die Umarmungen ihrer Eltern scheinen sie im Moment nicht zu beruhigen.

So verbringt die Familie noch in geeinter Dreisamkeit einige Zeit, bis sich Elsbeth beruhigt und in einen unruhigen Schlummer verfällt, woraufhin Isabell und Viktor sich wortlos darauf verständigen, die Tochter einfach nur zuzudecken und sie zur abendlichen Wäsche nicht nochmals aufzuwecken. Ihnen ist aber auch klar, dass sie noch ein paar weitere Gespräche mit Elsbeth führen müssen. Um ihre Fragen zu hören und wenn möglich zu beantworten, aber auch, um das Thema Schulwahl noch zu vertiefen, welches heute gar nicht zur Sprache kam. Keiner wagt im Moment eine Prognose, wie sich das heute Gehörte auf ihre Tochter und ihre Wünsche auswirken wird.

Aber sie sind sich auch einig, dass es auf jeden Fall die richtige Entscheidung gewesen ist, ihrer Kleinen reinen Wein einzuschenken und dann gemeinsam offen über die Zukunft zu diskutieren.

Szene 18
An- und Abpfiff

Der Anruf von der Schule kommt überraschend. Insbesondere, weil er von Henriks Klassenlehrerin kommt. Wenn es Elsbeth gewesen wäre, naja das Kind ist dreizehn, mitten in der Pubertät, da kann die Schule schon mal anrufen und mitteilen, dass eine Stunde geschwänzt wurde, die Tochter aufmüpfig, desinteressiert, was auch immer ist. Aber Henrik ist neun. Was soll der schon groß anstellen. Der Bart von den Simpsons ist wohl auch erst neun, aber Henrik hat ihn noch nie gesehen, daher kann er sich wohl auch nicht viel abgeschaut haben.

Viktor wird sich Gott sei Dank – obwohl erst früher Nachmittag – von der Arbeit freimachen können und direkt hinkommen. Allein fühlt sich Isabell immer, als wären solche Gespräche ein direkter Anpfiff gegen sie und keine Information über ihr Kind. Natürlich es ist auch indirekt eine Rüge für sie, schließlich ist sie – gemeinsam mit Viktor – die Erziehungsberechtigte.

Und das berechtigt nicht nur, es verpflichtet auch. Man kann nicht einfach annehmen, dass die Lehrer es schon richten werden, weil sie einen großen Teil des Tages mit dem Kind verbringen. Es muss zu Hause vorgelebt werden, was richtig und was falsch ist. Grenzen müssen gesetzt werden. Erst dann sind die Lehrer auch in der Lage, unterstützend beizutragen und die Kinder weiter zu formen. Scheint, als ob der ihr Junge etwas aus der Form geraten wäre.

Die Lehrerin hingegen stellt dann im Verlauf des Gesprächs die Tragik der Situation dar. Natürlich, Henrik sei einer der Aufgeweckteren in der Klasse. Obwohl schmächtig, weiß er sich gut durchzusetzen, wenn er muss. Macht er aber nicht immer, ist eher jemand, der viele Pausen am Pult verbringt, irgendetwas liest, das nichts mit dem Unterricht zu tun hat, aber trotzdem Schullektüre ist. Ganz besonders der Atlas scheint es ihm angetan zu haben. Weshalb die Lehrerin auch überlegt, Henrik eine Arbeit vor der Klasse über die Kontinente machen zu lassen. Es sei zwar in diesem Alter nicht üblich, schon Präsentationen zu fachlichen Aufgaben vor der ganzen Klasse zu halten, aber er sei eben wirklich gut in Geografie und schaden könne es nicht.

Irgendwie scheint sie nicht zum Punkt kommen zu wollen. Und dann doch. Wenn es zu Diskussionen mit Mädchen kommt, scheint er seine guten Manieren zu vergessen. Da kommt so etwas wie ein Streit gar nicht auf. Natürlich, die Kinder sind erst neun, aber im Normalfall wissen sie schon sehr genau, was sie sagen, um einander zu verletzen. Nur Henrik schubst Mädchen einfach, er scheint sie überhaupt nicht ernst zu nehmen, sondern wird im Ernstfall eher handgreiflich. Nicht ganz so ernst, wie es klinge. Er hat noch keine Mitschülerin geschlagen, aber er ist halt viel Abweisender als andere Jungs in seinem Alter. Er scheint sie nicht einmal als Freundinnen oder Spielkameradinnen in Betracht zu ziehen.

Während die Lehrerin sich noch erklärt und schon wieder bei den Herausforderungen ist, die sie Henrik stellen will, um sein Talent zu fördern, spinnt Isabell ihre eigenen Gedanken. Die Hochstimmung, die sich seit dem Wochenende gehalten hat, erlebt eine jähe Talfahrt. Ihr kleiner Henrik ist also verhaltensauffällig gegenüber Mädchen. Spricht nicht mit ihnen, sondern löst aufkeimende Probleme mit Gewalt gegenüber Frauen.

Was, wenn ihr Sohn ein Frauenhasser wird? Woher hat er das, wer ist das Vorbild, das ihm solche Dinge zeigt? Was, wenn er sich so entwickelt, wie auch ihr Erzieher früher war?

Wenn er später aus purer Freude Frauen quält? Oder sich gar an Mädchen vergeht?

Vor ihrem geistigen Auge tauchen wieder Szenen aus ihrer eigenen Kindheit auf, aus dem Büro des Erziehers. Nur, dass der Mann über ihr, plötzlich einen Wuschelkopf und verträumte Augen hat. Ihr eigener Sohn.

Entsetzt über sich selbst, schüttelt sie den finsteren Gedanken ab. Natürlich will sie auf dem Rückweg zum Parkplatz wissen, wie Viktor mit der Sache umgeht. Und wie sie ihrem Sohn gegenüber vorgehen. Sie müssen der Situation Herr werden, bevor es sich wirklich zu dem auswächst, was sie schon gedanklich vor sich gesehen hat.

Doch Viktor scheint es ganz mit der Lehrerin zu halten. Er wiegelt ab. Man brauche jetzt doch keinen Plan. Der Junge wolle nur mal seine Grenzen testen und er sei halt in einem Alter, wo man gegenüber Mädchen nicht lieb sein will und ja auch bei Gott noch nicht muss. Er mag halt nur – noch – keine Mädchen, er hänselt sie lieber. Das legt sich schon noch. Aber natürlich, sie werden schon mit ihm reden und ihm klarmachen, dass man zu allen gleichsam lieb sein muss. Doch einen Plan, das brauche man nun wirklich nicht. Was Isabell sich immer gleich alles einbilde, das sei doch wirklich krankhaft.

Krankhaft, hat er das ernsthaft gesagt? Nichts, aber auch gar nichts ist daran krankhaft. Im Gegenteil, sie hat miterlebt, gefühlt, wie sich derartige Sachen zu Krankhaftem auswachsen können. Völlig entgeistert lässt sie ihren Mann stehen und dampft mit ihrem Auto ab. Auch Viktor besteigt das Auto. Der erneute Krach lenkt seinen Wagen ganz automatisch. Als er klingelt, sieht er zum zweiten Mal an diesem Abend in irritierte Frauenaugen. „Lässt du mich rein?"

Victoria ist völlig überrascht. Viktor ist noch nie unangemeldet bei ihr aufgetaucht. Es war immer klar gewesen, dass sie jederzeit auch andere Männer haben, in einer Beziehung stecken und er daher nicht einfach ein- und ausgehen könne. Er hat sich auch immer klaglos daran gehalten, schließlich war das Ganze ja ein beiderseitiges Agreement.

Doch er hat kaum die Tür zugezogen, da ist er auch schon hinter ihr. Hebt sie an der Hüfte hoch und trägt sie vor sich her zum Wohnzimmer. Völlig überrumpelt dreht sie sich in seinen Armen und bietet ihm so wieder die Vorderfront. Doch bevor sie auch nur eine Frage formulieren kann, hat er den Knopf ihres Businesskostüms schon geöffnet und die Jacke nach hinten gezerrt. Mit der Bluse macht er kein derartiges Aufhebens. Die Knöpfe des sündteuren Stücks springen in alle Richtung davon und sein Stück fast aus der Hose. Er drückt seine mächtige Erektion heftig gegen ihren Schritt und reißt sie damit mit in seine offensichtlich grenzenlose Erregung. Während er noch ihre Brüste aus dem Push-up nestelt, schiebt sie sich bereits willig den Rock über die Pobacken nach oben. Mit dem Slip macht er keine derartigen Umstände, er schiebt ihn einfach zur Seite und dringt mühelos im Stehen in sie ein. Nach wenigen pumpenden Stößen packt er sie grob, dreht sie und legt sie über die Couch, um sich dann von hinten in ihr zu verausgaben.

Sie schafft es gerade noch, ihn aus sich herauszudrängen, bevor er seinen Samen in ihr verströmt. An ein Kondom haben beide nicht gedacht. Völlig erschöpft rollt er sich über die Lehne der Couch und sackt darauf nieder. Als Victoria sich im Bad gesäubert hat und völlig ernüchtert wieder ins Wohnzimmer geht, trifft sie Viktor schlafend an. Innerhalb von zwei Minuten, wie machen die das immer nur?

Doch sie ist jetzt nicht in der Stimmung, ihn selig schlummern zu lassen. Sie muss einige Dinge mit ihm besprechen, die seit den Gesprächen mit Isabell in ihr rumoren.

Als Victoria ihn wachrüttelt, stellt er erschüttert zwei Dinge fest. Erstens: Er ist auf ihrer Couch eingeschlafen, obwohl es eigentlich bereits Abend ist und er keine Erklärung für seine Familie hat, wo er sich rumgetrieben hat. Und zweitens: Er hat es geschafft, innerhalb von einigen Minuten einen ganzen Spielfilm zu träumen. Aliens hatten eine Invasion auf die Erde gestartet und sie innerhalb weniger Wochen erobert. Es gab kein Auskommen. Keine Happy-End-Story. Sie waren gekommen, um ein noch unentdecktes Metall zu fördern beziehungsweise fördern zu lassen. Sie unterjochten die ganze Menschheit und benutzten sie als Bergarbeiter. Ansonsten ließen sie die Menschheit zufrieden. Aber Aufstand war keine Lösung. Sie waren allherrschend. Sie hatten sich ohne große Mühe an die Spitze der Nahrungskette gestellt und der Mensch hatte sich mit Platz zwei zufriedengeben müssen. Freilich war ihm das nicht leicht gefallen, aber es hatte auch seine Vorteile: Man sah sich nun einer größeren Macht gegenüber. Es gab einen Grund zusammenzuhalten, keinen Grund mehr, Kriege zu führen. Und das alles in nur zwei Minuten.

Doch Victoria scheint in nicht allzu traumhafter Stimmung zu sein. Sie will offensichtlich mit ihm reden. Wahrenddessen versucht Viktor krampfhaft, den Traum festzuhalten. Da war noch etwas mit einem Wirbelsturm gewesen. Mitten im europäischen Binnenland. Paradox, aber doch hatte er es so gesehen. Gut, so paradox auch wieder nicht, es war schließlich ein Science-Fiction-Traum gewesen. Oder besser: nicht Science, sondern Social Fiction.

Victoria spricht immer noch. Was will sie nur von ihm. Er hat ihr nicht viel zu sagen. Er hat sich an ihr abreagiert und damit hat es sich. So war es von Anfang an gewesen. Sie hat ihn immer nur körperlich angezogen. Das dafür mächtig. Sie war immer so unbekümmert mit ihrer Sexualität umgegangen. Hatte sich offensichtlich prächtig wohl in ihrem Körper gefühlt und das auch entsprechend gezeigt. Ganz anders als Isabell. Die hatte sich ihm nur hingegeben, nie gefordert, nie mehr gewollt, war nie ein lustvoller Mensch gewesen. Und als sich dann einmal die Möglichkeit ergeben hatte, war es passiert. Sie waren zusammengeknallt wie zwei ganz gegensätzliche und sich trotzdem anziehende Elemente.

Aber das sie ihn jetzt vollquatscht, das kann er gar nicht gebrauchen. Dafür hat er Isabell. Sie ist seine beste Freundin, sein Kumpel, wenn er jemandem zum Reden braucht, sein Fixstern.

Wovon spricht sie da? Dass es so nicht mehr weitergehen kann. Dass sie immer ein derartig schlechtes Gewissen hätte, wenn sie Isabell träfe. Und dass da außerdem ein anderer Mann wäre. Jemand ganz Besonderes. Jemand, der nicht nur auf ihren Körper aus sei, und sie daher zuvor reinen Tisch machen müsse.

Reinen Tisch? Heißt das, dass sie das so nicht mehr fortsetzen will?

Er sieht natürlich auch, dass ein derartiges Verhältnis auf Dauer für seine Ehe ungesund ist. Aber er ist sich nicht sicher, ob er auf das Körperliche verzichten kann, und vor allem nicht, ob er es will. Victoria hatte ihm immer all die Bedürfnisse befriedigt, die er bei Isabell unterdrücken hatte müssen. Er ist doch schließlich auch nur ein Mann. Obwohl: In letzter Zeit war ihr Kontakt weniger geworden. Nicht weil sie sich ihm verweigert hätte, er hatte diesen körperlichen Drang weniger oft verspürt.

Und was hatte er vor wenigen Minuten noch gedacht? Isabell war sein Fixstern. Würde sie das bleiben, wenn er so weiter machte? Was, wenn sie jemals dahinter kommt? Oder wenn Victoria die Krise kriegt und ihr alles selbst beichtet? Ist es das wirklich wert?

Wenn Isabell wegginge, würde sie wohl auch die Kinder mitnehmen und er würde ein Besuchsrecht bekommen. Jedes zweite Wochenende. Und seine Frau an keinem Wochenende. Das Bild seiner versifften Junggesellenbude aus der möglichen Zukunft kommt wieder in ihm hoch. Nein, das kann es nicht wert sein. Und außerdem: Es ist ja nicht so, dass in Isabell überhaupt keine Lust steckt. Wenn er seine Verführungskünste anwendete, dann ließ sie sich meist auf seine Avancen ein. Es liegt an ihm, wenn er gut zu ihr ist, wird sie ihm sicher auch Gutes tun wollen. Und dann ist da ja auch noch das Alter, es lässt wohl manches, was man früher für unverzichtbar gehalten hat, in ganz anderem Lichte erscheinen.

„Ja du hast recht. Wir sollten das beenden. Wir müssen unser Leben wieder in den Griff kriegen. Eigentlich muss ich das bei meinem und dir, dir wünsche ich alles Gute und dass du diesmal den Mr. Right getroffen hast."

Der Satz klingt so einfach, dabei ist Viktor beileibe nicht sicher, ob er das durchhalten wird. Er hat sich an das unkomplizierte körperliche Vergnügen gewöhnt, welches ihm jetzt jäh genommen werden würde. Ihm kommt der Gedanke vom kalten Entzug und wie die Delinquenten darunter leiden. Natürlich ist er kein Drogenabhängiger, aber als Sucht konnte man das durchaus bezeichnen. Die Affäre hatte zumindest alle Kennzeichen: Regelmäßigkeit, Genuss, Leidenschaft, Ekstase und die Angst, all das aufzugeben. Was ihm dabei helfen würde, ist die Sicherheit und die Entschlusskraft,

die Victoria in diesem Moment ausstrahlt. Sie scheint das Ganze wirklich hinter sich lassen zu wollen, und sollte sie bald einen neuen Bettgefährten haben, würde sie ihm sicher nicht mehr die Tür öffnen. Da gibt er sich keinen Illusionen hin, so unglaublich gut war er wohl auch nicht im Bett, dass sie einfach nicht von ihm loskommen würde.

Auf dem Weg nach Hause – als er mit der Ausrede für die letzten zwei Stunden beschäftigt ist – fällt es ihm siedendheiß ein. Die ganze Zeit hat er überlegt, was Isabell so hatte ausrasten lassen. Und jetzt fällt es ihm plötzlich wie Schuppen von den Augen. Gewaltbereitschaft von Männern gegenüber Frauen. Und er hatte sich wie ein Idiot benommen. Er muss das ins Reine bringen, ihr sagen, dass er sie jetzt versteht und sie natürlich auf Henrik einwirken müssen, es aber trotzdem nicht übertreiben dürfen. Als liebevolle Eltern würden sie ihn schon zu einem guten Kerl erziehen. Und wenn er schon dabei war, musste er ihr auch das mit Victoria gestehen. Schluss mit den Ausreden, alles auf den Tisch.

Als er das Auto abstellt, ist es im Haus schon dunkel, das Reinemachen muss bis morgen warten.

Szene 19
Kündigung

Mit einem mulmigen Gefühl verlässt Isabell das Haus. Am Nachhauseweg waren ihr gestern noch Tausende Gedanken durch den Kopf geschossen. Wie sie Viktor stellen und ihm erklären würde, was alles in ihrer Beziehung schief lief und wie er dafür sorgen müsse, dass ihr Sohn auf die richtige Bahn komme, schließlich sei er der Vater. Und ob er sie überhaupt noch liebe oder gar schon was mit einer anderen habe. Sie war wild entschlossen, an diesem einen Abend alles herauszufinden. Ungezählte Male hatte sie das Gespräch neu angefangen, sich schon die richtigen Worte zurechtgelegt, sie wieder verworfen und neu formuliert und noch einmal umgedreht. Und war schließlich eingeschlafen.

Dass und wann Viktor nach Hause gekommen war, hatte sie nicht einmal mitbekommen. Und heute Morgen hatte er sich – ohne dass sie seinen Wecker gehört hätte – frühmorgens aus dem Staub gemacht. Er war aber definitiv zu Hause gewesen, davon zeugten nicht zuletzt das Kaffeehäferl und der Teller vom Frühstück, welche wie gewöhnlich einfach am Tisch stehengeblieben waren. Im Herrichten war er gut, wegräumen war eher nicht so seine Disziplin. Nachdem sie die Kinder versorgt, Henrik mit einem bösen Blick bedacht und die beiden dann in die Schule geschickt hatte, wartet nun also ein weiterer Tag in der Drogerie, gegenüber von Frau Portalek. Sie weiss ganz genau, dass sie heute wieder nicht mit den Gedanken bei der Sache sein wird. Dass das nur nicht zur Gewohnheit wird.

Bernd ist auch da, das ist aber eine bekannte Gewohnheit,

er kommt schließlich jeden zweiten Tag vorbei. Aber selten war er schon da, wenn sie zur Arbeit kam.

171

Und heute ist es echt unpassend, sie konnte nicht wieder einen Anpfiff riskieren, noch dazu hatte sie den letzten ja erst gestern Abend von der Klassenlehrerin erhalten. Sie begrüßt ihn wie gewöhnlich und will an ihm vorbei ins Büro gehen, um ihre Handtasche sicher zu verstauen. Auch wenn sie natürlich vollstes Zutrauen zu ihren Kolleginnen hat, so kann man doch nicht alle Kunden jederzeit im Auge behalten und die Tür zur Kaffeeküche steht meist offen. Daher Büro, das ist der sicherste Platz.

Aber heute steht die Tür offen und es sitzt bereits jemand auf ihrem Bürosessel. Irritiert blickt Isabell zurück zu Bernd, der aber offensichtlich ganz dringend das Regal mit den Reinigungsmitteln inspizieren muss und ihr somit keinen Blick gewähren kann. Obwohl sie zu bemerken glaubt, dass er sie aus den Augenwinkeln sehr wohl beobachtet. Da steht auch schon der Herr aus dem Bürosessel auf und stellt sich als „Scharten" von der Personalabteilung vor. Ein Witz über das Auswetzen wär wohl jetzt nicht angebracht, denkt Isabell im ersten Augenblick. Hat er wohl auch noch nie gehört. Aber gleich darauf erstirbt das Lächeln im Mundwinkel.

War die Geschichte letzte Woche mit Bernd doch nicht so einfach erledigt gewesen? Hatte er tatsächlich ihre häufige Unkonzentriertheit in der Zentrale gemeldet? Und heute sollte sie die Quittung dafür präsentiert bekommen?

Das wär ja wohl die Höhe, nicht dass es nicht korrekt war, aber zu ihr noch sch***freundlich tun und sie dann hinterrücks anschwärzen, das geht ja gar nicht. Ihr fragender, wohl auch unsicherer Blick treibt Herrn Scharten aber zu einer Erklärung.

„Wir haben für heute Morgen eine Betriebsversammlung angesetzt und dazu alle Teilzeitmitarbeiter für acht Uhr dreißig einberufen. Auch die, die keinen Dienst haben.

Wir werden erst später aufsperren, Bernd hat schon eine entsprechende Information für die Kunden an die Tür gehängt. Wenn Sie sich schon mal in die Kaffeeküche begeben wollen, einige Kolleginnen sind bereits da."

Die erste Erleichterung, dass es offensichtlich nicht um ihre Beurteilung oder eine Verwarnung geht, weicht einer noch viel größeren Unsicherheit. Was, wenn eintrifft, was Walter erst am Wochenende prophezeit hat? Sollte es dem Unternehmen tatsächlich so schlecht gehen, dass die Mitarbeiter bereits heute vorgewarnt werden? Oder drohen tatsächlich Personalkürzungen und somit Kündigungen? Wenn ja, wen wird es treffen?

Wenn Bernd mitreden darf, wird dann das Los auf sie fallen, weil sie in letzter Zeit nicht die gewünschte Leistung gebracht hat. Und wie soll das überhaupt alles gehen mit weniger Mitarbeitern?

Ist ja nicht so, dass in jeder Schicht Dutzende Mitarbeiter rumstehen, von denen man locker mal ein zwei rauspicken kann. An den Tagesrandzeiten ist gerade das Gegenteil der Fall. Da ist man oft alleine in der Filiale. Wenn da jemand gekündigt wird, dann ist einfach niemand mehr im Laden. Dann kann man ja um diese Uhrzeit nicht einmal mehr offenhalten. Und da ist sie auch schon, die Antwort. Es fällt Isabell wie Schuppen von den Augen. Die Frage nach den Zielen, nach der Zukunft, der Hinweis, dass es anderswo größere Filialen gäbe, die auch einen eigenen Filialleiter hätten.

Jetzt ist es ihr klar. Diese Filiale wird zusperren. Und auch in den Augen der Kolleginnen liest sie die gleiche Angst, als sie die Kaffeeküche betritt. Der Ort, der bis dato ihrer Entspannung gewidmet war,

vibriert nun vor Anspannung. Niemand sitzt, alle sind irgendwo angelehnt, tippen nervös mit den Fingern an die Lippen oder wippen mit dem Fuß.

Es gibt keine lockeren Gespräche wie üblich, heute reicht es gerade für ein „Guten Morgen" von den Kolleginnen.

Und Isabells Vorahnung wird von Herrn Scharten bestätigt. Er drückt allen sein Bedauern aus und versichert, dass es erstens nicht an ihrer Leistung gelegen hätte. Diese Filiale habe immer Überdurchschnittliches aus ihren Möglichkeiten rausgeholt. Und zweitens würde keiner seinen Arbeitsplatz verlieren. Es gäbe im Umkreis genügend Filialen, die nicht von der Schließung betroffen seien. Und für alle, die dieses Angebot nicht in Anspruch nehmen möchten, bliebe immer noch genügend Zeit bis zur Schließung. Die Filiale werde noch mindestens drei Monate geöffnet bleiben, um den aktuellen Lagerstand abzuverkaufen und auch den bestehenden Kunden die Möglichkeit zu geben, sich an den Gedanken zu gewöhnen, in einer anderen Filiale einkaufen zu müssen. Auf keinen Fall – aber das bleibt ungesagt – will man natürlich, dass die Kunden zur Konkurrenz abwandern.

Herr Scharten würde den ganzen Tag noch für Fragen zur Verfügung stehen und natürlich auch in den nächsten Tagen immer telefonisch erreichbar sein. Und Bernd – der ja ein vorzüglicher und sehr verantwortungsbewusster Regionalleiter sei –würde in den verbleibenden Öffnungstagen verstärkt in der Filiale sein, um alle etwaigen Unklarheiten und Unsicherheiten abzufangen.

Isabell weiß nicht, ob sie lachen oder weinen soll. Ihr wird klar, dass es wohl eine Zukunft in der Kette gäbe, aber sich auch die Möglichkeit bieten würde, die Abfertigung und das Sozialpaket zu nehmen, von dem Herr Scharten gesprochen hatte.

Sie war ja – soweit sie Viktor richtig verstanden hatte – gerade noch in der sogenannten alten Abfertigung gelandet und würde also eine schöne Summe ausbezahlt bekommen. Und das Unternehmen würde das für alle, die das Unternehmen verlassen wollen, ordentlich aufstocken. Mit dieser Finanzspritze wäre es auch leichter, in Frau Portaleks Geschäft einzusteigen, ohne auf die Unterstützung von Viktors Erspartem angewiesen zu sein. Notfalls könnte sie vielleicht auch ohne seine Zustimmung den Schritt wagen. Aber das sollte nur die letzte Option sein, lebensverändernde Entscheidungen muss man in einer Partnerschaft immer gemeinsam treffen, das Wort Partner wäre sonst das Papier nicht mehr wert, auf dem es geschrieben steht.

Und noch etwas findet Isabell betrüblich: Sie hat es nicht geschafft, die Welt von den vermaledeiten Plastiksackerln zu befreien. Gut, in ihrer Filiale gibt es die schon lang nicht mehr, aber Bernd hat sie noch immer nicht auf ihre Seite ziehen können ...

Sie sieht, dass nicht nur ihre Gedanken und Gefühle gerade Achterbahn fahren, auch der Blick der Kolleginnen spiegelt die gesamte Bandbreite zwischen Fassungslosigkeit, Ratlosigkeit und Verzweiflung wider. Walter hat recht behalten. Und ihr scheint es den Boden unter den Füßen wegzuziehen. Als ob sie nicht schon genug Probleme hätte, ist sie jetzt zu allem Überfluss auch noch arbeitslos.

Und Viktor nicht an ihrer Seite, der sie unterstützen und aufrichten könnte. Nicht nur jetzt, sondern auch für den Abend hat sie nicht die Hoffnung darauf, nach all den Streitigkeiten, die sie in letzter Zeit hatten. Aber jetzt gilt es erst mal, den Tag durchzustehen. Am Weg nach Hause versucht Isabell, ihre Gedanken zu sortieren. Gestern erst hatte sie sich ihrer Vergangenheit gestellt und zum ersten Mal das Gefühl gehabt, dass alles gut wird.

Dass sie dieses Kapitel schließen und hinter sich lassen könnte. Sie hatte sogar ein bisschen

Verständnis für Elsbeths Wunsch, ins Internat zu gehen, entwickeln können. Sie weiß zwar noch immer nicht, was das Kind dazu treibt, aber wenn es das unbedingt will und die Schule für sie die richtige ist, wird man gemeinsam schon eine Lösung finden.

Aber „das Gemeinsame", das ist das nächste Thema. Das nagende Ungewissen hatte sich heute noch weiter gesteigert. Wo war er gestern Abend wieder gewesen? Sie hatte keine Fahne bemerkt, auch seine Kleidung, die im Badezimmer gelegen hatte, hatte nicht nach Zigarettenrauch gerochen. Sie hatte sie keiner intensiven Investigation unterzogen, um herauszufinden, ob sie Damenparfüm oder Lippenstift entdecken konnte, so weit wollte sie doch nicht gehen, aber trotzdem bleibt die Frage:

Wo war er nach ihrem Streit hingefahren?

Ja der Streit, ausgelöst durch das Gespräch mit der Lehrerin, ist da auch noch. Henrik – so oder so in letzter Zeit schwer zugänglich für Isabell – scheint auch allen anderen Mädchen und Frauen keinen Respekt zu zollen. Im Gegenteil er, ist handgreiflich geworden, und das völlig unbemerkt von ihr, seiner Mutter. Und dann heute noch die Schließung der Filiale. Alles was sie bis jetzt vor sich hergeschoben hat, scheint sich in diesen Tagen zuzuspitzen und zu entladen. Sie weiß, dass es jetzt keine Ausreden mehr gibt. Jahrelang war ihr Leben und das ihrer Familie so dahingeplätschert. Man hat sich in Sicherheit geglaubt und durch diese Sicherheit kleine Themen, die unter der Oberfläche gärten, gut verschlossen gehalten. Doch jetzt ist das nicht mehr möglich. Der Druck von außen hat die Kruste aufgerissen und alle Probleme auf einen Schlag zutage gefördert. Und ein Pflaster hilft da nicht mehr.

Jetzt müssen all die kranken Triebe mit einem Mal bei der Wurzel gepackt und ausgerissen werden. Einer nach dem anderen, aber ohne Zaudern und solange, bis alles erledigt ist. Eigentlich ist Isabell froh, dass jetzt alles eskaliert, es ermöglicht ihnen einen neuen Anfang und sie wird das erste Mal in der Führungsrolle sein. Sie niemand anderem überlassen, sondern selbst entscheiden, wann, wer und was in welche Richtung geht.

Szene 20

Alles oder nichts

Als Isabell das Auto vor der Haustüre abschließt, hat sie halbwegs Ordnung in das Chaos ihrer Gedanken gebracht. Nicht, dass dabei auch schon Lösungen gewesen wären, aber zumindest hat sie einen Plan entworfen, was sie heute noch ansprechen muss und wie sie das Ganze angehen wird. Es gibt einfach Themen, die kann man nicht auf morgen verschieben, auch wenn es noch so angenehm wäre, diesem zu erwartenden Schmerz aus dem Wege zu gehen.

Aus diesem Grund hat sie schon zwei Anrufe getätigt. Einer ging an Barbara – ihre Nachbarin – die mittlerweile schon eine langjährige Freundin ist. Nicht zuletzt wohl aufgrund der Tatsache, dass sie beide quasi fast sprichwörtlich das Kindbett geteilt haben. Barbaras Tochter, Genoveva, ist nur zwei Tage nach Isabell geboren worden, und das nur, weil Barbara über sechsunddreißig Stunden in den Wehen gelegen hatte. Seither haben sie natürlich viele Abschnitte ihres Lebens – oder vielleicht besser gesagt ihrer Töchter – gemeinsam gemeistert. Haben sich über die vor allem anfangs riesige Unsicherheit hinweggeholfen, sich bestärkt, dass sie das Richtige taten, wenn mal keine von beiden sicher wusste, was im speziellen Fall zu tun war. Und diese speziellen Fälle gab es für neue Mütter zu Hauf. Und gibt es bis heute. In den letzten Jahren war es etwas ruhiger gewesen, aber seitdem die Mädchen in der Pubertät waren und ihre Aufsässigkeit – von der beide Mütter gehofft hatten, sie würde bei den wohlerzogenen Töchtern nie auftreten – begonnen hatte, sahen sie sich wieder viel öfter.

Isabell hatte Barbara kurz erklärt, dass sie einen Abend mit ihrem Mann alleine brauche, um gemeinsam ins Reine kommen zu können, und diese hatte natürlich sofort zugesagt, dass Elsbeth bei ihnen übernachten könne.

Man müsse das nicht einmal an die große Glocke hängen, schließlich würden die Mädchen eh am liebsten ein Gemeinschaftszimmer beziehen.

Bei Henrik ist der Anruf schon etwas vertrackter. Natürlich hat er auch Freunde, aber niemand sticht so hervor, dass Henrik ihn als besten Freund bezeichnen würde. Und dann ist da ja auch noch die Situation mit der Schule. Mädchen fallen natürlich aus, aber auch bei den Freunden will sich Isabell sicher sein, dass sie ihn beim richtigen übernachten lässt. Sie will der aktuellen Entwicklung ihres Sohnes nicht auch noch Vorschub leisten, indem sie ihn akkurat bei dem Freund übernachten lässt, der ein ähnliches Verhaltensmuster zeigt. Und keinesfalls will sie sich natürlich die Blöße geben, dass die Mutter auch von den Vorfällen gehört hat und Henrik für ein Problemkind hält, dessen Umgang man dem eigenen Sohn am besten verbietet.

Und wenn Isabell dann auch noch als Grund für die plötzliche Übernachtungsaktion eine Aussprache mit ihrem Mann anführte, dann wäre die Gerüchteküche wohl endgültig am Brodeln. Nein, das musste wohldurchdacht sein, es würde am heutigen Abend genug Porzellan zerschlagen werden, da mussten nicht auch noch die Kinder darunter leiden. In einer solchen Situation hätte Isabell sonst wohl Victoria angerufen und die Möglichkeiten mit ihr diskutiert. Wahrscheinlich hätte sich sogar herausgestellt, dass eine Übernachtung von Henrik bei ihrer besten Freundin die optimale Lösung gewesen wäre, schließlich kam sie sehr gut mit dem Jungen aus und er war schon in einem Alter, wo er auch mal mit einem Babysitter eine Nacht auswärts verbringen konnte, ohne einen Spielkameraden zu brauchen.

Hättiwari, Victoria ist nun mal im Moment keine Option mehr. So hat Isabell die zweit- oder drittbeste ziehen müssen und war schließlich ohne lange Erklärungen auch zu ihrem Ziel gekommen. Elsbeth hatte sie noch vom Auto aus am Handy erwischt, um ihr die frohe Nachricht mitzuteilen, und war wie erwartet schnell abgewimmelt worden, Madame musste ja noch entscheiden, was sie morgen anziehen wollte und dann machen, dass sie schnell rüber kam. Serdads Mutter, die Henrik heute – an diesem leidigen Abend – ein Obdach bot, würde hoffentlich in eineinhalb Stunden da sein und Henrik abholen.

Trotz des ungewöhnlichen Abends wollte Isabell es nicht versäumen, ihm ein ordentliches Abendessen zu machen und ihm zur Verfügung zu stehen, falls er sich oder natürlich sie fragen würde, warum er jetzt so dringend auswärts schlafen musste, wo es doch bis jetzt unter der Woche nie erlaubt war. Es sei denn, es waren gerade Ferien, was ja nun diese Woche absolut nicht der Fall war. Absolut scheint so ein Wort zu sein, dass er auch in letzter Zeit aufgeschnappt hat. Er war jetzt öfter absolut mit etwas nicht einverstanden oder absolut von etwas begeistert oder einfach auch nur absolut abwesend, wobei Letzteres wohl nur eine Interpretation von Isabell ist.

Viktor sollte eigentlich zum Abendessen auch schon zu Hause sein und sie hofft, dass sie die brennenden Themen lange genug hintan halten konnte. Waren die Kinder erst mal aus dem Haus, konnten sie in aller Ruhe über alles sprechen. Und wenn es dabei nicht so ruhig bliebe, würde es auch egal sein, Hauptsache es war raus.

Von der Reihenfolge her hat Isabell vor, ihm zuerst entgegenzukommen. Sie will ihm sagen, dass der Spaziergang und die unerwartete Fahrt zum Internat – von der sie noch gar nicht gesprochen hatte – ihr ein bisschen von ihrer überwältigenden Sorge genommen hat und sie daher nicht mehr absolut (!) gegen den Internatswunsch von Elsbeth ist. Sie würde auch beim Thema Henrik Verständnis signalisieren und ihm sagen, dass sie da wohl überreagiert hätte. Dennoch will sie darauf beharren, dass ein klärendes Gespräch, am besten unter Männern, sein muss und der Junge verstehen soll, wann und wie er wo zu weit gegangen ist und dass dies das nächste Mal Konsequenzen haben wird. Schließlich will sie ihm auch noch von der dramatischen Entwicklung im Geschäft erzählen. Weniger, was sie für sich selbst als Optionen sieht, sondern mehr die Tatsache, dass die Filiale vor der Schließung steht und eine Kündigung oder ein Filialwechsel unumgänglich sein wird. Sie hofft, ihn mit all diesen Themen auf ihre Seite zu ziehen und sein Verständnis, seine Unterstützung zu erlangen.

Und vor allem, ihn milde zu stimmen, seine liebevolle Seite hervorzulocken, seinen Familiensinn anzusprechen. Denn trotz aller Anstrengungen: Sie hat keine geniale Idee gehabt und es wohl auch nicht übers Herz gebracht ihn in eine Falle zu locken. Sie will es mit der Wahrheit probieren und ihn mit ihren Befürchtungen konfrontieren. Wenn Lügen tatsächlich so kurze Beine haben, würde er auf diesen schon bald umknicken und ihr auch seinerseits die Wahrheit erzählen. Ansonsten wäre er nicht der Mann, für den sie ihn in den letzten Jahrzehnten gehalten hat.

Etwas mulmig wird Isabell bei dem Gedanken, was passieren könnte, wenn er ihr sagen würde, dass an diesen Befürchtungen nichts dran sei, und er partout behaupten würde, dass sie sich irrte. Würde sie ihm glauben können? Würde sie in Zukunft wieder beruhigt neben ihm schlafen, seine Wäsche wieder ohne Seitenblicke waschen können?

Das liegt ihr noch schwer im Magen und ärgert sie gleichzeitig auch wieder. Schließlich wäre es doch das Beste, wenn sie sich das alles nur eingebildet hätte und sie als Familie nicht auch noch einen Seitensprung aufarbeiten, sondern sich lediglich mit den ganz normalen Sorgen auseinandersetzen müssten.

Doch erstens kommt es anders und zweitens, als man denkt. Bescheuerter Spruch, aber doch wohl der passendste, der Isabell zur Situation einfällt. Henrik konnte es nicht abwarten, zu Serdad zu kommen, und war schon bei der Tür raus, bevor sie überhaupt noch fragen konnte, was er denn zum Abendessen haben möchte. Dass er vor einigen Wochen seinen Fahrradschein gemacht hatte, erlaubte ihm, die wenigen Straßenzüge ohne elterliche oder erwachsene Aufsicht zurückzulegen, und dass er ein Junge war, machte es ihm möglich, völlig befreit von irgendwelchen Kleidungsplänen für den morgigen Tag sofort aufzubrechen. Isabell informierte noch schnell Serdads Mutter, die ihr ihrerseits Bescheid gab, dass der Junge schon aufgetaucht sei und beide noch draußen etwas den Fußball malträtierten.

Und dann ist auch schon Viktor bei der Tür hereingekommen. Hat seine Sachen abgelegt, unfähig, ihr in die Augen zu blicken. Und auch bei ihm – wie schon bei seinem Sohn zuvor – ist sie nicht dazugekommen, die Frage nach dem Lieblingsabendessen zu stellen. Er hat ihr schnurstracks eröffnet, dass sie ein paar Dinge klären müssten, vor allem eins, wenn es nach ihm ginge, und dann gefragt, wo denn die Kinder seien. Es wäre hilfreich, wenn die beiden nicht da wären, sollte es zu einem Streit kommen. Isabells Herz setzte kurz aus. Also doch, nicht alles bloß Einbildung.

„Die sind schon bei Freunden untergebracht. Ich fand auch, dass es Zeit wird, zu reden."

Und sofort hatte er das Kommando in die Hand genommen. Er war zur Bar rübergegangen und hatte sich einen Armagnac eingeschenkt, weiß Gott, was er an dem Zeug fand, und hatte ihr einen fragenden Blick zugeworfen.

Einen Drink brauchte er abends sonst nie, wenn er nach Hause kam, das konnte ja noch heiter werden. Isabell wollte auf keinen Fall, dass der Alkohol in irgendeiner Art und Weise ihr Denken, ihre Aussagen oder ihr Verhalten beeinflusste, aber sie wollte auch nicht schon jetzt eine Missstimmung schaffen, weshalb sie sich ein Glas vom Scotch einschenken ließ. Dieser rauchige Geschmack faszinierte sie immer wieder, wenn sie auch oft für einen Fingerbreit einen ganzen Abend brauchte.

Auch die Gesprächseröffnung hatte dann Viktor übernommen, nichts war es mit dem schönen Plan geworden, ihn milde zu stimmen, ihn für sich zu vereinnahmen. Doch andererseits auch egal, alles was er bis jetzt gesagt hatte, bewies, dass es nicht nötig war, ihn milde zu stimmen, sondern sie war es, die jetzt diese Milde gebraucht hätte. Von ihr wurde also heute Abend die größere Portion Durchhaltevermögen und Vertrauen in ihre Liebe zu Viktor und das Wohl ihrer Familie gefragt.

Es war ein wahrer Wortschwall gewesen. Er schien sich auch spätestens auf der Nachhausefahrt auf dieses Treffen vorbereitet zu haben. Er hatte ihre schlimmsten Befürchtungen bestätigt und ihre jede Nachfrage erspart. Er hatte seit Monaten ein Verhältnis mit Victoria gehabt. Es war eine rein sexuelle Beziehung gewesen, die sie gestern Abend – als er nach dem Streit vor der Schule mit Isabell zu ihr gefahren war – beendet hatten. Und zwar, weil es das nicht wert sei. Das Körperliche war ihm wohl sehr, sehr wichtig und sie hatte ihm auch etwas gegeben, das ihm Isabell nicht in dem Ausmaß hatte geben können, aber sie war keine Partnerin für ihn. Er hatte nie etwas mit ihr reden wollen, nicht das Bedürfnis gehabt, sich wirklich auszutauschen, ihr Dinge anzuvertrauen oder zu wissen, was sie beschäftigte, was ihr Sorgen machte. Entsprechend hätten auch ihre Treffen ausgehen.

Da er sich nicht mit Ausgehen oder Spaziergängen oder Ähnlichem hatte aufhalten müssen, wäre die Zeit, die er mit Victoria verbracht hatte, auch immer so kurz gewesen, dass sich das locker zwischendurch einschieben hatte lassen, sodass er zumeist nicht einmal eine Ausrede gebraucht hätte. Er hatte auch eingesehen, dass die Affäre dann auch gar nicht so lange gedauert hätte. Denn für Ausreden musste man lügen, man musste sich Geschichten ausdenken. Diese mussten konsistent und überprüfbar sein. Sie mussten so simpel sein, dass sie nicht zu Fallstricken wurden, aber auch nicht so einfach, dass sie ausgedacht wirkten. Das über einen längeren Zeitraum durchzuhalten, wäre wohl geboreneren Lügnern vorbehalten als ihm.

Wie auch immer, jetzt sei es beendet und er würde sie gern um Verzeihung bitten, auch wenn er wisse, dass das in dem Ausmaß, wie es geschehen war, schwer bis unmöglich zu verzeihen ist.

Doch Isabell spült ihren Scotch, all das, was ihr da sonst noch in der Kehle brennt, und die Galle, die gerade hochzukommen droht, mit einem Schluck runter und geht erst mal vor die Tür. Wieder schießen ihr tausend Gedanken durch den Kopf. Auch wenn sie sich darauf vorbereitet hatte, ihm diese Frage zu stellen, dass er jetzt einen vorbereiteten Aufsatz zu dem Thema herunterbetet und sie mit einer fertigen Geschichte konfrontiert, ist ihr zu steil. Sie braucht ein paar Minuten, um das Gehörte verarbeiten zu können. Um zu verstehen, was alles passiert war. Um die richtigen Fragen stellen zu können.

Aber gibt es darauf überhaupt richtige Fragen? Gibt es darauf überhaupt irgendwelche Fragen? Was könnte sie noch wissen wollen? Wollte sie sich wirklich mit den schmutzigen Details auseinandersetzen? Wo und wann und wie oft?

Und wie hart oder wie sanft Victoria es bevorzugte? Und ob sie all die Dinge mit ihm machte, die Isabell bis jetzt sanft abgelehnt oder Viktor sie am Ende noch gar nie gefragt hatte? Was sollte ihr das in dieser Situation bringen? Würde es sie nicht noch viel mehr verletzen, die Antwort auf all diese Fragen zu hören?

Im Grunde hatte er alles gesagt: Er hatte etwas vermisst, sie – ihre beste Freundin – hatte es ihm gegeben, sie hatten es in beiderseitigem Einverständnis – zumindest laut seiner Aussage – beendet und er wollte zurück zu ihr. Keine weiteren Fragen. Alles gesagt. Eigentlich hat er die einzig relevante Frage gestellt.

Konnte sie ihm das verzeihen? Konnte sie mit ihm weiter zusammenleben, wenn sie wusste, dass er Dinge brauchte, die sie ihm nicht bieten konnte. Wenn sie wusste, dass er sie sich notfalls anderswo holte. Konnte sie jemals wieder diese körperliche Nähe herstellen, die ihr gefiel, von der sie aber nun zu wissen glaubt, dass sie ihm gar nicht ausreichend ist. Ist das Vertrauen wieder herstellbar?

Wenn sie keine Antwort auf diese Frage fand, waren wohl Diskussionen über Internatswünsche oder Drangsalieren von Mitschülerinnen obsolet.

Während sie überlegt, steht sie draußen vor der Tür. Nach jahrelangem Suchen hatten sie endlich gefunden, was ihnen immer am Herzen gelegen war. Ein Haus mit einer Veranda, natürlich gibt es da noch viel nachzubessern. Man könnte den Boden mit beständigen Eichen oder Lärchendielen auslegen, die Balustrade mit einem weißen Anstrich versehen oder eine Hollywoodschaukel anbringen. All das wäre natürlich sehr kitschig, aber im Moment. Im Moment ist es völlig egal, wo Isabell steht, sie sieht sich auf einer weißen Veranda, hinter sich ihren geliebten Ehemann aus der Tür schreiten

und die Kinder im Garten vorm Haus spielen. Das wäre wohl das schöne Ende eines Traumes, stattdessen: Viktor ist gerade unterwegs zur Küche. Sie hat noch keine Ahnung, was er gerade vorhat, verschwendet auch keinen Gedanken darauf, ist immer noch damit beschäftigt, zu fassen, dass ihre beste Freundin und ihr bester Freund – der sich noch dazu in den letzten

Jahren als ihr Mann ausgegeben hat – sie miteinander betrogen haben.

Da sieht sie, dass Viktor den Kühlschrank öffnet. Er nimmt die Hartwurst heraus, die seit einigen Tagen ihres Verzehrs harrt, weiters scheint er sich unschlüssig, ob er Hartkäse oder Aufstrich nehmen soll. Schließlich ist es doch der Aufstrich. Aus der Mikrowelle, die sie seit Jahr und Tag als Brotdose missbraucht haben, nimmt er schließlich einen Kanten Schwarzbrot heraus. Es ist ein Karotten-Kürbiskern-Schwarzbrot. Das hatte Isabell letzten Mittwoch beim wöchentlichen Grundeinkauf mitgebracht.

Wer hatte da gewusst, dass dies alles jetzt plötzlich gegen sie verwendet werden soll? Viktor nimmt die Sachen aus dem Kühlschrank, schmiert sich ein Brot mit viel Aufstrich und wenig Wurst und blickt sich dabei immer wieder über die Schulter. Was will er ihr damit signalisieren? Dass er ein schlechtes Gewissen hat? Welches plagt ihn denn?

Dass er während der Aussprache mit seiner Ehefrau die Nerven hat, sich ein Brot zu streichen, oder dass er glaubt, er könne die beste Freundin von ihr als Reibebaum benutzen. War Isabell bis jetzt verletzt, beginnt sie plötzlich zu kochen.

Und alle Fragen, die sie zuvor als zu enervierend oder als zu konfrontierend eingestuft hat, werden wohl nicht mehr zu halten sein.

Als Isabell tatsächlich den Blick hebt, sieht sie, dass Viktor bereits hinter ihr steht. Ihr war nicht bewusst gewesen, dass er die Veranda betreten hatte und sich ihr so ohne Geräusch nähern konnte. Isabell verspürt das dringende Bedürfnis, ihn anzuschreien, ihm all die Schmerzen, die sie in den letzen Stunden und Tagen erleiden musste, entgegenzuschreien, ja, ihn anzuspucken. Nie zuvor hatte sie gedacht, dass Spucke irgendein Ausdruck von Emotion, geschweige denn von Kommunikation sein könnte, aber jetzt, jetzt ist der richtige Moment. Nicht Asche auf sein Haupt, sondern Spucke.

Aber als er tatsächlich hinter ihr aus der Terrassentür tritt, ist jede Aggression verschwunden. Sie will nichts mehr nach ihm werfen, will ihn nicht mit Füßen treten oder gar ihn mit irgendwelchen Körperflüssigkeiten brandmarken. Es bleibt Sinnlosigkeit. Und die Frage nach dem Warum.

Obwohl sie sich in den letzten Minuten klargemacht hat, dass Fragen wohl nicht zum Ziel führen, bricht es jetzt aus ihr heraus. Der hat sich in der ZWISCHENZEIT ein Jausenbrot gemacht, hat sich am Kühlschrank gütlich getan, während sie heraußen in der Kälte ihres Herzens fast verreckt wäre. Und jetzt kommt er daher und fragt nach ihren Gefühlen.

Ja, ihre Gefühle sind ganz eindeutig.

Und trotz ihres hehren Vorsatzes bombardiert Isabell ihn nun mit Fragen. Wie und wann er es mit Victoria getrieben hatte. Warum es überhaupt hatte sein müssen. Was denn der Auslöser dafür gewesen wäre. Wo sie sich immer getroffen hätten. Wer die Initiative übernommen und auch zwischendurch immer der Auslöser gewesen wäre. Und schlussendlich: Was Victoria denn könne, was sie in den letzten Jahren nicht auch getan hätte. Damit hat sie des Pudels Kern ungewollt offengelegt.

Bis dato hat Viktor sehr schweigsam und mit wenigen Worten seine Beziehung zu Victoria beschrieben. Aber die Frage nach dem WARUM und vor allem dem WIE lässt offensichtlich in ihm wieder Hoffnung erwachen.

Nicht anders ist es für Isabell zu erklären, dass er sich lang und breit darüber ergießt, wie eine Frau einem Manne zu Diensten sein sollte. Sie hat noch nie aus seinem Munde derartige Worte gehört. Sie sieht aber auch, dass seine Backen gerötet und seine Augen geweitet sind und sein Redeschwall ununterbrochen geht und daher aus tiefstem Herzen zu kommen scheint. Er scheint alles in eine Waagschale werfen zu wollen. Nicht nur um Verzeihung bittend, sondern auch gleich alles mitnehmend, was ihn bisher zu seinen Taten getrieben hat. Diese entwaffnende Ehrlichkeit treibt Isabell gleich zur Weißglut. Will er ihr – im gleichen Atemzug, in dem er ihr sein Fremdgehen offenbart – auch noch sagen, dass es ihre Schuld sei? Weil sie sich ihm zu wenig hingegeben hat? Es ihm zu selten und an zu wenigen Plätzen besorgt hat? Will er jetzt gar den Spieß umdrehen?

Isabell wird wieder – ihr kommt vor zum siebten Mal heute Abend – schlecht. Viktor ist hinter ihr und stützt sie. Er führt sie zur Couch, die sie gemeinsam beim schon früher erwähnten schwedischen Möbelhaus gekauft hatten. Bettet sie sanft auf eine Reihe von Polstern und begibt sich zum einzigen Möbel im Wohnzimmer, auf dessen Besitz Isabell stolz ist. Der Schubladkasten aus dem neunzehnten Jahrhundert, welcher im asiatischen Kontinent für die englischen Kolonialherrscher gefertigt wurde. Seine feinen Intarsien zeugen wohl heute noch von seiner Geburtsstunde, auch wenn Isabell nicht in der Lage ist, sie zu identifizieren. Auch diverse Recherchen im Internet – dem glorreichen Platz allen Wissens – schlugen bis dato fehl. Welchem Tal und welchem Stamm er auch immer entsprungen sein mag, Isabell will ihn nicht mehr missen.

Trotzdem, in Isabells Haushalt ist der Schubladkasten im Moment nur für Strümpfe, Slips und Nightshirts verantwortlich. Bei ihm sind es mehr die Äußerlichkeiten, die zählen. Aber Viktor weiß genau, wo sich was befindet. Er befördert entsprechend einen dunklen Slip und ein Shirt zutage, welches Isabell immer wieder zum Schlafen trägt. Womit Viktor wohl nicht gerechnet hat, ist die Widerspenstigkeit seiner Frau. Als sie die Wäsche sieht, sträubt sie sich vehement, schenkt sich selbst einen Drink ein und bewirft ihn mit den unflätigsten Vorwürfen.

„Das ist ja wieder mal typisch für dich, du überheblicher, du großkotziger, du unmöglicher Schlappschwanz. Immer den Wichtigtuer raushängen lassen. Immer glauben, alle bevormunden zu müssen. Egal, ob es um die Kindererziehung, um unser Urlaubsziel, unsere Geldanlage oder was anderes geht. Im Grunde ist das alles gar nicht „unseres", eigentlich ist alles deins. Schließlich entscheidest du alles und jetzt glaubst du sogar in dieser Situation noch, beschließen zu können, wann etwas vorbei ist. Du pass mal auf, dass nicht gleich unsere ganze gemeinsame Geschichte vorbei ist! Unglaublich!" Kann ja nicht sein, dass der Ehemann entscheidet, wann ein Streit vorbei ist.

Dennoch wacht Isabell plötzlich in Viktors Schoß auf. Sie sieht in seine klaren Augen und reibt sich verdutzt die ihren. Die Uhr an ihrem Handgelenk zeigt, dass es bereits eine Stunde nach Mitternacht ist. Nach all den Vorwürfen, Diskussionen und Scharmützeln ist Isabell völlig ermattet. Sie versucht, ihre Gedanken zu ordnen, gedanklich zurück zu dem Zeitpunkt zu kommen, an dem sie offensichtlich weggedriftet und eingeschlafen ist. Viktor hingegen sieht aus wie frisch gekampelt und geschnäuzt. Sie weiß natürlich nicht, was er in der Zwischenzeit gemacht hat,

aber jetzt strahlt er sie an wie ein Honigkuchenpferd. Gut, mit einem leicht fragenden Grinsen, sie hat ihm offensichtlich keine Versprechungen gemacht, die er jetzt einfordern will. Aber zumindest scheint es eine gemeinsame Zukunft für sie beide zu geben. Isabell hat es immer so gefühlt. In all der Zeit, bevor es so schwierig geworden war, aber auch in den letzten Tagen. Sie hatte nur keine Ahnung, wie sie es artikulieren sollte, ohne das Gesicht zu verlieren. Ohne sich ihm völlig auszuliefern. Unvorstellbar, dass sie immer vorhatte, ihm zu verzeihen, wenn es eine rein körperliche Sache gewesen wäre. Und jetzt sind sie genau an dem Punkt angelangt. Sie sieht zu ihm hoch. Er scheint keinen Moment geschlafen zu haben, immer für sie da gewesen zu sein. Genau die Hartnäckigkeit, genau der Mensch, in den sie sich vor vielen Jahren verliebt hat. Und er, er lächelt zurück. Aber nicht überheblich, sondern so liebevoll, wie sie es auch immer genossen, aber nie vermisst, sondern immer, wirklich immer erlebt hat.

Isabell beschließt, erst mal vom wahren Thema abzugehen und ihren ursprünglichen Plan – den vom Vereinnahmen – fortzusetzen. Sie hofft, ja eigentlich weiß sie sogar, dass es eine Zukunft für ihre Familie, für alle gemeinsam geben wird, dennoch sind da noch zu viele Themen, bei denen ihre Meinungen meilenweit auseinanderklaffen. Zu weit, um jetzt plötzlich Friede, Freude, Eierkuchen, heile Welt zu spielen. Sie fühlt sich aber auch im Schoß von Viktor gerade so geborgen, dass sie die ihr so zusetzenden Themen jetzt gleich angehen will. Sie möchte zumindest eine neue Gesprächsbasis für einige Themen schaffen und hegt auch die Hoffnung, dass Viktors schlechtes Gewissen das Seine dazu beiträgt, wieder Schwung in die Diskussion über ihre Probleme zu bringen. Ohne gegenseitige Drohungen, ohne Vorwürfe wird für diese Themen eine Lösung gefunden.

So erklärt Isabell Viktor, wie die sie die Achterbahn der Gefühle in den letzten Tagen erlebt hat. Als sie das Hochgefühl beim Besuch des alten Internats empfunden hatte und dann der Abend mit dem Seelenstriptease vor Elsbeth kam. Als dann auch noch der Anruf aus der Schule gekommen war, hatte sich die aufkeimende Euphorie schon fast wieder in Verzweiflung verwandelt.

Und dass Viktor sie dann auch noch derart brüskiert hatte, setzte dem Fass die Krone auf.

„Schatz, meine Borniertheit tut mir so unendlich leid. Ich kann mir überhaupt nicht erklären, was da in mich gefahren ist, dass ich da so blind sein konnte, nicht zu erkennen, was dich so aufregt. Ist eigentlich auch egal, denn du hast völlig recht. Ich werde Henrik klipp und klar sagen, dass das so nicht geht. Respektlosigkeit gegenüber Frauen beziehungsweise halt den Mädchen darf man gar nicht erst einreißen lassen. Egal, in welchem Alter. Nicht nur das, ich werde auch dafür sorgen, dass er von Negativbeispielen erfährt."

Er wirft aber auch ein, dass der Junge erst neun sei und man ihm daher nicht die ganze Last der nicht erfolgreich durchgeführten Emanzipation der letzten hundert Jahre aufbürden könne. Isabell nimmt diesen Kommentar hin, schließlich hat ihr Mann gerade seine Unterstützung zugesagt.

Das nächste Problem wird jedoch deutlich brisanter. Ob sie nun das Kündigungsangebot annehmen oder in eine andere Filiale wechseln solle, das hänge natürlich von vielen Faktoren ab, aber ganz wesentlich von einem. Und zwar von der Beteiligung bei Frau Portalek. Da müsse man schon noch ein Konzept ausarbeiten, aber – und jetzt führt Isabell endlich die zuletzt verpassten Argumente ins Feld – mit Viktors Hilfe und seinem betriebswirtschaftlichen Verständnis, könne, ja müsse das eigentlich ein gutes Geschäft werden. Wenn es gut läuft, könne Isabell sogar deutlich mehr zum Haushaltsbudget beitragen als bisher. Natürlich sei es ein Risiko, aber es sei auch ein lebenslanger Wunschtraum von ihr, etwas in dieser Richtung zu machen, und wenn man Elsbeth doch nach Ebensee gehen und die Modeschule abschließen lassen würde, würde man ihr eine Basis für die Zukunft legen.

Sowohl über die Schule als auch über das Geschäft muss man sicher noch einige Gespräche führen, das sieht Isabell im Gesicht ihres Mannes, obwohl er es heute Abend nicht so deutlich ausdrückt, wie er es in den vergangenen Gesprächen getan hatte. Immerhin ist Viktor wie erwartet nicht mehr strikt gegen die Ideen von Isabell, das kann er sich heute auch kaum leisten. Aber Isabell hat auch nicht den Eindruck, dass er sich diese Zugeständnisse alle nur abringt, er scheint durch die veränderte Situation auch einen neuen Blickwinkel für sich entdeckt zu haben.

Je länger die Nacht dauert, desto größer werden auch die Pausen zwischen den Gesprächen, aber beiden ist klar: Die Krise und all die Themen, die sie ausgelöst haben, mussten angesprochen werden, und wenn sie sich als wirkliche Partner verstehen, werden sich Kompromisse finden lassen. Wenn man nur beisammenbleibt und gemeinsam alles durchsteht, wird auch der Vertrauensbruch von Viktor wieder heilen.

Womit sie auch das heikelste aller Themen noch kurz streifen: Viktor wird Victoria darüber informieren, dass die Katze jetzt aus dem Sack ist. Kurz, schriftlich idealerweise. Isabell wird dann, wann auch immer es für sie passend ist, Kontakt mit Victoria aufnehmen und die Sache mit ihrer ehemals besten Freundin besprechen. Denn schließlich gilt auch hier:

Eine so langjährige gute Beziehung darf man nicht einfach über Bord werfen, man muss ihr einfach eine zweite Chance geben und gemeinsam sehen, ob man aus dieser etwas machen kann. Eine Erfolgsgarantie dafür gibt es nicht, aber den Versuch ist es allemal wert.

Szene 21
Auszeit

Aaah, der Espresso hat gutgetan. Behaglich lehnt sich Isabell im Korbstuhl zurück, in den Arm von Viktor, der diesen schon die ganze Zeit hinter ihr hatte und ihr mit der Hand immer wieder zärtlich über den Rücken gestrichen war. Die ganze Familie hat den Tag zusammen verbracht und sich nun zum Nachmittagskaffee auf der Terrasse eines Restaurants in Traunkirchen niedergelassen. Der Anlass hätte schöner nicht sein können. Heute war Elsbeths Firmung gewesen.

Nicht, dass ihre Tochter allzu viel auf die Gebräuche der katholischen Kirche gegeben hätte. Aber sie hatte sich offensichtlich trotzdem riesig auf diesen Tag gefreut und daher wider Erwarten auch bei den ganzen Vorbereitungsstunden sehr aktiv mitgemacht. Isabell hatte diese Wochen und Monate mit gemischten Gefühlen verbracht. Im Gegensatz zu ihrer Tochter war sie mit dem Sinn dieses Sakramentes sehr wohl vertraut. Die Firmung gehört neben dem Sakrament der Taufe und der Eucharistie zu den drei Elementen der christlichen Initiation. Sie vollendet die Taufe in der Hinsicht, dass der Gefirmte zu einem Vollbürger im Reiche Christi wird. Auch wenn dies nur für die Kirchengemeinschaft, der nahezu alle Österreicher angehören und nicht für weltliche Belange Gültigkeit hat, so ist es doch mehr als ein Fingerzeig, dass ihre Tochter schön langsam erwachsen wird und ihrer Obhut entschwindet.

Auch der Teil, der Elsbeth so sehr zum Mitmachen anregte, war nicht geneigt, die Unsicherheit Isabells zu reduzieren. Viktor hatte seiner Tochter versprochen, mit ihr zum Einkaufen zu gehen bzw. sie beim Einkaufen mit seiner Karte zu begleiten, damit sie sich alles aussuchen könne, was sie wolle. Unweigerlich musste das in einem kurzen Kleid,

Schuhen mit hohen Hacken und wahrscheinlich sogar einem Push-up enden. Elsbeth strahlte schon Wochen im Voraus wie ein Honigkuchenpferd und steckte jede freie Minute mit ihren Freundinnen zusammen, um Kataloge – online und gedruckte – nach den richtigen Modellen zu durchstöbern. Schließlich hatten die beiden aber etwas sehr Schönes, Elegantes und nicht allzu Gewagtes ausgesucht. Isabell war vor allem Viktor dankbar, dass er seiner Tochter ein paar Mal einen Schubs in Richtung ihrer Mutter gegeben hatte. Seitdem sie sich wieder intensiver mit Mode beschäftigte und auch Viktor wusste, dass sie ihre Zukunft darin sah, versuchte er sie nach seinen Möglichkeiten zu unterstützen. Und daher hatte auch Elsbeth widerstrebend – aber dennoch – um ihren Rat gefragt.

Und heute war der große Tag gewesen. Soweit Isabell das hatte überblicken können, waren ungefähr sechzig junge Erwachsene zur Firmung zugelassen worden, weshalb sich wohl weit über zweihundert Menschen vor der kleinen Pfarrkirche versammelt hatten. Eine große Anzahl, die während des Jahres nicht einmal mehr zu Weihnachten und Ostern erreicht wird. Früher vielleicht, schließlich bot die Kirche ausreichend Sitzplätze für alle heute Anwesenden, aber selbst die höchsten Feiertage hatten ihre Zugkraft verloren. Und auch für die große Menge der heutigen Gäste war es wohl nur eine Tradition, dem Ereignis beizuwohnen. Kaum jemanden hatte sie bis jetzt bei einer sonntäglichen Messe gesehen. Und sie bezweifelte auch stark, dass das Gros überhaupt wusste, was die Botschaft des heutigen Tages sein sollte. Aber sie wollte natürlich keinem der Umstehenden den Tag mit Belehrungen verderben, zu strahlend waren die Gesichter der herausgeputzten Teenager.

Elsbeth sah wunderschön aus in ihrem dunkelgrauen einteiligen knielangen Kleid, welches mit einem breiten roten Gürtel an der Taille akzentuiert wurde.

Das Rot war zudem abgestimmt mit der Farbe des Kleides ihrer Firmpatin Barbara.

Die Firmpatin hätte ja eigentlich Victoria sein sollen, so war es schon immer stillschweigend abgemacht gewesen. Eine Firmpatin ist schließlich dazu da, dem Kind bzw. dem Heranwachsenden zur Seite zu stehen. Prinzipiell in allen Lebenslagen, aber vor allem immer dann, wenn man die Eltern auf den Tod nicht ausstehen konnte. Was in dem Alter durchaus keine Seltenheit ist. Und Victoria bildete stets den natürlichen Gegenpol zu Isabell, was auch ihre Kinder schnell erkannt und sich daher immer wieder an die beste Freundin ihrer Mutter gewendet hatten.

Isabell hatte das Gespräch mit Victoria lange vor sich hergeschoben. Vermeidungstaktik nennt man das wohl, wenn man immer wieder gute Gründe vorschützen kann, um etwas Unangenehmes nicht der Erledigung zuführen zu müssen. Aber irgendwann ließ es sich nicht mehr vermeiden und die beiden hatten sich zu einem Treffen verabredet. Wie zu erwarten, war es etwas gezwungen gewesen.

Schon die Suche nach einem Treffpunkt war langwierig geworden. Ein Treffen bei einer der Freundinnen war nicht infrage gekommen, dafür war die Situation zu heikel. In ein Kaffeehaus wollten sie beide nicht, schließlich musste ja nicht jeder zuhören, schon gar nicht, wenn das Gespräch doch nicht so harmonisch verliefe. So hatten sie sich schließlich auf einen ausgedehnten Spaziergang verständigt. Rückblickend war das auch trotz der Steifheit des Treffens der bestmögliche Ort gewesen. Es hatten sich zwischendurch immer wieder Minuten des Schweigens ergeben, welche aber beim Gehen nicht so unangenehm aufgefallen waren als anderswo. Victoria hatte sich natürlich sehr ausführlich entschuldigt und war bereit gewesen, alle Schuld auf sich zu nehmen.

Sie freue sich riesig, dass die ganze Sache das Ehepaar nicht auseinandergebracht habe. Und man hatte auch vereinbart, dass man – nach einer gewissen Auszeit – die Freundschaft wieder zurück zu einem vertrauensvollen Punkt bringen wolle. Dass es wieder so werden würde wie früher, das wäre wohl eine Hoffnung aus einem kitschigen Inga-Lindström-Film, aber hier in der Gegenwart wäre man schon glücklich, wenn man sich in Zukunft wieder das Gute und das Schlechte des alltäglichen Lebens anvertrauen könnte und somit jemanden hätte, der dafür sorgte, dass geteiltes Leid halbes Leid wird.

Doch bis jetzt hat sich das so nicht ergeben. Ganz selten telefonieren die beiden noch und zumeist kommt der Anruf von Victoria. Früher war es immer umgekehrt gewesen, da hatte Isabell Victoria nahezu zum Kontakt nötigen müssen, jetzt schien sie das schlechte Gewissen voranzutreiben. So weiß Isabell immerhin, dass Victoria jetzt einen fixen Freund – Thomas war wohl der Name gewesen – hat und mit ihm sehr glücklich ist. Er scheint nicht das übliche Beuteschema ihrer Freundin zu sein. Zumindest hat sie ihn als soooo anders, als er aussehe, und soooo anders als alle anderen bisher beschrieben. Von den kurzen Gesprächen hatte Isabell eher das Gefühl, dass der Kerl sie ganz schön auf Distanz hielt.

Gut, vielleicht macht ihn das auch so anders. Vielleicht macht das seinen Reiz aus. Dass er sie an der langen Leine lässt, ihr nicht wie ein kleines Hündchen nachläuft und dadurch dafür sorgt, dass sie ihn umso mehr festhalten will. Wie auch immer, wenn er ihr guttat, sollte es Isabell recht sein. Und eigentlich hatte sie gedacht, oder insgeheim vielleicht sogar gehofft, dass der fixe Freund dazu führte, Gründe genug zu haben, nicht bei Isabell anzurufen. Denn immer, wenn sie ihre Nummer sieht, kommen diese Bilder in ihr wieder hoch. Sie versucht sie zu unterdrücken, genauso wie damals in der Wäschekammer, als sie das erste Mal an Viktors Kragen nach Lippenstift- oder Parfümspuren gesucht hatte. Nur dass es heute andere Bilder sind.

Und das Wissen, dass ihre Freundin das Ungestüme, Draufgängerische, Lustvolle repräsentiert, nach dem sich ihr eigener Ehemann offensichtlich so unbändig sehnt und sie ihm in dem Umfang nicht hatte geben können. Und wahrscheinlich immer noch nicht geben kann. Sie bemüht sich redlich und es fällt ihr auch gar nicht so schwer, denn auch Viktor versucht, ihre gemeinsame Zeit, vor allem die zweisame, einfallsreicher denn je zu gestalten. Aber sie weiß auch, dass sie es nicht erzwingen kann. Sie kann nicht vorgeben, jemand zu sein, der sie bis jetzt nicht war und wohl auch nie sein wird, etwas zu fühlen oder zu tun, nach dem ihr eigentlich nicht ist. So sehr sie das für ihn auch wäre oder so gern sie es für ihn auch tun würde.

Also nein, Victoria ist nicht die Firmpatin für ihre Tochter geworden. Victoria schien die Entscheidung erwartet zu haben, Elsbeth nicht unbedingt. Ihre große Tochter hatte mitbekommen, dass sich zwischen den Eltern etwas ereignet haben musste, aber sie hatten ihre Kinder niemals über den vollen Umfang der Geschichte aufgeklärt. Aber anzunehmen, dass sich ihre dreizehnjährige Tochter keine Gedanken machen und sich nicht so einiges zusammenreimen würde, so blauäugig ist Isabell nicht, aber sich mit ihr hinzusetzen und ihr all die Details dieser blöden Dreiecksgeschichte zu erklären, den Fragen ihrer pubertierenden Tochter Rede und Antwort zu stehen, dem will sie sich im Moment auch nicht aussetzen. So war es halt Barbara geworden und Elsbeth scheint in ihrem Kleid eh vor allem mit sich selbst beschäftigt zu sein.

Aber auch wenn es ein unseliges Kapitel in Isabells und Viktors Leben war, es hatte doch so Vieles zum Vorschein gebracht,

197

auf die Spitze getrieben und somit auch – zumindest vorerst – zum Besseren gewendet, und zwar in all den Punkten, die Isabell vor einigen Monaten noch so rastlos gemacht hatten.

Frau Portalek war mehr als glücklich gewesen, als Isabell ihr anbot, bei ihr einzusteigen. Und zwar nur als Teilhaberin, sie wolle mitnichten der alten Frau das Geschäft wegnehmen. Isabell hatte sich vorsichtig an die ersten Entwürfe für Veränderungen im Interior-Design – wie Victoria das Thema Raumausstattung wohl neudeutsch genannt hätte – gewagt, hatte Vorschläge für neue Kollektionen, die man einkaufen könnte, gebracht. Hatte angeregt, dafür ein bis zwei Monate zuzusperren, die Umsatzeinbußen könne man wohl locker verkraften. Und Frau Portalek war entgegen allen Befürchtungen Feuer und Flamme gewesen. Im Gegenteil, sie hatte Isabell seither immer wieder mit ihrem wachen Verstand und ihrem zeitlosen Modeverständnis überrascht. Sie hatte wohl schon seit Jahren nicht mehr die Kraft oder die Motivation besessen, all diese Veränderungen anzustoßen, aber einmal angefangen war sie kaum mehr zu bremsen.

Und auch Walter wirkte immer wieder positiv auf alle Beteiligten ein. Er schien das ganze Projekt zu seinem Steckenpferd erklärt zu haben, ohne sich aber aufzudrängen. Er war mehr wie ein guter Geist. Anwesend wenn nötig, unsichtbar, wenn nicht gebraucht. Vor allem in Wirtschaftsfragen war er von Beginn an nicht wegzudenken. Und mit seiner weiterhin so diplomatischen Art hatte er auch seinen Sohn ins Boot geholt, der zwar nach ihrem großen Krach seiner Ehefrau die Unterstützung zugesagt, diese aber zu Anfang mehr nach dem Motto „nicht g'schimpft, is schon g'nug unterstützt" ausgelebt hatte.

Im Moment steht das ganze Unterfangen noch in der Planungsphase, der Kündigungstermin von Isabell ist ja auch erst in knapp sechs Wochen. Bis dahin möchte sie aber alles, was nötig ist, bestellt haben, sodass die Übergangszeit und somit auch der Verdienstentgang für ihre Familie so kurz wie möglich ausfällt. Sie möchte Viktor auf keinen Fall irgendwelche Angriffspunkte in puncto Geld liefern, war es ihm doch so schon peinlich genug, dass sein Vater Isabell gegenüber darauf bestanden hatte, sie bei der Finanzierung des Ladens zu unterstützen, und so bisher ihre Ersparnisse völlig unangetastet geblieben waren.

Isabell streckt sich behaglich in ihrem Sessel aus und lässt den Blick über das Postkartenidyll des Traunsees gleiten. Ganz links lässt sich – etwas durch die diesigen Schleier verdeckt – Gmunden erkennen, gegenüber ragt der Traunstein schroff in die Höhe und rechts, da lässt sich der Beginn von Ebensee erkennen. Isabell ist überrascht, dass man von dieser Perspektive den ganzen Traunsee überblicken kann, vor allem Ebensee, so hatte sie bis gerade eben gedacht, müsste sich von hier ihrem Blick entziehen. Und lenkt somit die Aufmerksamkeit auf den einzigen Ort, der ihr noch immer ein Magenziehen verursacht.

Zwar hatte sie in diesem Punkt Viktor ihr Entgegenkommen signalisiert und sie hatten Elsbeth an der Modeschule und dem angeschlossenen Internat angemeldet, wohl ist ihr aber bei der Sache noch immer nicht. Und dann kommt ihr – aus heiterem, ja heute sogar blitzblauem – Himmel die Erleuchtung. Der Opa und die Oma. Die hatten doch das Haus hier gehabt. Und das gehört ja jetzt dem Papa. Und der ist in Pension. Und warum sollte er nicht viel öfter am Traunsee sein. Was hält ihn denn noch in der Wohnung in der Stadt.

Er muss sie ja nicht aufgeben, aber er könnte es ja umgekehrt wie bisher halten. Am Traunsee wohnen und an den Wochenenden regelmäßig mal in die Stadt fahren. Und unter der Woche: Da könnte er täglich Besuch von seiner Enkelin bekommen.

Sie fragen, wie es ihr geht, sie hie und da mal im Internat besuchen und nach dem Rechten sehen. Ja so rum wird für Isabell ein Schuh draus.

Behaglich streckt sie sich in ihrem Sessel und lässt den Blick von Ebensee zurück über den Traunstein Richtung Schloss Orth gleiten. Und sieht aus dem Augenwinkel, wie sie ihr Mann anlächelt.

Wissend? Glücklich? Zufrieden auf alle Fälle ...

Herstellung und Verlag:
BoD - Books on Demand, Norderstedt
ISBN 978-3-7392-0294-5